毛 姆 文 集

W. Somerset Maugham

观 点

Points of View

〔英〕毛姆 著 夏菁 译

上海译文出版社

目 录

诗人的三部小说

1

在诸位读者展卷之初，我认为要先有个交代才是——为什么时至今日，有关歌德的评论，该说的早已全都说尽，而我还要再写这篇文章来谈谈他的小说呢？其实，我不过是乐在其中罢了，就我所知这大概是最好的理由。自幼时起，我便能说英文和法文；孩提时代，我的法文比英文还好。少年时我曾留德一年在大学里学习德文，此前在学校里我就读过诗歌，但那只是应付功课罢了。而歌德的诗是最早能让我觉得甘之如饴的诗作，也许正是因为这个，我现在读起他的诗歌仍然如痴如醉，其程度比起半个世纪之前丝毫不减。读歌德的诗，我不仅仅只是照章诵读，青年时代的回忆全都历历在目：海德堡小城那古老的街道，中古时代的城堡，沿着木栈道一路登上王座山①之巅，内卡河②平原之美景尽收眼底，冬日在冰上滑翔，夏日在湖中泛舟，有关艺术与文学，自由意志还是宿命使然的无穷无尽的对话以及第一次怦然心动，尽管，上天作证，我从来都是后知后觉。

就是那个时候我读了歌德的小说。第二次读起则是我前几年开始故地重游之时，已是时隔多年。他一共写了三部小说：《少年维特的烦恼》、《威廉·迈斯特的学习时代》及其续篇③还有一部《亲

---

① Königstuhl，海拔567米，位于德国小城海德堡。
② The Neckar，全长367千米，主要流经德国巴登-符腾堡州西南部。
③ 指《威廉·迈斯特的漫游时代》。

和力》。其中，要数《威廉·迈斯特的学习时代》最为重要也最为有趣。我想，如今在英格兰几乎无人在读这部小说吧，除非是出于研究的目的不得不读，我想不出为什么有人会去读——尽管它生动鲜活，妙趣横生，既浪漫又现实；个中人物都令人称奇，非同寻常，刻画得入木三分，呼之欲出；书中的场景变化多端，描绘得生趣盎然，引人入胜，至少包含两出高雅喜剧①，这在歌德的作品中极为罕见；其中点缀的所有诗歌，都如同他的其他诗作一样，优美动听，感人肺腑；里面还包含一篇有关哈姆雷特的专题论文，许多知名的评论家都认为该文将丹麦人那暧昧不明的个性分析得细致入微；最为重要的一点，小说的主题还趣味独到。如果说，尽管这部小说具备如上所列的种种优点，但是，究其整体，仍然是一部失败之作的话，原因就在于歌德自身。纵然他天资出众、智力超群，对人生的认识也颇为高明，但他仍然只是天才诗人，而非天才小说家。

如果有人问我天才小说家到底要具备怎样的异秉？我无法回答。很明显，小说家应该活泼外向，否则的话他就没有表达自己的冲动；不过，做小说家对智商的要求大抵和做好律师或者好医生相差无几。他必须得善于讲故事，能吸引读者的注意力。他并不需要热爱自己的同胞（这要求太高），不过，他得对世人充满浓厚的兴趣；他必须天生具有感同身受的能力，这样才能想人之所想，感人之所感。也许，如歌德这样非常自我的人，正是缺乏这一点，才无法成为天才小说家吧。

接下来我并不想赘述歌德的生平；不过既然他亲口说过他所写的每篇文字（科学类的著作除外）都或多或少是在讲自己，那么我也不得不提到他生命中的种种逸事。歌德二十岁出头的时候就进

---

① High comedy，内容复杂，诙谐幽默的喜剧，通常描述上流社会的生活。

入斯特拉斯堡大学研读法律,虽然他毫不情愿,但父命难违。彼时他青春年少,玉树临风,见到他的人都会为他的卓绝风姿所倾倒。他身材苗条挺拔,看起来比实际要高。肤色健康,留着一头自然卷的秀发;鼻梁挺直高耸,双唇饱满,线条漂亮,整个脸上最为突出的是那双闪闪发光的棕色眼睛,瞳仁特别大。他浑身上下活力四射,魅力非凡,让人难以抵抗。孩子们都喜欢他,他也乐于陪着他们玩耍,给他们讲故事,一讲就是几个小时。

在斯特拉斯堡待了几个月后,歌德的一位同学提议两人骑马去二十英里外赛森海姆镇的友人家小住几晚,那位朋友是名牧师,名叫布莱翁,家有妻女。歌德答应了,这两人便出发,在牧师家受到了热情款待。牧师的几个女儿之中有一位名叫弗莉德里克,与歌德一见之下便双双坠入情网。她怎么可能不爱上他呢?她从来就没见过这么清秀标致、风度翩翩而且舞步如此轻盈的青年男子。华尔兹这种新兴事物仅在十年前才传入斯特拉斯堡,随即以迅雷不及掩耳之势将米奴哀和加伏特舞步完全淘汰。眼前这位美少年居然舞步如此娴熟还来亲手教她怎么跳,这可是个大大的加分。歌德对于弗莉德里克也是一见钟情:她的金色秀发,碧蓝眼眸,风度举止还有天真无邪的气质,她在屋子里的一举一动,她那袭完美贴合的朴素长裙,无一不让他倾倒。四十多年后,当歌德口述自传,讲到这段罗曼史的时候,据说他心潮澎湃,声音也颤抖起来。接下来的数月里,这对恋人爱得如醉如痴,幸福至极。歌德写了好几首诗赠与弗莉德里克;如今大多散失了,从仅存的几首中仍然能证明当年他曾激情荡漾。他们的爱之烈火燃烧到什么地步,无从得知。有人断言歌德从来没有动过娶这位姑娘的念头。也许是吧。早在那个年纪,歌德就有门当户对,阶层有别的想法,在他其后的岁月中更是根深蒂固,尤为突出。他出身于受人尊敬的富有之家,他当然知道像他父亲那样严苛高傲的人绝对不会同意他娶一个一文不名的乡村牧师的女儿，况且他在经济上还得完全依赖他父亲。可是他正值青春年少，沐浴于爱河之中。众所周知，被激情冲昏了头脑的男人经常会山盟海誓一番，可是等激情退却之后就全然抛在脑后。这时候他们会很吃惊，女人居然将那些话记在心里还当了真。歌德那时候可能也曾对弗莉德里克说过什么，让她误以为他会娶她。

最终发生了一件事，让歌德幡然醒悟：这个女孩再有魅力，再有风度，也不过是个普通的农家少女。布莱翁牧师一家在斯特拉斯堡有个亲戚，歌德很给面子的评价那家人"地位声望良好，家境富有"。弗莉德里克和妹妹奥莉维亚去那个亲戚待过一阵。两姐妹都觉得很难适应这种对她们来说极其陌生的生活方式。她们和仆人们一样穿着朴素的农家长裙，而她们的表亲以及时常来拜访的淑女全都穿着法国时装。姐妹俩无法抑制地觉得自己同周围的一切都格格不入，而她们的表亲也许一点都不想向朋友们提起这对穷亲戚，也没让她们好过。弗莉德里克面对这种尴尬境遇选择默默忍受，而奥莉维亚则沉不住气了。歌德那次去拜会她们显然是一场令人郁闷的失败。他这么写道："最终我发现她俩和我渐行渐远，我的心里似乎也有块石头落了地，因为我能够感受到弗莉德里克和奥莉维亚的内心感受；当然我并没有像奥莉维亚那样情绪激动，忿忿不平，可是我感受到的是弗莉德里克内心的那种煎熬。"这段罗曼史并没有以美好的结局而告终，但却让人能够理解。就算歌德曾经考虑过娶弗莉德里克为妻，这种体会也向他证明了那是完全不可能的。

他下定决心两人必须分手。那时候他正忙于准备毕业考试，有冠冕堂皇的借口可以少去塞森海姆几次。他拿到学位后第三周就离开斯特拉斯堡回家了。这时候他无法抑制住自己的思念之情，骑马去看弗莉德里克最后一眼。分手是极其痛苦的。"我坐在马背上

4

伸出手来，只见她双眼里泪水直打转，我的心头也格外沉重。"他说，他离她而去，她心痛欲绝；可是好像他那时候都没有勇气告诉她这次告别即是永别。他正式告诉她真相的时候是在后来的信里。他在文章里告诉读者，弗莉德里克的回信让他彻底心碎。"这时候，我才头一次感受到分手对她的折磨和打击，我却无能为力，无法减轻她的苦楚。"他还颇为心酸地写道，在那样的情况下，如果女方首先提出分手还算合情合理，可是男人始乱终弃，的确太不应该。"我深深地伤害了一颗最美丽的心灵，在深切的痛悔之中渴望她曾给予我的青春和爱情，真的让人痛彻心扉，难以忍受。可是生活总还得继续，于是我便将全副身心诚挚的投入到其他的事情中去。"年轻的心灵总是坚韧刚毅，他人的苦难无法将其摧垮；歌德在这方面又格外幸运，当他的良心告诉他抛弃弗莉德里克全是他的错，他还能在诗歌中找到安慰。"我又开始写诗来忏悔，这种自我折磨的苦修应该看作是我内心的赎罪吧。在《铁手骑士葛兹》和《克拉维戈》（他最早的两个剧本）中那两位玛丽及其抱憾终生的情人们就是我内心悔过自省后的创作。"歌德到底有没有引诱弗莉德里克上床？我们无从知晓。有人觉得如果他们俩之间不过就是调情挑逗而已，他所承受的良心折磨恐怕不会这么持久吧。很有可能歌德在写那首美丽动人的歌曲的时候，弗莉德里克所承受的痛苦始终在他脑海里回荡。歌曲开头是这么唱的：我心乱如麻，我心头沉重①；也许，如歌德这样一个心思细腻非凡，敏感超常的人，正是他内心悔恨交加的良心折磨才成就了他笔下格雷岑②的人生悲剧，终于诵成经典，流芳百世。

---

① 原文为德文，出自歌德长诗《浮士德》，后由舒伯特谱曲命名为《纺车旁的格雷岑》。
② 格雷岑，即玛格丽特，为《浮士德》诗中女主角，遭浮士德引诱，杀死了与他生下的私生子，被判死刑。

不过,这只是人们对他的经典巨作之源头考证的种种推测之一。很快他就会说他的内心未曾感动也未曾被占据。

2

《少年维特的烦恼》则是另一出罗曼史的结果。在歌德离开斯特拉斯堡与弗莉德里克分手之后的半年左右,他去了韦茨拉尔①,参加培训以取得律师资格。在魏玛的一场舞会上他邂逅了一位名叫夏洛特·布芙的女孩。当时她已经和约翰·克里斯蒂安·科斯特纳订婚了。歌德立即就爱上了她,第二天便去她府上拜访,很快拜访就变成了一天一次。他们俩一同散步,而夏洛特的未婚夫科斯特纳只要工作闲暇就陪着这两人一起散步。科斯特纳是个非常正派的人,脚踏实地,平淡老实,特别能够包容;不过,很明显,尽管他和善容忍,歌德对于他的未婚妻的倾慕也让他时常感觉不舒服。他曾在日记里写道,"每次我做完事情去探望我的未婚妻,歌德博士总是在她那儿。他明显爱上了她,尽管他是位哲学家也是我的好友,他每次看见我去探望我的未婚妻总是一副不高兴的样子。尽管我是他的好友,我也不喜欢看到他单独和我的未婚妻在一起对她大献殷勤。"

几周后科斯特纳这么写道,"洛岑②找歌德好好谈了谈,她告诉歌德不要去奢望他们俩之间能够有超乎友谊的关系:歌德立即脸色苍白,沉郁不语,随即便独自外出散步。"

那一年的整个夏天歌德都待在韦茨拉尔,想要下决心离开夏洛特,可是却迟迟做不到;直到秋初他才终于鼓起勇气。他和夏洛特

① Wetzlar,德国黑森州一城市。
② 夏洛特的昵称。

及科斯特纳聚了最后一晚,没有表露自己的心迹,第二天清早就离开了。临行前他留下一封伤心绝望的信给夏洛特,让她读后泪水模糊了双眼。

歌德回到了法兰克福,几个星期之后他听说自己的某个熟人,名叫耶路撒冷的一个年轻人因恋情失败在韦茨拉尔自杀身亡。他立即写信给科斯特纳把这起自杀事件的详情告诉了他,还把消息的底稿仔细保存了一份。"那时候,"他在自传里这么写道,"小说《维特》的框架就有了,四面八方得到的素材汇总在一起,非常丰富完整,正如容器中接近冰点的水只需稍加搅动便能凝固成坚冰。在我看来,要好好把握住这个天赐良机,要将这个变化多端而又极其重要的内容理清头绪并淋漓尽致地展现出来的想法,变得越来越迫切,因为我已经深陷痛苦之中,且让我前所未有地绝望,其前景只能是深深的沮丧。"这段话说明了一个事实,歌德又一次坠入了情网。"这种感觉很美妙,"他写道,"旧的情怀还未完全退却,而新的激情就开始让我们春心荡漾。正如夕阳西下之时,我们都爱看明月在对面天空遥遥升起,同时沐浴于日月光辉之下,喜不自胜啊。"让歌德妙手写就这诗意浓浓的比喻的缪斯名叫马克西米莲妮·德·拉·罗歇,歌德曾写信给她母亲:"只要我活着,就无法忍受生命中没有您的爱女马克西,请容我时时刻刻都斗胆爱慕她。"只可惜她的婚事早有安排,对方是年长她很多的彼得·布伦塔诺,在法兰克福经营鲱鱼、油和奶酪。尽管这两个极不般配的人已经成婚,歌德还是每天数小时地围着她转。不过彼得·布伦塔诺可没有约翰·科斯特纳那么随和,很快歌德就被勒令不得进入他们家门。

正如歌德自己所言,耶路撒冷的自杀悲剧是点燃歌德的想象力所不可或缺的火花,最终促成他写出《少年维特的烦恼》。他当时应该马上就想到将自己与夏洛特·布芙那场不幸的恋爱和耶路撒冷的自杀事件结合在一起，加上来龙去脉，手头的素材已经足够写一部小说。歌德自己也时常招惹自杀这个念头。"招惹"这个词乔治·亨利·路易斯①在《歌德生平》一书(一百年后读来依旧饶有兴味)中曾使用过，我觉得这个词用得很恰当。的确，五十年后歌德在自传中说他的痛苦在于结束自己生命的念头极具诱惑力，没有人能理解他要花多大的力气去抵抗这个念头。我斗胆评论一句，人在回忆过去的时候总是倾向于夸大其辞，即使是最为显赫杰出的人也是如此。年少的歌德总是兴高采烈，生气勃勃，令人愉快的样子；可是，他付出的代价就是周期性的情绪低落，其实很多人都是这样。有一次他就寝时将一把匕首放在枕边，脑子里不断翻腾着将匕首刺入自己心脏的想法。不过，这当然只是一种幻想，我觉得很多青年男子在沮丧之时都会如此。歌德的生命力非常旺盛，真要让他下决心结束自己颇为享受的生命确实不太可能。不过，很有可能他会想到在这部小说里描写主人公的内心世界时，时常困扰自己的种种情绪终于能派上好用场。最终他决定动笔来写，采用的是书信体。当时受理查森②的小说和卢梭的《新爱洛绮斯》的影响，书信体小说风靡一时。如今这种体裁已然没落；不过仍然有许多优点，其中之一便是给小说中所描述的事实增添了令人信服的真实感。

　　《少年维特的烦恼》中的所讲的故事几行字就能讲完。一位年轻人来到一座无名小镇(当然是韦茨拉尔)，在乡村舞会上邂逅了一位魅力非凡的女孩。他爱上了她，却发现她早已订婚，但他却越陷越深，最终强迫自己离开。过了一段时间，对她的深爱又引他回来，却发现她已经幸福地嫁作他人妇。可是他却激情丝毫不减，哦，

①　George Henry Lewes (1817—1878)，英国哲学家、文学批评家及戏剧家。
②　指 Samuel Richardson (1689—1761)，英国小说家，著有三部书信体小说。

不是,是越来越炽烈,让他浑然忘我,这世界除了她全都索然无味;最终,爱已绝望,而他又无法忍受没有她的生活,最终饮弹自尽。这部小说尽管篇幅短小(几小时便可读完)却分作上下两卷。第一卷写到维特离开;第二卷从他回来讲到他自杀。

在上篇中,读者们会看到我刚才所述歌德在韦茨拉尔逗留期间的种种事实。歌德将自己的魅力、欢乐、幽默、柔情款款,在社交中游刃有余以及对大自然的热爱全都安放在主人公维特的身上。其实他描绘的是一幅相当迷人的自画像。全篇就是一首优美的田园诗,咏唱着漫长的夏日,月光皎洁的夜晚和美丽的乡村风光。小说中那些单纯友善的人们正直而又正派,那个年代德国人活得竟然如此宁静从容,读之令人愉悦。女主人公绿蒂(歌德给她起的名字正是夏洛特·布芙的教名)是那么善良、那么温柔、那么美丽还是个那么贤惠的主妇,让你为之动心;她的父亲和那位沉稳的未婚夫也让你感动,歌德称他为阿尔贝特;当然,维特那希望渺茫的一片深情也令你同情不已。上卷读起来让人愉悦,是典型的自传体。如今的自传体小说,不论是第一人称还是第三人称全都虚假做作,无药可救。其实并不是说那些作家把自己夸得多么足智多谋、勇气非凡、魅力无穷、能干无比、美貌迷人:他们这么写是他们的权利;毕竟这是写小说,不是写历史。主要原因在于那些作家们忽略了自己性格中的决定性因素,那就是创作天分。的确,大卫·科波菲尔①是位作家,还是位名作家;可是这一点在他所叙述的故事中并不太重要;这只是他所处的境遇使然罢了。如果不考虑创作天赋对他的生活产生的影响,也不考虑狄更斯讲的这么一个故事的话,大卫·科波菲尔

① David Copperfield,英国小说家狄更斯同名著作中的主人公,小说采取自传体形式,故作者举此例。

其实还是做公务员或者老师的料。众所周知,一旦歌德陷入烦恼之中,情绪低落且饱受良心折磨,他会去诗歌中寻找安慰。他其实只要碰到迷人的女子便会疯狂地坠入爱河;不过在他头脑里永远翻腾的还是那些构思中的戏剧和诗歌。窃以为,这些文学创作对他来说比他那些惊天动地但是却昙花一现的浪漫激情要更加重要。甚至可以说,他都有点怨恨这些罗曼史干扰他真正想进行的文学创作。在《少年维特的烦恼》上卷中我们看不出这种创作冲动。维特友善合群、令人愉悦不过艺术修养平平。当他最终决定离开韦茨拉尔和绿蒂的时候,他其实应该去呼朋唤友,写诗疗伤,邂逅另一位佳人,再度坠入爱河。如读者们所见,歌德自己正是这么做的。

　　小说下卷则纯属虚构。维特不再是我们在上卷中所认识的那个人了。他变得面目全非。我意识到这一点的时候觉得自己发掘出了有趣的东西还颇为开心。可是后来我偶然读到克莱布·罗宾逊[1]拜访歌德母亲阿娅女士[2]的记录中,她就说过小说上卷中的维特就是歌德,而下卷中的维特不是。自那时起,有关这部著名小说的评论数不胜数,这个明摆着的事实肯定也反复被人提及,简直就是摆在眼皮底下。当然,在小说的最开始,歌德就有意让维特自杀。为了做好铺垫,他早早就安插了一个场景,让维特、绿蒂和阿尔贝特探讨自杀合理与否。绿蒂和阿尔贝特都觉得自杀非常可怕,而维特反驳说当生命已经无可忍受,自杀是唯一的出路。他认为在某些情况下,自杀乃必要且英勇之举,世人不应鄙夷,而应喝彩。歌德应该本能地知道,他在上卷中创造这个人物的时候,是将自己对生活的

---

① Henry Crabb Robinson (1775—1867),英国作家,以日记闻名。
② Frau Aja,歌德母亲卡塔琳娜·伊丽莎白·特克斯托的昵称。

热爱注入他的身上,不论他有怎样的苦恼,也应该和自己一样不至于自杀吧;可是他在下卷里却又不得不创造出一个无法抑制住内心自杀念头的人物。歌德就是这么做的。于是,下卷中的维特也就无可避免地和上卷中的他大相径庭了。

维特在离开韦茨拉尔不久便在朋友的劝说下接受了某德国宫廷的外交代表秘书一职。这时,小说里的维特易怒、狭隘、倨傲且好斗。他的上司自然是希望维特能以上司本人的写作风格来草拟信件,可是维特我行我素,上司于是将信件打回要求重写,秘书维特当然火冒三丈。在那个年代,受过良好教育的年轻人似乎都疯狂地爱上倒装句,他们认为倒装能增添文采。不过像维特的外交官上司那样一位通达世故的人,认为在官方文件中滥用倒装句不合适,更欣赏他所习惯的"官样文章",而不是那种"文采斐然"的东西,这也不无道理。于是,上司和下属很快就争执起来。

接着,发生了一件事情,为日后的不幸埋下了伏笔。维特和该宫廷某高官是朋友,他的上司对此人也非常信任,有一天维特去此人家中吃饭。那天晚饭后主人要举办一场盛会,城中贵族名流尽邀到场。饭后,主人由维特陪同,在客厅接见客人。维特乃无名小卒,并不在受邀出席之列。客人纷纷登场,王公贵族们携眷出席。很快维特便发现他们看见自己都觉得很吃惊。他意识到在这种名流聚会中他的出现会遭人诟病;不过,他不知如何应对,只好硬着头皮撑下来。不久,一位地位格外尊荣的贵妇便径直走向主人抗议起来;主人叫维特过来,很有礼貌地请他离开。在我们现在看来,这简直就是蛮横粗鲁。不过要记住在那个年代,德国的贵族阶层和中产阶级之间仍然有着不可逾越的鸿沟。此事很快在小城里传开了,谣传成维特在聚会上粗俗无礼,被赶了出去。维特十分苦恼,一周后便递交了辞呈。

　　某位对维特颇有好感的王公,大概是怜悯这个年轻人所受的侮辱,邀请他去府上小住赏春。维特欣然前往,可只过了几个星期他就得出结论:王公和他完全没有共同点。"他是个善解人意的人,"他写道,"只可惜也是凡人一个;有他相伴也只不过和读一本精彩的小说感觉差不多。"目空一切的年轻人啊!维特于是决定离开,回到原来的地方,绿蒂和阿尔贝特已经结婚安顿下来的地方。阿尔贝特看见维特回来似乎一点也不高兴,他因为工作原因得不时出差。尽管他没有公开表示反对,他也不喜欢看到维特总是缠着自己的太太。歌德对绿蒂的心态描述得非常微妙。她知道阿尔贝特讨厌维特来访,她希望维特走开让她和丈夫的二人世界清清静静,可是又不忍心下逐客令。她爱她的丈夫,也尊重他,不过她对维特也是有爱的,还不止一点点。圣诞节前,阿尔贝特又出差了。绿蒂让维特保证在她丈夫出差之际不过来看她,可是这时维特还是来了。她狠狠地指责他违背诺言,当时已是夜晚,照规矩绿蒂不能单独和维特待在一起。她便请人叫几个朋友过来,可是朋友们都正忙,脱不开身。维特随身带了几本书,绿蒂让他念给她听。他翻译过一些奥西恩①的诗,于是就念了几首。诗歌深深地打动了他们俩,她哭了起来。她的眼泪彻底摧垮了他,他也呜咽起来,伸开双臂拥她入怀,发狂地吻她。她又爱又怒,不知如何是好,一把推开他,大叫:"这是最后一次!你绝不能再来。"接下来,书中原话是"接着,她满怀深情地看了一眼这位不幸的男人,便飞奔入隔壁房间将自己反锁起来。"第二天,维特给绿蒂写了一封心痛欲绝的信,告诉她自己准备告别人世。他告诉他自己终于知道她是爱他的。"你是我的,绿蒂,永永远远都是我的。"维特从仆人口中得知阿尔贝特回来了,便遣他去找

---

①　Ossian,苏格兰高地及爱尔兰传说中的游吟诗人。

阿尔贝特借手枪,说是自己要去旅行。可以想见阿尔贝特听说这个消息,如释重负,爽快地借给了他,第二天清晨维特便饮弹自尽了,人们在他的遗物中发现了那封写给绿蒂的信。

以上这些不太连贯的叙述就是《少年维特的烦恼》的故事梗概。时至今日,小说的最后几页仍然相当感人。此书出版后所取得的成绩可能是前无古人后无来者的。它流传之广,被探讨之多,模仿者之众,几乎无可比拟,还曾被翻译成数十种文字。唯一对此书冷淡处置的恐怕就是科斯特纳和夏洛特了吧。读者们很快就发现他们俩是小说中的原型。科斯特纳非常愤怒地发现自己被写成一个呆头呆脑的笨蛋,根本配不上他那迷人的太太,而且小说还暗示他太太曾经爱过歌德。很多人都在猜想这小说到底有几分真实,几分虚构。科斯特纳还写文章表示抗议。歌德的回应简直不容分说,"难道你没有意识到,一千个人的心目中有一千个维特,你想不到这一点那是你的损失。"

如今,每个人读了《少年维特的烦恼》之后都无一例外地会问自己:这本书到底有什么魔力,当年引起那么大的轰动。我想,答案就是,用我们现在的话来说,它切合时宜。那个时候,浪漫主义风起云涌,卢梭的著作已经被翻译成德文,人们争相传阅,其影响十分巨大。德国的年轻人已经受够了启蒙时代刻板僵硬的条条框框,而正统宗教又沉闷枯燥,无法滋润渴望无限的心灵。卢梭的作品正好迎合了年轻人的企望。他们不假思索地接受了卢梭的观点:情感比理智更为可贵;扑腾跳动的心儿比变化无常的头脑更为高尚。他们珍视细腻的情感;视其为灵魂美丽的标志。他们鄙夷常识;视其为情感匮乏的表现。他们的情感时常失控;一个小小的刺激就会让男男女女们泪如泉涌。他们写的信,即使是那些年长一些应该更为成熟一些的人,全都热情过头,情感泛滥。当年既是诗人又是教授的维兰德①在不惑之年写信给拉瓦特②的信中称对方为"上帝之天使",末尾是这样写的,"要是能和你在一起多好啊!哪怕短短三个星期也好!可是我害怕会和你太过亲密,因为我们总要分离,那样我怕是会相思成灾,一病不起。"德国评论家对这种毫不掩饰的情感流露只淡淡地补充说维兰德时常拜访他的好友们,每次要离别的时候无不"相思成灾,一病不起"。如果说当时的"时宜"就是如此的话,那么《少年维特的烦恼》一书能够倾倒众生也就不奇怪了。年轻人的爱情是那么激情澎湃又是那么地痛苦绝望,深深地扣动了人们的心弦;维特身陷人世间的情感囹圄,不得不自尽以求得自由,也让人们从心底里激发出敬畏和仰慕之情。维特让歌德一举成名,世易时移,不论歌德还写过什么,这本书仍然是他最著名的作品。歌德最终得享高寿,不过在他后面的岁月里再也没有哪部作品取得过这样令人震惊的成功。

3

《少年维特的烦恼》出版于1774年秋天,年底的一天,一位冯·克尼贝尔上校扣响了歌德家的门请求接见,称自己是魏玛宫廷两位王子的驯熊师,此行特地带来两位主公的口信,想要与大名鼎鼎的作家结识一番。歌德欣然前往,这两位王子,年长的一位还不到十八岁,立即为歌德的风度所迷倒。不久,歌德又由一位朋友带领去参加富有的银行家遗孀薛曼夫人举办的聚会。薛曼夫人有一位金发碧眼的独生女,歌德走进大厅的时候她正在演奏钢琴。同往常一样,歌德又一次坠入了爱河,不久,二人就如胶似漆。不过这段恋情

---

① Christoph Martin Wieland (1733—1813),德国诗人及作家。
② Johann Kaspar Lavater (1741—1801),瑞士诗人,面相学家。

遭到两家人的一致反对。莉莉·薛曼属于法兰克福的上流社会之家,将来会继承丰厚遗产嫁个上等人家。歌德的祖父只是个裁缝,娶了一位旅店店主的遗孀,一辈子从事祖上传承的裁缝之职,回报颇丰。他的儿子,即歌德的父亲,受过法律方面的培训并取得受人尊敬的宫廷顾问头衔,这让他有了一定的社会地位,但却还没能跃升至法兰克福的上流社会。歌德父亲严厉且朴素,极力反对儿子娶一个时髦富家女为妻。莉莉才十六岁,自然很是享受她那个年纪的女孩子视为乐事的东西。她喜欢跳舞、聚会和野餐。歌德其实也意识到了她所喜欢的快乐生活并不适合自己,不过他爱得太深也无暇多想。他为她写诗,有很多是他最优美的诗歌;却没有他写给弗莉德里克的诗里那种始乱终弃的意味;读起来感觉隐隐有点不确定的感觉。他对自己不太有把握,对莉莉也不太有把握。但是,两人还是不顾双方家庭的反对订婚了。刚订婚没多久,歌德就开始心神不定。他才二十六岁,知道自己拥有优异的文学才华以及对生活的炽热之爱。他还不想这么早就安定下来。

焦虑挣扎之后(我们可以猜想),如果他考虑过莉莉会伤心欲绝的话,很可能还经受了良心的煎熬,他终于决定要掐灭对她的爱意。马上他就有了一个绝好的机会来结束这段恋情。两位年轻贵族,施托贝格伯爵,狂热地仰慕歌德,专程来到法兰克福来结识他。他们要去瑞士游历,邀请歌德同往,他同意了。他们出发时身穿小说中维特时常穿着的行头,还有一套蓝色外套,黄色长筒袜以及马甲,配长筒靴及灰色圆帽,这套行头就是小说中维特嘱咐他下葬时一定要穿的。歌德走的时候没有告诉莉莉,没有留下一句道别的话,这当然让她和她家人非常憎恶。这种不辞而别说得好听一点叫不懂礼貌;不过歌德有时候待人接物的确有点冷酷无情。奇怪的是他居然对于自己的行为所导致的别人的痛苦浑然不察。这几个年轻人在瑞士游玩了一番,饱赏美景,可是歌德却没法忘记莉莉。从他所写下的动情文字中我们得知当时他是多么渴求她的爱。如此一来,瑞士之旅完全是个失败。

歌德回到了法兰克福,从我们现有的材料来看,不清楚这小两口是否还认为自己有婚约在身。他们仍然见面,还算频繁,仍然还爱着对方。很明显必须得有所行动才是,于是歌德的父亲提议他儿子去意大利远游一趟,一心想斩断这小两口的关系。这个提议正中歌德下怀,他满心欢喜地应允了。正当他准备行李的时候,年轻的魏玛公爵刚娶了黑森-达姆施塔特的公主为妻,迎娶返回途中经过法兰克福。他极其热忱地邀请歌德前来魏玛小住几周。盛情难却,歌德接受了邀请,不顾他父亲极力反对他与这位王子结交,日程很快就确定了。这个时候歌德到底有没有鼓起勇气告诉莉莉他要远行,我们不得而知。我们只能凭借他在自传里透露的一件小事来猜测:在他临行前两天的某个晚上,他在法兰克福的街道上漫步,突然发现自己站在莉莉的窗下。她正在弹钢琴,他听见她一边歌唱,唱的正是那首一年前他写给她的歌。"我抑制不住地觉得她唱得格外动听,"他写道。"听她唱完,我看见她起身,来回踱步,影子投射在百叶窗上;我尝试来去都无法透过厚厚的窗帘一睹她的芳容。我只得暗下决心要离开,不去打扰她,斩断对她的情丝……让我决定要离开我至亲的人儿。"十八个月后,莉莉嫁给了一位富有的银行家,找到了门当户对的归宿。

歌德到达魏玛的时候,本来准备只待上一两个月就走:谁知造化弄人,他几乎在这里待了一辈子,只偶尔离开过几次。年轻的公爵非常喜欢他,很快两个人就形影不离。他们一同喝酒,一同狩猎,一同和路上邂逅的乡下女孩调情。魏玛公国那些稳重的官员都认为这个放浪形骸的诗人把他们的主公给带坏了,非常希望他早点走;可是公爵自己舍不得歌德,为了挽留他还给他在内阁中安排了个职位,发给他薪水,还配给他一幢河畔小屋。公爵要说服歌德在魏玛安顿下来是经过周密考虑的,因为歌德活力无穷、能力超群且足智多谋。接下来委派给他的任务越来越多,他都完成得极其出色。我知道,大家都认为当年歌德服从魏玛公爵的意志留在那里,实属他人生中一大错误决定。他是位诗人,了不起的诗人,可他却去做普通公务员就能胜任的工作。这么说有道理,不过别忘了当时他的处境:他才二十六岁,有无限精力去享受人生,让人生充实。他明白自己的社会地位并不高。一旦被王公贵族这样的人所器重,他便唯其马首是瞻,也不能说他就错了。很自然他会抓住这个机会进入一个完全不同的世界,这里可比法兰克福的中产阶级圈子要丰富多彩得多。他父亲一怒之下断绝了给他的经济资助。那个年代和现在一样,一位诗人绝不可能光靠写诗就能维生。文人墨客们得去给王公贵胄的子弟当家庭教师或者在大学里任职,拿点微薄的薪水才行。席勒当年是全德国最受欢迎的戏剧作家,都得靠翻译法文书籍才能勉为生计。

有些人很严厉地批评歌德去侍奉一个小小的德国亲王完全是自暴自弃,我不知道这些人认为歌德应该去做什么事情才叫做好。我一再强调过但却没人相信:作家们并不喜欢缩在蜗居中挨饿受冻。歌德很快就步步高升,三十岁刚过已官至魏玛公国的首相要职。应公爵要求,神圣罗马皇帝授予了他贵族头衔,此后,他的正式头衔就成了:枢机大臣冯·歌德阁下。他在魏玛安顿下来后没几个月就又一次坠入情网。这一次他的恋爱对象是骑兵统帅冯·施泰恩男爵夫人夏洛特·冯·施泰恩。她比歌德年长七岁,生过七个孩子,仅有三个活下来。她并不算美貌,但是身材非常轻盈修长,而且冰雪聪明。找到这样一位兴趣相投、无所不谈的对象同时又能专注聆听的听众,歌德自然心生欢喜。同往常一样,他又开始激情洋溢,发动攻势了,可是冯·施泰恩夫人只想和他做朋友,无意发展为情人,于是接下来的四年里她都一直在抵御他的攻势。后来歌德说服公爵邀请一位名叫科罗娜·施洛特的女演员来魏玛公国剧院里演出歌德写的剧本《伊菲革涅亚①》。上演宫廷专场的时候,科罗娜·施洛特扮演女主角,歌德扮演俄瑞斯忒斯②。观众从来没有看到舞台上出现过如此般配的一对璧人。也许,冯·施泰恩夫人就在这时感觉到歌德会离她而去,转投聪明迷人的女演员怀抱。她害怕失去歌德,这才应允了他的追求。后来的四五年里这对情人一直相处得十分融洽。

4

自年少时起,歌德就对戏剧充满了兴趣。他的祖母曾送给他一套木偶剧班子;他还特意为这个班子写了好多剧本,表演给热心观众——一帮大大小小的孩子们看。他来到魏玛的时候发现这里的业余剧团表演极其风行,他们都很欢迎歌德加入。这些成员里有公国官员,比如说一些有利用价值的朝臣,偶尔还会有一两位专业女演员加入。剧团表演并不仅限于魏玛,也会去邻近的大公国巡演。布景和道具都由骡子驮运,人员则骑马而行。他们既在露天搭台,也在宫廷大剧院中表演;晚饭过后再骑马回家。也许是四处表演让人兴奋,这种生活也十分有趣,歌德便想起早在法兰克福时就开始构思的一部小说。歌德最早提到这部小说是在他 1779 年的某则日记里,他初拟这部小说的名字为《威廉·迈斯特的剧团表演生涯》。

---

① Iphigenia,古希腊神话人物,阿伽门农之女,险被其父祭神。
② Orestes,古希腊神话人物,阿伽门农之子。

可是,两年之后他才开始着手撰写。他采用的是一个古老的文学形式,我想大概和佩特罗尼乌斯①的《萨蒂利孔》②一样历史悠久且大受欢迎吧。西班牙的流浪汉体裁小说将此类文体在欧洲发扬光大,后来,勒萨日③的《吉尔·布拉斯》④、亨利·菲尔丁⑤的《汤姆·琼斯》和斯摩莱特⑥的《亨弗莱·克林克》都凭借这种体裁而大获成功。简单地说,这种体裁就是将故事主人公引出家门,让他东转转西转转,经历各式各样的事情,最终以迎娶美貌迷人且嫁妆丰厚的女子美满收场。这样安排的好处在于作者能够引入多个性格迥异的人物,讲述一系列多少有点危险的事件,以变幻莫测的风格来吸引读者的注意力。歌德的这部小说本来要写十二卷,写完第一卷后他停了几年,然后写了第二、三卷,最后以每年一卷的速度写到第六卷为止。

这种写小说的方式似乎比较奇特。大多数作家写小说的时候会全情投入,脑子里别的什么都不想,一天下来不得不停笔之时,身心俱疲,想着没有完成的部分,心里却极不耐烦,似乎等到第二天才能再度开始会损失不少时间一样。很明显,歌德居然可以过了一年才继续写,好像他数小时前才停笔一样。这部小说极为流畅,章节之间的过渡自然,你只能说他早已将整个故事从头至尾打好腹稿,而且记忆力惊人,能将其完整再现。那个时候德国大多数剧院都由亲王资助;剧院经理得组织上演歌剧、轻喜剧和通俗情节剧来迎合纯粹找乐子的观众的口味。歌德动手写这部小说的时候,宗旨很明

---

① Gaius Petronius Arbiter(约27—66),古罗马尼禄时代官员,作家。
② *Satyricon*,古罗马时期散文体和诗体结合的一部文学作品,传为佩特罗尼乌斯所著。
③ Alain Rene Lesage(1668—1747),法国小说家及剧作家。
④ *Gil Blas*,法国文学名著,著名的流浪汉体裁小说。
⑤ Henry Fielding(1707—1754),英国著名小说家及戏剧家。
⑥ Tobias George Smollett(1721—1771),苏格兰诗人及作家。

确,那就是剧院应该具备教育公众的功能,还要对德国文化产生重要且有价值的影响。这一观点在当时很是风行。我们可以猜到歌德的构思就是故事主人公威廉·迈斯特在体验了人生百味,沧海桑田之后终于成为一家剧院的经理,身兼演员与作家二职,将剧院推至全国一流水平,他所撰写的剧本也将本国水平提升至与英、法相媲美的程度。

可是有段时间,歌德却变得越来越焦躁不安。魏玛宫廷的繁文缛节,陪同公爵出访各国这些事情并不如他最开始所想象的那样极富吸引力。整个魏玛社会,早几年是那么光彩绚烂,充满了知识的魅力,如今却那么狭隘小气,他的官职也颇为累赘。歌德刚刚爱上夏洛特·冯·施泰恩夫人的时候,她才三十二岁;如今已步入不惑之年,确切地说,已经四十三岁了。他们的恋情已不复当年才子佳人的浪漫,渐渐变成了一种习惯,为众人所认可并接受,可是当年的佳人已经变成了乏味的黄脸婆。冯·施泰恩夫人有点家庭教师的味道:她教会歌德举止更加优雅有礼,还引领他进入了一个全新的世界,她将诗人打造成了一位重臣,一位绅士。诗人写给她的诗也温柔体贴,不过却带点尊敬、敬重和仰慕的味道,而不是激情洋溢。如今他终于觉得现在应该不惜一切代价放手了。有一天凌晨三点,歌德化名莱比锡商人约翰·菲利普·默勒,随身带了一个仆人,一个背包,一只皮箱悄悄离开魏玛前往意大利。他就这么离开了夏洛特,连一句告别的话都没有,就这么在外面游荡了两年。

也有人说夏洛特从来就没有成为过歌德的情妇。现在看来,这一点已经不太重要。我认为答案是肯定的,证据就是当年歌德已决心出走却一直对她隐瞒这一事实。如果她真的只是他的好友,这么多年来歌德只是给她写了无数诗歌信件,陷入困境时找她倾诉,珍视她的建议的话,他肯定会将自己的出行计划提出来与她探讨。她也许很遗憾他选择出走,不过她应该能理解他那丰富的精神世界,也明白他要写出那部头脑里构思的小说必定要远行。但是,如果夏洛特是他的情妇,那么情人要响应心灵追求而出走数月,她是很难接受的。歌德很有可能就是害怕她苦苦相逼的一幕,于是决定还不如生米煮成熟饭,更简单一点。我前面也提到过,歌德总是对别人的感觉漠不关心。此外,如果他们之间真的只是柏拉图式的恋爱,她也就没理由在他返回之后以冷淡待之,没理由不听他按捺不住地讲述意大利之旅。她严厉地责备了他,因为他一去就是这么久,尽管他说就是因为他忘不了她才选择回来,都没有用。他感觉她就是认定了他早就打算一去不复返。这种待遇歌德无法适应,他写信给夏洛特,"我冒昧承认无法忍受您如今对待我的态度,我谈兴正浓时你以沉默相对;我闭口不言你又责怪我待你冷淡;我与友人言欢,你又怪我铁石心肠,将你冷落。我的一举一动都被你盯在眼里,我的举止、仪态无一不遭你数落,还时常见我轻松自在就故意找碴儿。你故意为难我的时候,我怎么可能信心十足,开诚布公呢?"

仍然无济于事,夏洛特没那么容易安抚,自此以后他们只是在正式场合才偶然见面。

离开魏玛之前,歌德已经开始写这部小说的第七卷,尽管时常是在打腹稿,但不论是在意大利还是回到魏玛后他都没有继续写下去。我斗胆揣测他是不知道该怎么写了。这部小说他才写了刚刚一半,可是结局就已经可以预见。威廉已经成为剧院的经理之一,歌德也不可能想不到除了流浪汉小说那种以美好姻缘而告终的俗套结尾以外,他还真没有什么别的可写了。也许他那时候就想如果不能有所创新,让小说别具深度,能达到他原来设想所不能及的高度,那还不如就此打住作罢。自从歌德不辞而别去意大利远游以来这八年,世事变幻莫测。法国大革命震惊世界,路易十六和他那可爱的皇后命丧断头台。年轻的法兰西共和国军队驱散了前来干涉的奥地利军队,并占领了莱茵省。歌德似乎觉得未来的人和过去的人会完全不同,那么他要做的就是适应这个变化了的世界。1794年,他又一次开始继续写这部小说,不过目标已经全然不同。他意图向读者展示小说主人公在身不由己的各种影响之下,个性心理的变化历程,直到最后他终于能驾驭天赋之能,并将其投入到为人类同胞服务之中。歌德的主题不再是从前所构想的戏剧艺术,而是生活之艺术。我不确定是否真有这么一样东西,不过究其字面还是有意义的,也许就是肯定意义。其他的艺术形式,譬如舞蹈,表达方式就是自身的局限;可是生活这门艺术,只有死亡才是局限,也是身体力行的终点。其他艺术形式的熟练操作是可以习得的;可是生活这门艺术,你除了逆来顺受,别无选择。生活是否成为艺术是造化使然:命运多半是机缘巧合,上帝永远是在掷骰子。

歌德花了些时间对原来的手稿进行了删减、修改,对某些段落进行了前后调整,然后改换了一个新标题,小说就出版了,这就是《威廉·迈斯特的学习时代》。

5

这个故事错综复杂,我只能拎出框架简述一下。在我开讲之前,我得警告大家十八世纪的读者们喜欢小说生龙活虎一点。他们喜欢小说里有出乎意料的事件发生,让他们惊讶,只要无法料到,他们才不管是否可能呢。但凡碰上巧合,他们便怒不可遏,刻薄挑剔起来。可能性是由十九世纪现实主义小说家们引入小说的,他们认为小说中发生的事情不仅得具备可能性,更应该是无可避免的。如今的读者,也许我们自己并不知道,其实我们是决定论者;而十八世纪的读者则认为各种机会发生的可能性应该完全均等。

　　威廉·迈斯特是商人之子,其父与一位名叫维纳的人合伙做生意。他父亲认为自己的儿子威廉和维纳的儿子都应该子承父业。小说开始的时候,威廉正和一位名叫玛丽安的漂亮女演员打得火热,她是来法兰克福巡演的某剧团成员。威廉不喜欢继承父亲的生意,他热衷于戏剧,并且深深沉浸在爱河之中。他想娶玛丽安然后继续舞台事业。可是威廉没什么钱,玛丽安则傍了个大款,用度不愁。威廉发现真相的时候,十分受伤,神情沮丧,身体也差点崩溃。等他养好了病,发现自己厌恶戏剧,于是矢志再也不碰它。接下来三年他都辛勤地在父亲公司工作,后来被父亲和合伙人派出去收账。他在一个大一点的镇上待了几天,偶遇一对男女演员:拉尔特斯和费琳娜,由于剧团经费紧张破产,滞留在这里。这时来了一个杂技剧团为大家表演,其中就有美侬。歌德为这个人物所写的诗歌是他的诗作中最为出名的,"你可知道那个柠檬花儿盛开的国度"。威廉目睹美侬被剧团经理毒打,解救了她,把那个禽兽经理痛打一顿后以三十元为美侬赎身。杂技剧团走了,不久威廉从前熟识的一对演员夫妻来了,特地来加入拉尔特斯和费琳娜所在的剧团,得知剧团已经解散,非常难过。这些演员聚集在威廉的身边,让他对舞台的热爱再次燃烧起来,于是他们决定自己组建剧团,并说服威廉出资买下原来破产的剧团留下贱卖的道具和行头。其实威廉出的钱是公司讨账所得,他就这么挪用确实有点不择手段。

　　还有些飘零在外的演员也加入了他们,这时出现了一位名叫哈珀的神秘人物,他年事已高,白胡子飘飘,瘦弱的身体裹在棕色长袍里。威廉非常欣赏他的表演和唱功,坚持让他加入剧团。不久,剧团下榻一家小酒店,碰上一位侍从武官为明日就要抵达此地的某伯爵及伯爵夫人安排住宿事宜。伯爵夫妇准备回到自己的城堡招待一位王公,也是位著名的将军,正带领部队向附近的总部进发。伯爵夫妇下榻后当即表示愿意聘请这些流动演员为他们的尊贵客人表演。威廉被引荐给伯爵夫人的时候为她的美貌、风度和独一无二的魅力所倾倒。一切安排停当,威廉便决定陪着剧团一同前往城堡,一部分是因为他确实想再睹伯爵夫人的风采,一部分是因为对于这种结交贵族名流的机会他总是心向往之。他和歌德都是这么想:只有上流社会的人才能仪态得体,教育教养良好。如今的贵族阶层,一贫如洗,无权无势,没法再装腔作势,自然心头伤痛。某些贵族同胞们愚蠢至极地装出自命不凡的样子时,都会沦为人们的笑柄。我斗胆提醒读者注意:歌德所处的那个时代,整个欧洲,特别是德国,贵族阶层和平民百姓之间的鸿沟是不可逾越的。这两者简直分属不同物种,贵族们不仅要求下层民众如仆从般尊重他们,还要求他们认命。至少从理论上讲,贵族们优雅精致而普通民众则粗俗不堪。

　　已经出场的诸位人物之中,费琳娜最为美丽动人。她是个人见人爱的尤物——从来没有道德原则,但却慷慨大方、热心快肠、讨人喜欢。她轻佻浪荡,随时准备献身于任何拜倒在她石榴裙下或是值得她倾心的男人。她是个不知廉耻的妓女,歌德不认同这个人物的作为,可是她实在太有魅力,让歌德忍不住喜欢上了她。整个小说里歌德对这个人物始终温柔溺爱。窃以为他明白这样一点:虽然这女人道德松懈,可是本性不坏。她第一次见到威廉就爱上了他,不过像威廉这样傲慢高贵的公子完全不理会她的攻势。她收服了一个叫弗里德里克的年轻人,帮她跑跑腿伺候她。他们一吵架她就打发他卷铺盖回家,可是没过几天,他无法忍受没有这个狐狸精的生活,还是回来了。此时,威廉毕竟是血肉之躯,不可能对费琳娜的无边魅力完全免疫,他正欲投降于她的甜言蜜语之时,忽闻她又搞定了伯爵的侍从武官,两人正要共进晚餐。威廉又妒又怒,眼看要到手的肥肉却落入他人之口,于是决定要轻蔑这个贱人。后来,他听说那晚费琳娜要弗里德里克服侍她和侍从武官享受浪漫晚餐时,弗里德里克将炖肉一把扣在了两人头上,心中也是不无欢喜。

瓢泼大雨之中演员们抵达了城堡,却发现他们被安排住进了一幢被遗弃的房子,连家具都没有。只有费琳娜通过侍从武官的关系住进了城堡里的一间房。她将伯爵夫人巴结得很好,很快伯爵夫人就事事得找她商量。威廉正是通过费琳娜才得以接触这位出身高贵的夫人。他的才貌和魅力完全迷倒了她。他为她诵读自己写的诗,威廉和歌德一样感情极其丰富,很快便爱上了伯爵夫人,而且相信她对他也有点意思。费琳娜的眼光敏锐,很快就发现了端倪。尽管她本性使然爱上了威廉,可她还是尽全力撮合这两人,真是位非凡的女性啊!后来王公在仆从拥簇下驾到,城堡里上演了精心准备的各种节目供其娱乐。这些场景的描写全都生动有趣。尤其是伯爵夫人的招待会那场,写得格外引人入胜。霍夫曼施塔尔①在其剧本《玫瑰骑士》②第一幕中描述了相似的场景,效果绝妙。威廉结识了王公随从中的一位上校,名叫雅诺,此人既精于世故又是位知识分子,他送给威廉一卷莎士比亚的戏剧让他读:这无疑是醍醐灌顶。可是,不知怎么突然爆发了战争,城堡里的盛会匆匆解散,演员们拿了报酬后被遣散。他们离开的前一夜,费琳娜带着威廉去和伯爵夫人道别,并慎重地安排二人单独待在一起。伯爵夫人赠给他一枚戒指,里面藏着她的一缕头发,接下来不知怎么的这两人就紧紧拥抱在一起了。伯爵夫人强忍住感情,离开威廉的怀抱,哭着对他说,"如果你爱我就远走高飞吧。"随后他就离她而去了。

---

① Hugo von Hofmansthal(1874—1929),奥地利小说家,歌剧剧本作家,剧作家,诗人。
② *Der Rosenkavalier*,由理查·施特劳斯谱曲,首演于1911年。

这些巡回表演的演员们离开了城堡,本想去汉堡这座繁荣的大城市找事情做,不料路上被一群强盗拦下,洗劫一空。威廉英勇反抗却遭枪击,等他醒转过来时发现自己躺在费琳娜的怀里。这时,有位年长的绅士和一位年轻女子由一群骑手陪伴路过,看见受伤的威廉便停了下来。那年轻女子看上去尤为担忧,用年长者的厚外套给威廉盖上。尽管身负枪伤,威廉还是被女子的美貌和温柔所打动,立即爱上了她。此后他便时常对她念念不忘,并诗意的称她为"亚马孙女武神"。随后威廉被安顿在附近村子的小旅馆里,原来整个剧团的其他人也都逃到那里。费琳娜和强盗头子打情骂俏,把她的行李给保住了,伯爵夫人送的那些好东西都安然无恙。这样,其他人当然愤愤不平,因为他们除了身上的衣服,什么都没保住。他们还责怪威廉抄了一条危险的小路而不是绕道走安全的大路,于是就抛下他离去,只有哈珀、美侬和费琳娜留了下来。费琳娜一路上悉心照料他,威廉日渐恢复。有天早上他醒来时发现她睡在自己的床尾。她醒过来的时候,威廉假装熟睡,闭上了眼睛。一两天后,费琳娜一句话也没说就走了。

单身青年拒绝美丽迷人又没有什么道德观念的女性示爱,这世上大多数人却并非对此全然赏识,有点可悲可叹。歌德曾说过威廉是他的自画像,不过更加可爱也极富戏剧性,可是他也曾说过威廉是个愚蠢而又可怜的家伙。与歌德同时代的人及后来人都赞同他的说法。《威廉·迈斯特的学习时代》的英译者卡莱尔①就曾经称威廉是个懦夫。这措辞也太苛刻了一点。威廉为人和善厚道,能体谅别人的痛苦。他解救了遭受虐待的美侬,收留了绝望无助,有点精神错乱的哈珀。他总是尽全力去帮助那些不幸的人们减轻痛苦,

---

① Thomas Carlyle (1795—1881),苏格兰评论家、散文家、历史学家。

甚至是帮助那些惹人讨厌的人,比如后面即将登场的奥蕾莉亚。威廉尽管年纪轻轻,不谙世事,可他总是让自己上当受骗,送钱给那些卑鄙的骗子为他们解困:这是他的个性,不能说是毫无同情心。他其实非常勇敢,在剧团遭遇强盗的时候,他挺身反抗直到被击倒。许多其他小说中的主人公还没有威廉身上这么多优点,就已经征服了读者的心灵。也就是卡莱尔对他的克己复礼大为不满。

很久以前,歌德就在他的第一本书《少年维特的烦恼》及两部戏剧《铁手骑士葛兹》①和《克拉维戈》中绘出了几幅自画像,这三个虚构人物和威廉一样都有同样的性格缺陷。他们都懦弱,屈从于自身的情感无法自拔。我们只能得出这样的结论:这些个性特征都是歌德发现深深植根于自己心中的。他将自己的动机、思想、感情和特质全都安在威廉身上:歌德喜欢背诵自己的诗歌,威廉也是;歌德不擅长对自己偶然感兴趣的问题写出长篇论文来探讨,威廉也是。歌德将自己的性情及理想,陶冶情操的念想,对于艺术的激情,诗歌方面的天赋以及在脂粉堆里的风流多情全都注入威廉身上。同时他自己犹豫不决,缺乏毅力,容易受形形色色的人影响的个性也能在威廉身上找到。必须得承认,读者要非常宽容大度,不要对威廉不耐烦才是。当作者成为自己小说里的主人公,这个人物就成了傀儡,失去了自由,结果是他总是在和故事里的其他人物暗地较劲,只有局外人才能看得出来。

6

威廉身体痊愈之后仍然矢志要从事表演,他和哈珀及美侬一起来到汉堡,他的一个朋友名叫瑟洛,正是此地一家剧院的经理。在

① *Goetz von Berlichingen*,上演于 1773 年,取材于德国历史上著名的铁手骑士。

汉堡期间,他收到父亲合伙人儿子维纳的来信,告诉他威廉的父亲过世了。

　　然后告诉威廉他所继承的财产再加上他自己的,应该投资一处房产,威廉可以回来打理。威廉回了一封信给维纳拒绝了这个提议,口气有点沮丧。我就节选卡莱尔的译本中重要的几处吧:"如今我在这里提高自我修养,正是我年少时便拥有的愿望及目标,虽然那时还未明确方向但却时常念想……我不知道在外国如何;在德国这是普遍现象,请允许我这么说,个人修养对于人们来说是可望而不可即的,除了贵族阶层以外。中产阶级能学会美德;特别努力的还能教化自己的头脑;可是任他在这世上挣扎求生,他的个人素质却丢失了,甚或比丢失更为糟糕。达官显贵们时常与举止最为优雅的圈子接触,不得不培养出文雅的举止;这样一来,所有的机会都会向他敞开怀抱,最终他会变得无拘无束,毫不矫揉造作;不论在宫廷里还是在军营里,他的形象及个性自然是他的一部分,而且还是最为必要的一部分,因此,他就有理由赋予它们一定价值,而且还会展示给别人看。平凡事物中的优雅之美,位高权重者身上的风趣雅致最适合他不过了;因为这表明他无论何时何地都能保持心态平衡。作为公众人物,他的举止越文雅,声音越洪亮,气度越稳重,他就越完美。如果无论对待高低贵贱之人,还是家人友人他都能保持如此气度的话,就没有人能说他的坏话,也没有人会与他为敌。他的冷淡会被认为是头脑清醒,他的虚伪会被认为是智慧。如果他在生命中每时每刻都能保持这样一种外在的状态,那么无人能对他有别的要求;而他自身或者相关的其他东西,比如能力、才智、财富这些都只是额外的奖励罢了。"

　　此处跳过三段,接下来信里是这么说的:"如今我在修身养性,这是我自出生起就无法享受的东西也是我最为渴望的东西。自离

别你之后，我躬亲实践*，获益良多；对于惯常而至的尴尬窘境，我
已经能够放在一边，变得极为宽容。我也一直在注意自己的言辞和
声音；我可以不带虚荣心地说，与人交往时我不会弄得不欢而散。
可是我不想对你隐瞒我想成为名人的理想，要想在一个较大的圈子
里取悦众人且施加影响，就得每天完美多一点。这样我对诗歌及其
相关事物的热爱能和对自身素质和品味的修养结合在一起，我觉得
这样的修养非常必要。从今以后这种享受将成为我生活中不可或
缺的一部分，这样，我才能视善为善，视美为美。你知道，所有这些
除了在舞台上别处无可求得；只有在戏剧之中我才能依我所愿来成
就自己，提高自己。在戏台上，一位文雅高尚的人再加上个人成就，
自会光芒四射，就像在上流社会里一样；在他的学习过程中，身体与
心灵必得齐头并进；那么我在舞台上能和在其他地方一样不断提高
自己的能量。"

这段话的意思似乎是中产阶级出身的青年要为舞台奉献终身，
扮演伟人贵胄，也能习得贵族们与生俱来的文化素养和良好教养。
不过，这意思也许还要更进一层，那就是：既然我们所在的这个世
界其实是幻象，其真相永不可得，那么在舞台上扮演自己的角色和
在谬称为"真实世界"的现实之中扮演自己无甚差别。

威廉将手头上的资金都投入到戏剧排演制作之中，还拉瑟洛入
股。他虽有些不情愿，还是同意聘用流落至此的这个巡回剧团，其
中有威廉参股。这时，费琳娜又出现了，她对威廉说了一句如今被
录入经典的话："我爱你，与你何干？"就我们所知，威廉对此无言以
对。费琳娜不久就上了瑟洛的床。威廉和瑟洛联手制作的第一部

---

* 原注：这里卡莱尔的翻译不太准确。他所译的"躬亲实践"在德文中是
Leibesüebungen，乃体格锻炼之意——通俗点说就是"体操"。

戏剧是《哈姆雷特》,威廉出演男主角。歌德的幽默并非轻松诙谐,而是极尽辛辣讽刺之能事。他自年少时起便对恶作剧特别偏好:排演《哈姆雷特》这个情节又给了他一个创作一出高雅喜剧的机会,虽然我不太肯定他是否有意为之。彩排之后,威廉回到房间休息,正待更衣之时却发现床头地上摆放着一双拖鞋,明显是费琳娜的。然后他注意到四根床柱周围的幕帘有动过的痕迹,他立即断定费琳娜一定躲在床上。

"出来,费琳娜,"他怒气冲冲地喊道。"你这是什么意思?你也太不理智太不庄重了吧?我们明天岂不是会成为全团的话柄!"

一片静寂。

"我不是开玩笑,"他接着说,"这种鬼把戏我不感兴趣。"

仍然没有一点声音!也没有丝毫动静!他一把掀开床帘却发现床上空空如也。这个调皮的女子竟然耍弄他,他很不开心。第二天晚上,首演开场,满堂喝彩。演出结束后大家欢聚庆祝,之后威廉又返回房间,脱衣熄灯上床,突然听到窸窸窣窣的响动,便坐起身来。两条温软的玉臂旋即紧紧抱住了他,热烈的香吻堵住了他的嘴,一对丰满的乳房紧紧抵住他的胸口。他无力抵抗,直堕入温柔乡中,第二天早上醒来却发现床边空空。奇怪的是,他无法确认这个女人是谁;一向精明的读者当然清楚地知道是费琳娜无疑。她一定是觉得这春宵一刻不如自己所期待的那般美好,因为很快她就又失踪了,在小说里再也没有露面,只有结尾处提到她后来如何。

前几页里我提到过奥蕾莉亚这个人物,她是个演员,剧院经理瑟洛的妹妹,在威廉领衔担纲的《哈姆雷特》中出演奥菲莉娅。后来被比邻而居的一位贵族罗塔里奥所引诱,有了私生子后母子俩却惨遭抛弃。她伤心欲绝,一病不起。撒手人寰之际她写了一封信,让威廉发誓一定要亲手交到那个负心汉手上。威廉向来喜欢同情别人,决定去谴责罗塔里奥的卑劣行径,并让他为这个可怜女人的死付出应有的代价。他留下美依和哈珀,只身向罗塔里奥的城堡进发。哈珀那时已经精神失常,交给一位友善的牧师照看。威廉和瑟洛的关系彼时已经变得比较紧张,因为威廉坚持认为他们应当上演能滋养观众心灵的戏剧,而不是观众想看的闹剧。这样一来,观众锐减,瑟洛也很希望甩掉这个苛刻的合伙人。

威廉在去城堡的路上就在构思尖刻犀利的讨伐檄文,打算直面罗塔里奥的时候,一定要义正辞严地清算他的恶劣行径。等他到了城堡,费了些周折才得以面见罗塔里奥。他递给他奥蕾莉亚的遗书,罗塔里奥到隔壁房间细读,然后回来态度冷淡地告诉威廉他太忙,没时间立即和他详谈此事,并将威廉交给一位神父,指示安排他一个房间过夜。

自此,小说变得越来越混乱也越来越不可信。歌德在某一章节开头时说:"戏剧中事件层出不穷,环环相扣,让偶然性无机可乘,可是在小说中偶然性恰好可以兴风作浪。"这话说得有理,不过只说对了一部分。这要取决于作者构思的到底是哪一类戏剧或者哪一类小说。在《威廉·迈斯特的学习时代》中,歌德有些滥用偶然性。最最奇怪的事情发生了,最最不可能的巧合也出现了。小说就整体而言本是现实主义之作,从这里开始却浪漫得一塌糊涂。当然了,歌德其实也挺为难。他想说的是:所有可能陶冶身心的机会,威廉都抓住并投入其中,他一开始的目标来自他在戏剧方面的实践,而后必得进入更高层次的生活。可是歌德却选择了一种不幸的方式去表达。当时歌德这么写是为了迎合在德国风行一时的共济会思潮,他自己和魏玛公爵还有许多权臣都纷纷加入。小说中威廉在城堡里遇到的几个人:罗塔里奥、神父和他之前就认识的雅诺,全都是贵族成员,他们成立了一个秘密组织,其终极目标就是四海之内皆兄弟。威廉这时又进入了一段全新的学习时期,和从前对艺术的学习不同,这次学习的对象是人生;他要学到的就是:只有投入到对人类有用处的实际活动之中,人生才有价值。不可否认的是,这个秘密社团的一切,神秘的高塔,繁文缛节和荒谬的仪式都显得很幼稚;这些人自己都信仰不坚定:成天夸夸其谈;就算都是金玉良言,也实在太冗长啰嗦。似乎共济会早就盯上了威廉,对他的一连串活动也了如指掌;可是为什么这几个贵族青年会选择属于中产阶级的法兰克福商人之子吸收入会,却从来没有给出解释。

威廉抵达城堡的第二天,罗塔里奥进行了一场决斗。他刚了断了一段和某位已婚女子的恋情,女子的丈夫要为妻子遭受的侮辱复仇,提出与他决斗。罗塔里奥受伤了,禁止威廉提及他远道而来要谈论的话题。威廉只得继续住下去。可是等到他终于能够为罗塔里奥卑鄙抛弃奥蕾莉亚,当面痛斥他的时候,罗塔里奥只一句话就让威廉无言以对:"她动情去爱时便不再可爱,这就是女人最大的不幸。"威廉沉默不语,接着指责他对她给他生的孩子菲利克斯不闻不问。对此罗塔里奥的回答是,奥蕾莉亚生的孩子绝不可能是他的。

威廉这才意识到他大大地错怪了城堡主人。罗塔里奥在美洲待过一段时间,得出的结论是无论回国还是在海外他都能一样地发挥自己的长处,于是便回到德国。"这里就是美洲,别处皆不是,"他喊出了这句广为流传的名言。如今罗塔里奥忙于打理自己的资产,头脑里有这样一个在当时看来颇具革命意味的想法:劳动者们创造财富,理应获得一部分。他深受大家的崇敬、爱戴和尊重。他对同侪友善,对下属以礼相待,热情好客,教养良好,聪明仁慈,天生就是领袖人物。我想歌德是有意要刻画一位伟大人物,一位完美绅士的形象:实际上他所刻画的就是出身贵族又有一定责任心的富人形象。我不知道如果他是个玩弄女性的浪荡公子,是否还能格外为他增光添彩。

罗塔里奥说服威廉帮他办件事,他有位情妇名叫莉迪亚,出身卑微,一直住在城堡里,现在他嫌弃她了便打发她去照顾一位名叫特里莎的女子,由威廉陪同。特里莎年轻能干,操持管理家务本事一流,开源节流,有商业天赋,而且还容貌秀丽。威廉那时候尽管对"亚马孙女武神"念念不忘,仍旧被她深深吸引。他和她相处了几天,最后她吐露了身世之谜。我只需要提及的是特里莎当年即将和罗塔里奥完婚之际,他突然发现自己前几年的相好竟然是特里莎的妈妈,惊恐之下他便撕毁婚约。为什么他会这么做我们不得而知,因为上流社会发生这种事情从来就不会影响婚姻。威廉回到了罗塔里奥的城堡,后者建议他骑马返回汉堡将美侬和小菲利克斯接过来。威廉便去了,终于和瑟洛一刀两断,并且发现自己一直以来弄错了,菲利克斯其实不是奥蕾莉亚的儿子,而是威廉自己的儿子,他当年离开女演员玛丽安的时候她就有了身孕,后来死于分娩。

接下来城堡里面各种出乎意料的事情接踵而至。由于共济会认为威廉从生活之艺术中获得的教育已然完整,便接受他入会。罗塔里奥继承了一大笔遗产,准备在附近购置一大块产业,会中兄弟们都能各自拥有一座漂亮的庄园。可是一位法兰克福的商人也想买这块地,罗塔里奥便邀请这位商人来城堡详谈,期望能达到双方都满意的结果。无巧不成书,这人居然就是威廉的老朋友维纳。自从威廉发现菲利克斯是自己的儿子,深感震撼,觉得自己肩上责任重大,决定为孩子找个继母;于是便写信给特里莎向她求婚。威廉并不爱她,只是尊敬和仰慕而已,并自信她会对这个孩子视如己出。等待特里莎回复的时候,威廉又去拜访了罗塔里奥的姐姐娜塔莉,她正在照看生病的美侬。让他大吃一惊的是(当然没有让我们吃惊)她居然就是他朝思暮想的"亚马孙女武神"。再度重逢立即让他明白自己仍然深爱着她。娜塔莉交给她一封特里莎拜托转交给威廉的信,信中特里莎应允了威廉的求婚。这下威廉发现自己陷入极其尴尬的境地。不过幸运的是,罗塔里奥终于发现特里莎并非自己老相好的女儿,而是她丈夫的私生女,于是两人就可以缔结连理了。这样威廉就能从困境中解脱出来,再也不用压抑心中对娜塔莉那激烈如火的爱恋。

接着一位新角色出现在城堡中,是位意大利侯爵,此时正在德国游历。神经错乱的哈珀如今已恢复理性,剃掉了胡子,打扮如绅士一般也在旅行。侯爵立即认出他就是自己多年前失散的哥哥。而此时,久卧病榻的美侬不幸去世,尸身涂满香油被保存起来。当侯爵看到她的尸体,发现她胳膊上的胎记才惊讶地意识到原来她是自己的侄女,也就是哈珀的女儿,是当年出家修道的哈珀和自己的妹妹乱伦生下的女儿。哈珀偶然得知自己的这段过往,便割喉自尽。那位兴致昂扬的败家子弗里德里克也出现了,原来他就是罗塔里奥的弟弟。他一直和费琳娜住在一起,可是这次她怀孕了不适合见人,所以没带来。为了让这个家族大团圆,我们前面遇见过的伯爵和伯爵夫人也来到了城堡,伯爵夫人原来是罗塔里奥的另一位姐姐。小说最终透露娜塔莉,即"亚马孙女武神"回应了威廉的爱恋,两人即将共结连理。为了让结局皆大欢喜,雅诺宣布他即将娶遭罗塔里奥抛弃的莉迪亚为妻!写这部小说的时候,歌德将每一卷都当作完结篇寄给席勒,请他指正。奇怪的是,书中数不胜数的匪夷所思的事件,席勒所反对的只有一件,那就是三位贵族怎么竟然娶了三位出身平民的女子?!

歌德那时候肯定觉得自己的小说结尾是令人满意的,因为他在小说结尾处借弗里德里克之口对威廉说,"你就像基士的儿子扫罗,出门找他父亲的几头驴子,结果找回来一个王国①。"评论家认定此处意义深刻、极其重要,却让我疑惑不解。除了与贵族阶层联姻以及一幢美宅,我不知道威廉还得到了什么。不过,更令我疑惑的是歌德所盲目认定的一个观点,那就是:实实在在的生活方式(在威廉的故事里就是乡绅生活,因为很明显他准备打理自己的庄园来度过余生)毫无疑问要高于艺术家、演员、诗人以及学者们的生活方式。我本以为最好的生活方式就是能让每个人充分发挥所长,能够善用天赋。

窃以为歌德没能按照初衷写完这部小说,实属遗憾。不是说那样写就能成为一部伟大的小说,而是说那样写会成为一部佳作,和流浪汉小说中的上乘之作就可以相提并论了。不过,如果歌德当年最终付梓的这部小说从整体上来说完全失败的话,它也许多在有限范围内完全成功的小说要更为重要。这部小说开创了"成长小说②"这一体裁之先河,其后大批德国作家或精彩或平淡地将其发扬光大。其中最著名的要数托马斯·曼③的《魔山》④。我知道"成长小说"这个词目前还没有令人满意的译名,一般都翻译成"教育小说",在我看来完全没有吸引力。这类小说所关注的是一位年轻人对生活的学习和探索,其实不像有些人认为,这是德国所特有的东西:毕竟,《大卫·科波菲尔》和《潘登尼斯》⑤就是这类小说的代

---

① 典出《圣经·旧约·撒母耳记》,上帝嘱咐撒母耳迎接前来找驴的扫罗,成为以色列人的首领。
② Bildungsroman 也译为"教育小说"或"教养小说"。
③ Thomas Mann (1875—1955),德国小说家,散文家,社会批评家,代表作有长篇小说《布登勃洛克一家》及《魔山》,中篇小说《威尼斯之死》等,1929 年荣获诺贝尔文学奖。纳粹执政时逃往瑞士,二战时旅居美国,战后回到瑞士。
④ The Magic Mountain (Der Zauberberg) (1924),讲述一位年轻工程师去疗养院探望亲人逗留期间遇到各种病患及独特思想,对医药及整个西方文明提出深刻反思。
⑤ Pendennis (1848—1850),英国作家威廉·萨克雷作品,讲述年轻的乡绅潘登尼斯到伦敦去闯世界的经历。

表作,还有《情感教育》①也是。在这类小说中,作者有机会就人类
生活中种种困惑和危险所产生的问题发表自己的见解,如果想进行
哲学推理,小说也能给他们提供空间,只是他们往往忘记了哲学这
东西最好留给哲学家来做,因为他们更为擅长。有一点很是奇怪,
我也不知道该如何表达,那就是:这类小说的主人公,从《威廉·迈
斯特的学习时代》到《魔山》都是性格有缺陷的人物,很难激起读者
的同情心,反而是让人生厌,这大概是这类小说无法避免的吧。

7

　　歌德长久以来一直想为《威廉·迈斯特的学习时代》写续篇,
很不幸的是,席勒居然对此表示欢迎。可是这一机会搁置了多年才
得以实现。他给续篇起的名字叫《威廉·迈斯特的漫游时代》,据
歌德秘书爱克曼记载,此书出版的时候,没人知道该如何理解。全
书杂乱无章,毫不连贯且极其冗长。平心而论,读者还是能够在书
中读到许多有关宗教、教育及社会组织方面的真知灼见,可是,这样
的洞见也能在展现歌德才情智慧的诸多其他作品中读到,还更为
方便。

　　接着讲讲1808年的事吧,歌德刚从意大利归国就被免除了官
职,不过仍然担任公爵的顾问。除了那幢河畔小屋,公爵在城里又
给了他一幢豪宅,他就在这里接见慕名而来的访客,热情款待友人。
他不再是那个身形修长、标致清秀、活力无限、魅力无可抵挡的年轻
人了。他已进入耳顺之年,发福了,有了双下巴,精致的面部轮廓也
开始松垮,举手投足之间总有点僵硬,似乎他总是出于本能地在保

36

---

① *L'Education Sentimentale*(1869),法国作家古斯塔夫·福楼拜最后的一部小说,对十
　九世纪文学产生重大影响。讲述一位年轻人在1848年革命及法兰西第二帝国建立
　前后的经历及其与一位年长女性的恋爱故事。

护自己,避开无礼之徒,而这一点随着年纪的增长会愈来愈严重。他变成了一位令人望而生畏的人。与席勒结下友谊是歌德犹豫再三才下的决定,席勒有一次在致友人信函中谈到歌德,是这么说的:"频繁和歌德见面我会不开心,即使是对最亲密的朋友,他也不会吐露心声;可以说他是个很难捉摸的人。实际上我觉得他是个相当以自我为中心的人。他能将别人深深吸引并牢牢抓住,有时漫不经心,有时又费尽心机,但是他自己总能全身而退;他总是以善行而闻名,其实却如上帝一般,从未真正奉献过自己。"克莱布·罗宾逊①仰慕这位天才,曾由人引荐拜访过歌德,他所见到的是一位尊贵持重得让人望而生畏的人,一双眼睛能洞穿别人内心,咄咄逼人,嘴唇抿得紧紧的。他写道:"我的同伴谈到了歌德年轻时的厄运以及奇异的历险时,歌德笑了,我觉得他笑里有点屈尊而仁慈的意味。等到我们告辞的时候,我走到室外才觉得似乎胸口里的一块石头落了地,大声喊道'感谢上帝②'。"连一向不把任何人放在眼里的海涅③,在拜访歌德之前已经事先准备好要和歌德谈论哪些高深问题,可是真正会面的时候,深深的敬畏感仍让他脑子一片空白,只聊到从耶拿④到魏玛路边树上结的梅子有多么好吃。

37

　　所有这些记载让人不禁觉得这位伟人有点令人不寒而栗,事实也的确如此,如果歌德觉得身边人话不投机,他会冷淡寡言;但是如果他和喜欢的人在一起,会变得随和欢乐,还会滔滔不绝。有一段时间,魏玛小城的狭隘生活让他越来越无法忍受,于是搬去邻近的

① Crabb Robinson (1775—1867),英国日记体作家,曾在德国游学五年,广泛结识当时的著名文人,如歌德、席勒、赫尔德等。
② 原文为德文(Gott sei Dank)。
③ Heinrich Heine (1797—1856),德国记者、散文家、文艺批评家,最有影响力的德国浪漫派诗人之一。
④ Jena,德国中部一大学城。

大学城耶拿长住。在那里他结识了一位颇有教养的书商,名叫弗罗曼,歌德非常乐于和他的亲友们一同探讨艺术和文学。弗罗曼夫妇收养有一位女儿(十岁时被收养)名叫米娜·赫兹利博,其时芳龄十八,魅力非凡。歌德立即坠入爱河,如同过去一样,爱情让他诗兴益然,写出了一系列十四行情诗。可是弗罗曼夫妇对于歌德的痴情却不由得忧虑起来,不仅仅是因为他比米娜大四十岁,而且他已经是有家室的人了。歌德那次从意大利远游回国之后,有一天在魏玛公园里散步,一位女子上前交给他一份请愿书,想让歌德利用自己的影响力为她的哥哥在耶拿谋个职位。这位女子名为克里斯蒂安·伏碧丝,其父是公国的一位小公务员,已经过世,她则在附近的一家工厂做工。她并未受过什么教育,可是秀发如云,眼睛笑意盈盈,身段优美。歌德被她迷住了,很快两人就成了情人。数月过后,她即将临盆,歌德才将她接过来同住。结果她给他生了个儿子,公爵赐名为奥古斯特,并做了他的教父,由公国教会总监赫尔德①为他施行洗礼。此后克里斯蒂安又生了三个孩子,一个死于襁褓之中,另外两个出生时就夭折了。歌德于 1806 年与她结婚,他的秘书,也就是他的儿子奥古斯特·冯·歌德已经十七岁,在场见证了父母的婚礼。

鉴于歌德对米娜一往情深,弗罗曼夫妇觉得谨慎起见还是把米娜送走避避风头。而歌德经历了激烈的内心挣扎之后,决定回到魏玛,回到克里斯蒂安身边,这才是唯一的解决办法。正如我们所见,他惯于在郁闷消沉之时从诗歌中寻得解脱。而这次,他则从小说中求得安慰,写成了那本《亲和力》,并声称此书中没有哪一行文字不是他切身体验到的,他也从来没有在哪个作品中如此投入自我。小

---

① Johann Gottfried Herder（1744—1803）,德国哲学家、神学家、诗人、文学批评家。

说出版以后,尽管评论界一致赞赏,可是读者却反应冷淡,让歌德大为汗颜。这并不奇怪,此书的瑕疵的确太显而易见。和许多作家一样,歌德眼光锐利,善于发现同侪作品中的缺点,可是对于自己作品里的问题就像是患上顽固失明症一样。他还高高在上,趾高气扬地宣称,任何人在没有把他的作品读三遍之前都无权发表评论。

已故的罗伯森教授在他的著作《歌德的生平及著作》①中精彩地讲述了衍生出该小说的某个观点。既然我无法超越他的精彩论述,这里且借来一用吧。本书一开始有位人物就说过:"同类物质具备天然的亲和力,因此,水滴能汇合成溪流;不过某类物质对异类物质也具备亲和力,这样它们就能毫不费力地融合在一起,如酒混合在水里;还有油溶于水,只需借助碱的帮助就行。不同个体之间这种亲和力会相当强烈,以至于它们结合之时会产生出一个全新的个体,比如说硫酸泼在石灰石上会产生两种新物质:碳酸和石膏。甚至还有第三等级的亲和力,双重或者交叉式亲和力。两对元素,A和B以及C和D,两两紧密联系在一起,可是如果将四者全部混合在一起,A有可能会想摆脱B去和D结合,而B和C也会受到同样的影响。如此,歌德在一开篇就将自己写这部小说的目的解释得很清楚,他会将A、B、C、D用人物来代替。"

众所周知,十九世纪的伟大小说家构思小说人物的时候都是以亲身所熟知的人为蓝本。实际上,有些小说家,比如屠格涅夫②,公开承认一定要有活生生的样本才能创造出虚构人物。他们费尽苦心将人物原型阐释得符合他们的目的需求,最终他们创造出的虚构

---

① John George Robertson (1867—1933),伦敦大学德语语言文学教授,著有《歌德的生平及著作》(*Life and Work of Goethe*)一书。
② Ivan Turgenev (1818—1883),俄国小说家及剧作家,其作品《父与子》公认为十九世纪小说经典之作。

人物往往和其现实蓝本大相径庭。可是原型仍然存在且不可或缺，除了这样或者那样的个性特征，郁闷的苦笑，狡黠的表情以及粗鲁的大笑，虚构人物绝不会和原型一样。也许正是如此，才使得作家们间或能创造出比现实生活中的真人更加生动鲜活的人物。我认为除了歌德以外没有哪位作家能想出用化学物质作为人物原型这个绝妙主意。

《亲和力》所讲的故事很简单。富裕男爵爱德华与妻子夏洛特住在自己的庄园城堡里。他们年少时青梅竹马，却屈从双方父母的压力各自结下了包办婚姻，等到各自伴侣都过世，两人才结为连理。读者并不知道这一切是多久以前发生的，不过小说开始时他俩正值壮年，忙于修整庄园，美化花园。一天，爱德华向妻子建议邀请自己的一位老友前来小住，这位友人从前于他有恩，而且能帮他们一把。

小说里没有给出这位朋友的名字，只称他为"上校"。夏洛特理应回答，"太好了！你就叫他来吧。"可是，实际上她却是这么回答的，"这个得细细考量，多方比较才是。"可是，夫妻俩争执来去之后，夏洛特同意邀请上校过来，但同时要求也要请她的侄女奥特丽过来，结果两人都来了。奥特丽年方十八，娴静美貌；上校也是风度翩翩。爱德华和奥特丽由于彼此的亲和力而互相吸引，夏洛特和上校也是。接下来，奇怪的事情发生了：爱德华保留着少时在军队服役所记的日记，如今想修改修改出版成书。于是爱德华念手稿，奥特丽负责来誊写。让他大为吃惊的是誊写稿前半部分明显出自奥特丽稚嫩的笔迹，可是后半部分的笔迹看起来简直就像是他自己亲手所写。"你是爱我的，"爱德华惊呼，一把将她揽入怀中。此时夏洛特和上校也都意识到已经深深爱上对方，于是上校决定他唯一能做的就是强迫自己离开——他的确这么做了。夏洛特很清楚自己的丈夫对奥特丽情深一片，便提议奥特丽应该回去上学。可是爱德华不听,说还是他离开为好,并且承诺只要奥特丽能留在城堡里,他绝不会想去见她,也不会写信给她。爱德华住进了自己的另一处房子。通过一位共同的朋友他传了个口信给夏洛特,请求她准许离婚,在那个时代新教盛行的德国,离婚还是比较容易,这样他就能够和奥特丽结婚而夏洛特则可以和上校比翼双飞。

传信的人回到爱德华这里,告诉他夏洛特怀孕了。尽管爱德华当时和奥特丽爱得很深,一时兴起,也可以说极其偶然的情况下他还是和妻子同房过一次。爱德华对此应该非常兴奋,毕竟他拥有大笔财产,有了后代来继承肯定是件开心事;而且他曾经爱过夏洛特:对于他来说合乎情理、符合人道而又高尚正派的做法就是回到城堡,像个男人一样担起责任。可事实完全相反!不知出于什么原因,他决定摆在他面前唯一的一条路就是重新参军,上战场献身。后来孩子出生了,出人意料的是它的眼睛像奥特丽,轮廓像上校。众人很可能大吃一惊。歌德的用意大概是说爱德华和夏洛特在同房的时候,一个对奥特丽情难自已,一个对上校念念不忘,于是这暗结的珠胎才成了现在这个样子。当然了,这纯属胡说八道。

打了胜仗后爱德华回到他从前住过的房子里,上校来了,爱德华便让他去夏洛特那里恳请她同意离婚。等待她回复之时,他骑马去自己的庄园路上偶遇奥特丽,她正陪着夏洛特的孩子在湖边漫步。他告诉她上校去给夏洛特传口信等等,奥特丽承诺如果夏洛特同意离婚她就嫁给他。他们分别以后,奥特丽乘船在湖中泛舟,焦虑忧心之中把船桨给丢了,她起身去捞船桨时,孩子却掉下船去淹死了。最后这四个人:爱德华及奥特丽,夏洛特和上校又一次重聚在城堡之中。夏洛特和爱德华的孩子已经死去,于是她同意离婚。看上去似乎每个人都可以得到满意的归宿。可是奥特丽却内疚于孩子的死,无法走出阴影。她觉得这就是上帝对她与爱德华的孽缘的惩罚,拒绝嫁给他,然后举止也开始古怪起来:一言不发、滴水不沾,终于死去。爱德华无法承受这样的打击也追随她而去。最后夏洛特同意把他葬在奥特丽身边。

　　以上就是故事梗概。不论是人还是事,其匪夷所思之程度让人无法想象,而且旁枝末节太多,有损整体完整。歌德从早年开始就喜欢口述创作,多名声誉卓著的作家已证明了这一做法相当糟糕。当他讲着讲着一碰到感兴趣的话题,就无法停住。他对于如今我们称作"庭院设计"的东西特别感兴趣,在《亲和力》这部小说中他长篇大论地谈到夏洛特和上校对爱德华庄园里的公园进行的改造。不过,他离题万里、滔滔不绝最为离谱的地方就是爱德华上战场和退役归来之间。夏洛特的第一段婚姻留下一个女儿叫做露希安,她从学校毕业后没有和母亲住在一起,不知怎么回事却去和姑婆一起住,随即和一位年轻人订婚,这对小夫妻交游甚广,有一次去探望夏洛特,正值冬日,众人溜冰滑雪其乐融融,各种不同的乐器演奏,人们唱歌跳舞背诵诗歌,上演"雕塑剧①",歌德对每一种表演都进行了不厌其烦的描述。从某种角度来说,这些细节并非完全无趣,它给读者们呈现出一幅栩栩如生的工笔画,让我们知道十八世纪八、九十年代德国贵族去朋友的城堡里拜访,一待就是几个星期,他们是如何自娱自乐的。可是这些和歌德所讲的故事完全没有关系,只会让人腻味。小说中的人物缺乏个人魅力,因此读者也不在乎他们的命运如何。他们就如同字母表上的二十六个字母一样,仅仅是符号而已;只是作者手中的傀儡,任凭摆布,演绎出作者的抽象理论罢了。他们缺乏的是具有生命力的鲜活气息。罗伯森教授精辟地概

---

① Tableaux vivants,法语,直译为"活生生的图画",指演员们打扮停当保持一定的姿势不动,也不说话,将舞台表演和绘画艺术结合在一起,其黄金时期为十九世纪。

括为,"这些人物之存在所缺乏的并非直觉力或想象力,而是逻辑推理能力。"这是个致命的错误!不过,当然《亲和力》这部小说的重大缺陷就在于最初的设想。爱德华和奥特丽的确应该互相吸引,可是夏洛特和上校也是如此,虽然有可能,不过却过于对等,无法令人信服。这其实是很好的喜剧题材而不是戏剧题材。马里沃①拿着这四个人的故事可以写出一部相当精彩的喜剧,要是让萧伯纳②来写,也会是机智幽默、挖苦嘲笑的佳作。而小说的悲剧结局无法让读者产生怜悯之情,也无法生发出恐惧之意。

8

这篇小文中我不知不觉讲了太多歌德的生平,非我本意。我不知道,诸位读完之后会觉得歌德是个什么样的人,但我相信这样得来的印象仍会有疏漏错误之处。在格林童话中有一个故事,说的是一位年轻人进入金乌城堡解救被魔法诅咒的公主。可是当他看见公主的时候不由得倒吸一口凉气,只见她满脸皱纹,眼窝深陷,红发如草。他问她,"你就是美貌扬名四海的国王女儿吗?""是啊,"她回答,"这不是我的真实面容,凡人的眼睛只能看到我这幅惨状。可是这样你才知道真正的我有多美了,看看这面镜子吧,它不会撒谎。它会告诉你我的真面目究竟如何。"她把镜子递给他,镜中出现的是这世上空前绝后的最美丽的女子。其实歌德也是这样:作为凡人他自私又自我,刻板僵化,厌恶别人的批评,对于显贵毕恭毕敬,有点卑躬屈膝,而且对于自己给别人造成的痛苦相当冷漠。诙谐而又恶毒的海涅曾经说过,歌德从不觉得和他平起平坐的同行才华横

① Pierre de Marivaux(1688—1763),法国小说家及剧作家,十八世纪最为重要的法国剧作家。
② George Bernard Shaw(1856—1950),爱尔兰剧作家,1925年诺贝尔文学奖得主。

溢,于是把他的赞美之词都留给了二流作家,因此歌德的称赞就变成了平庸的证明。他只有在写诗的时候才成为真正的自己。他的那些美妙的诗歌,宏伟的颂词就像公主的镜子一样映照出真实的他。歌德曾经在哪里说过,伟人和平凡人一样,只是优点更多一些,缺点也更多一些罢了。如果他觉得自己也是如此,并非没有道理。不过他的缺点随着年纪的增长缓和了一些。在爱克曼的《歌德谈话录》中我们了解了许多他晚年的情况。这本书很好看,是那种随手翻开任何一页都能读得饶有兴味的书。的确,爱克曼常常就某段对话滔滔不绝地发表自己的见解。赫兹里特①在记录自己与诺斯寇特②的对话时也是如此。不过歌德的秘书无法和赫兹里特这样无与伦比的作家相提并论。爱克曼出身贫农,兄弟姐妹四个,靠着顽强勤奋的劳作才接受了良好的教育。他出版过一卷诗歌和评论文集,表达了他对歌德的崇敬与爱戴。他将书送给歌德,诗人大喜,说想见见作者。两人会面后歌德突然发现他能够将这位仰慕他的年轻人留在身边一用;不过歌德马上要去马里昂巴德③温泉疗养,于是两人约好等他疗养结束后在耶拿再会。

彼时歌德已经七十四岁,比盛年时更加平易近人,更加和蔼仁慈,也更加热情友好。从那时的画像中可以判定他不再如四十多岁那时一般肥胖,身材仍然保持良好,满头银发打着卷仍旧浓密;眼光十分犀利,嘴唇一如既往地紧闭,有点苛刻的样子。不过他仍然魅力不减,每一个来探望他的人都会被深深打动。克里斯蒂安·伏碧丝去世已多年,生前尽够了贤妻之责,晚年有点酗酒,可仍然辛勤打

---

① William Hazlitt(1778—1830),英国作家、散文家、文学批评家及哲学家,公认为最伟大的英文散文家,与塞缪尔·约翰逊及乔治·奥威尔齐名。
② James Northcote(1746—1831),英国画家。
③ 捷克共和国境内一温泉小镇,以十九世纪后半期的精美建筑及疗养温泉而著称。

理房间让歌德过得舒舒服服，他深深感觉到失去她的痛苦。

在马里昂巴德，歌德碰见了一位十七岁的少女乌尔里克·冯·乐文特佐夫，两人其实两年前就见过面。这位少女举止动人优雅，他觉得她非常有魅力，于是这位不知疲倦的情场老手又一次陷入爱河之中。乌尔里克对于这位伟大名人的关爱自是受宠若惊，当然觉得歌德也是魅力非凡。他向她求婚，她似乎也没有拒绝，因为歌德曾写信告诉他的家人（很让他们郁闷）婚礼近期就要举行。可是乌尔里克的妈妈拒绝了这桩婚事，如果说她还有点判断力的话，肯定是觉得这两人实在是太不般配，有点荒唐。歌德恼羞成怒，心情郁闷，觉得颜面扫地，离开了马里昂巴德。在回去的马车上他写了一首诗，题为《挽歌》，描述了由对乌尔里克的爱所生发出的浓情以及痛失所爱的深深遗憾。这首诗非常优美，但是缺乏他早期诗歌内在的自发性，就像是发自心底的痛哭，如同鸟儿即兴的啼唱，有点妙手偶得之的意味。这首《挽歌》的情感无疑是真切的，但却是心绪宁静之时回忆所得，能让歌德从容打造，细细推敲。他的早期诗歌和这首《挽歌》相比较，就像是春天在阿尔卑斯山脚下盛放的野花，如龙胆、瑞香和乌头，之于英国这样的北方地区长在温室里的瓜叶菊和仙客来。这首诗开头的两行读了特别让人感动。

"当人们不再将自己的悲哀道出，
神灵才会让我讲述那伤心的故事。"①

回到耶拿，歌德的心绪也宁静下来，依原计划他要把爱克曼收罗在自己身边，于是便邀请他住进魏玛的宅邸。歌德描绘了一幅极

① 此诗全名为《马里昂巴德挽歌》，原文为德文。

其诱人的画卷,告诉这位年轻人住在教养良好的知识分子环境里对他会有如何的好处:能够陶冶个性,磨炼诗歌的天赋等等。爱克曼受宠若惊,不知所措,一口气连诱饵、钓线、鱼钩和铅坠一起吞下肚,两周后就跟着歌德去了魏玛。歌德立即指派事情给他,一忙就是九年。好几次爱克曼想离开可是歌德就是不允许。素来冷漠无情的他还阻止爱克曼发展自己的文学天赋。虽说这年轻人不算太有天分,不过也无妨;毕竟他还算是在文学史上留下了名字,尽管并非他所想要的那样。

爱克曼常与歌德一同进餐,有时候就他们两人,有时候则宾客满堂,因为这位老人家喜欢置办盛宴,儿媳妇奥特丽就是主持聚会的女主人。她生气勃勃,年轻又富有活力,深得歌德的欢心,老人家对两个孙子也非常疼爱。爱克曼把两人对话中歌德的妙语箴言全部都记录下来,有的是两人乘车同行之时,有的是两人对坐在工作室里度过漫长时光之时,有的是地位显赫的客人应邀来赴宴之时。有一次爱克曼提到这些对话妙趣横生。他那时候要是觉得对话有记录价值就好了,可惜他没有。他生性严肃,只关注歌德那充满智慧的言语。歌德总是喜欢道德说教,因此爱克曼的笔记本就有了广泛的记录题材。与此同时,歌德的朋友们都渐渐撒手人寰。席勒去世的时候,歌德说感觉自己的一半都随他而去了。初恋情人弗莉德里克·布莱翁也去世了。我当年在斯特拉斯堡的时候还专门乘车去赛森海姆小镇瞻仰那位郊区牧师和家人度过幸福时光的住所及传道的教堂。周遭环境肯定是变了,但所幸变化不大。歌德和弗莉德里克曾漫步过的青葱田野仍在。然后我去公墓寻找她的墓地是否还在。可惜我没找到,不过在公墓门口看见了二战中阵亡的英国空军的十二座坟茔,墓碑纯白洁净,有十一座上面都刻着死者的姓名及年龄,都是二十刚出头的年纪。可是第十二座

上却没有，大概是遗体缺损太严重，无法确认身份吧，只是写着
"一名英国空军"，下面空了一行，"唯有上帝知晓其姓名。"读之令
人心碎。

　　绿蒂·布芙和莉莉·薛曼也去了，冯·施泰恩夫人也走了，魏
玛公爵死了，就连他的儿子奥古斯特·冯·歌德也离他而去了。当
人家告诉他儿子的死讯时，据说他是这么说的，"我生的是凡人，不
是神仙。"这种恬淡寡欲的话只有歌德才说得出来。不过，没有人能
够蔑视人性而不受惩罚：他内心深处所感受到的丧子之痛比表面
上表现出来的要强烈得多，随后一两天他就中风了。后来恢复得
还行，能够继续写作，两年后重卧病榻，行将就木。1832 年 3 月 22
号的早上，卧床不起的歌德感觉好了一点，于是起床坐在扶手椅
上，思绪却开始漫游，似乎想的全是有关席勒的记忆。天色渐暗，
房间里开始变黑，他告诉仆人，"打开百叶窗让屋子里多一点光。"
这便是他于人世间最后的话。可是子孙后代们对此不满，决定篡
改他的临终遗言为"多一点光"，这样更符合他漫长一生中的不懈
努力。

　　曾几何时，他们意气风发，年轻气盛，魏玛公爵在一座山峰顶上
建了一所狩猎小屋，屋内墙上歌德用铅笔题了首诗。

　　　　　　　一切的峰顶

　　　　　　　沉静，

　　　　　　　一切的树尖

　　　　　　　全不见

　　　　　　　丝儿风影。

　　　　　　　小鸟们在林间无声。

　　　　　　　等着吧：俄顷

你也要安静①

在歌德的生命中最后一年,他故地重游,读起半个世纪前自己题写的诗歌,不禁呜咽无言。迟暮之年让人难以忍受的并非能力、智力和体力渐衰,而是沉甸甸的记忆重压在心头啊。

---

① 此诗名为《漫游者夜歌》(Wanderes Nachtlied)为歌德最著名的诗歌之一。此为梁宗岱先生译本。钱钟书先生曾译为:微风收木末,群动息山头。鸟鸣静不噪,我亦欲归休。

圣 者

1

1936 年我去了趟印度,想自由自在地在土邦①游历一番。我十
分荣幸,得到老友阿迦汗②的支持,他将引荐信呈递给各地土邦
主,于是我收到了热情邀请,得到了盛情款待。可是当土邦主们听说我
来这里既不打算猎虎,又不打算推销,也并非专程来游览泰姬陵、阿
旃陀石窟③、马杜拉④的庙宇,而是来和学者、作家、艺术家、宗教领袖
和虔诚教徒会面,他们着实吃了一惊但却十分高兴,因为我让他们觉得
新鲜。于是,一开始的礼貌客气变成了竭尽所能支持我这个托付给他
们的客人,因此我才得以结识许多让我极其感兴趣的人物。

我的藏书中有一套巴林-古尔德⑤所著十五卷本的《圣徒生
平》,我时常兴之所至,随手取出一本查阅。我曾经读过圣女大德
兰⑥所著的自传及阿西西的圣方济各⑦、锡耶纳的圣凯萨琳⑧还有

49

---

① 英属印度中名义上由各自土邦主统治的区域,印度独立前共有 568 个土邦。
② 阿迦汗三世(1877—1957),名为苏丹·穆罕默德-沙阿,印度政治家,伊斯兰教什叶
派支派伊斯玛仪派领袖。
③ 印度最大的石窟遗址,位于马哈拉施特拉邦北部文达雅山悬崖上,始建于阿育王时
代,为佛教艺术和世界绘画艺术经典。
④ 印度南部泰米尔纳德邦一古城,以米纳克什神庙(Meenakshi Amman Temple)著称。
⑤ 萨宾·巴林-古尔德(1834—1924),英国圣徒传作者,古文物研究家,小说家和博物学者。
⑥ 即 St. Theresa of Avila (1515—1582),西班牙天主教圣衣会(Carmelite)修女,作家,
代表作有《内在心灵的城堡》,1622 年封圣,1970 年封为"教会圣师"(Doctor of the
Church)。
⑦ St. Francis of Assisi (1182—1226),天主教方济各会的创办者,动物、商人、天主教教
会运动及自然环境的守护圣人,1228 年封圣。
⑧ Catherine of Siena (1347—1380),意大利天主教多明我会修女,神学家,经院哲学家,
1461 年封圣,1970 年封为"教会圣师",与阿西西的圣方济各同为意大利的两位守
护神。

圣依纳爵·罗耀拉①的传记数种。可是我从未想过自己能如此幸运，亲眼一睹某位圣者，不过，这次我的确见到了一位。我游历到马德拉斯②，会见了几位人士，他们对我此次印度之行的经历很感兴趣，我告诉他们我跋山涉水就是想亲眼目睹一下圣者，他们马上提议带我去拜会一位"斯瓦米"，在印度最为闻名也最受人尊崇。他们尊称他为"马哈希"③，四面八方的朝圣者都去找他寻求指点，听取意见或是求得安慰以度苦厄。"斯瓦米"是个印度教的词汇，字面意思是宗教大师，似乎一般来说任何苦行僧都可以配上这个称号。这位圣者的修行之处离马德拉斯只有数小时的车程，叫做蒂鲁文纳默莱。他的修行隐居之所就在阿鲁那佳拉圣山脚下，这座山之所以称作圣山，就是因为人们将它视为大神湿婆④的象征，每年都会有数以万计的民众举行盛大庆典来纪念这位神祇。

　　我毫不犹豫地应允下来，几天以后，我们于清晨出发，一路灰尘扑面，颠簸来去，闷在车里无聊行了一路，终于到了修行之所。路面颠簸是因为笨重的牛车在地面上刻下了深深的车辙。有人告诉我们马哈希一会儿就可以见到。我们随车带了一篮水果赠送给他，因为我听说此地的文雅礼仪就是如此，然后就地坐下野餐吃中饭，看来事先备好干粮真是明智之举。突然间，我晕死过去不省人事，别人把我抬进一间小屋，让我躺在草垫铺成的床上。我不知道自己昏迷了多久，可是我醒来时已经没事了，不过感觉还是动弹不得。马哈希得知我晕了过去，无力进入他通常所在的厅堂，不一会儿，就在

---

① Ignatius Loyola（1491—1556），西班牙骑士、隐士及天主教牧师，耶稣会的创始人，1622年封圣。
② 又名琴奈（Chennai），印度南部泰米尔纳德邦首府，第四大城市。
③ 印度教中尊称伟大智者或圣人的头衔，十九世纪到二十世纪有几位宗教大师都荣获此称号。此处应为拉马那·马哈希（Ramana Maharshi，1879—1950）。
④ 与梵天、毗湿奴并称印度教三大神，毁灭破坏之神，佛教称其为"大自在天"。

两三位弟子的陪同下来到小屋里。

接下来的事情我一回到马德拉斯就立即记在笔记本上。这位马哈希的身材在印度算是中等，深蜜色皮肤，白发和白须都剃得很短，健壮不足而丰满有余。尽管他除了胯间围着一条细细的带子（其传记作家有点不太文雅地称之为"遮阴布"）其他什么都没穿，整个人看上去非常整洁干净，一丝不乱。他略有点跛行，步子很缓慢，身子倚在拐杖上。嘴有点大，嘴唇相当厚，眼白有红血丝。他的举止非常自然而又优雅尊贵，时常面带微笑，彬彬有礼，很自信乐观的样子；我感觉他并不像一位学者而像一位生性温和的老农。他说了几句热情欢迎之辞，便在离我卧榻不远处的地上坐下。

最开始的几分钟，他那透着温和善意的眼神一直停驻在我脸上，随后他不再看我，可是余光却如同刚才一样，非常坚定地盯着我的身后。他的身子纹丝不动，可是有一只脚时不时轻点着泥地。他就这么一动不动地保持了大约一刻钟，他们后来才告诉我，他是在全神贯注于我身上进行冥想。接着，如果我可以这么说的话，他又开始看我。他问我是否想对他说点什么，或者问他什么问题。我当时感觉浑身虚弱不舒服，就照实说了；于是他微笑着说"沉默也是对话"，略转了转头，又开始继续全神贯注地冥想，和刚才一样，余光注视着我的身后。所有人都沉默无语，小屋里的其他人都站在门边，眼睛一眨不眨地注视着他。又过了一刻钟，他立了起来，鞠了一躬，微笑着与我们道别，倚着拐杖，在弟子们的陪伴下，一瘸一拐地慢慢走出屋子。

我不知道到底是休息起了作用还是大师的冥想起了作用，可我的确觉得好了许多，不一会儿，我就能走进他白天打坐夜晚就寝的大厅了。这间厅堂呈长方形，空落落的，约十五英尺长，我看有七八

英尺宽,四壁皆是窗户,悬垂的屋顶却让室内显得幽暗。大师坐在
一个低矮的台座上,台上铺了块虎皮,身前有一个小小的火盆,用来
焚香,不时有一位弟子上前点燃一炷香,其味芬芳悦人。修行所里
虔诚的僧侣和常客则盘腿端坐在地上,或阅读或冥想。此时,两位
陌生的印度人带着一篮水果进来,伏在地上向大师呈上果篮。大师
轻轻点头接受,再示意弟子将其收下。他仁慈地与两位陌生人说
话,接着,又轻点了一下头向他们示意退下。这两人又一次伏倒在
地与其他信众坐在一起。大师随后进入了冥想无限的"禅定"①极
乐之境,在座的每一位似乎都微微颤抖了一下,周遭鸦雀无声,其深
沉强烈让人终生难忘。你会觉得有什么奇事正在发生,让你不由自
主地屏住呼吸。过了一会儿我才踮着脚走出了厅堂。

　　后来我才听说我晕厥过去的这个小插曲居然还引出匪夷所思
的流言。这事很快传遍了整个印度,说是我因为即将面见圣人,激
动敬畏得把持不住而晕倒。还有人说是因为他的法力无边,在我还
没见到他的时候就让我在无限中沉迷了一会儿。印度教徒问起我
这件事情的时候,我唯有微笑着耸耸肩。实际上那并非我头一次或
者最后一次晕倒,医生说这是压迫横膈膜抵住心脏的"腹腔神经
丛"产生的应激反应。如果某一天压力持续时间过长了一点,我就
会感觉不对劲,知道马上会发生什么,我会低下头,放平在两腿之
间,就像多年前我还是圣托马斯医院的学生,在门诊看病时曾教妇
女在紧张得将要晕倒之时如何去做一样;可是这招对我来说不管
用:黑暗旋即笼罩了我,我立即失去知觉直至醒转。有时则不会
如此。不过,自那以后,就有印度人时不时来拜访我这位在马哈希

---

①　又称"三昧"、"三摩地"、"三摩提",意为"止"、"定",为传统印度教修行方式之一。

法力之下坠入无限之境的人，就像赫尔曼·麦尔维尔①的邻人纷纷登门去瞻仰他这位曾和食人族生活在一起的人一样②。我向他们解释这老毛病是我本身特有的，无甚大碍，只不过有点妨碍他人；可是他们都摇头不信，还反问我：你怎么知道自己不是坠入无限之中呢？这个问题我无法回答，我只能说如果真是那样的话，那个无限之境绝对就是空白一片，可我又忍着没说出来，怕冒犯了他们。他们的这种想法初看荒诞古怪，细想之下却也不算离奇，因为他们认为在深层的无梦睡眠之中，意识仍然存在，而灵魂与无限真实，即"梵"③，结合在一起。后面我将会进一步阐释，以消除大家的不解。

这段插曲招来众人的兴趣，于我无关紧要，可是对于马哈希的虔诚信徒来说却至关重要，他们给我寄来了大量材料，有大师生平、每日活动的记录文字、对话录、问答录、授课阐释等等。我读了许多，这位非同寻常的人物形象便跃然于纸上。接下来我想与读者们分享阅读友善的陌生印度朋友们好心相赠的各种出版物之后的感想。我要讲的这个故事奇特而感人，我会尽力将其简化，不加评论或责难，也不对其所作所为发表评论，否则西方读者肯定会觉得太过分；简而言之，我会如同古时撰写圣徒生平的僧侣们一样，保持天真质朴之心。不过在开始之前，我得向读者们解释一下马哈希的宗教信仰，否则诸位就无法理解他的动机和行为以及生活方式。肩负如此重任，我心里忐忑不安，因为我自己对此也是一知半解。我的了解都是来自书本，其中最重要的几本是查尔斯·艾略特④爵士的

---

① Herman Melville（1819—1891），美国小说家，散文家，诗人，代表作有《白鲸记》等。
② 1842 年麦尔维尔作为船上侍者搭乘捕鲸船去南太平洋，曾于马克萨斯岛的食人族部落中住了数周，后将此经历记录在小说《泰皮》之中。
③ 印度教认为一成不变、无处不在的无限真实，是万事万物、时空存在的神圣根基。
④ Charles Eliot（1862—1931），英国外交家，殖民地总督。

《印度教与佛教》，拉达克里希南①的《印度哲学史》以及他翻译的《奥义书》②，克里斯纳斯瓦米·艾尔的《吠檀多③：现实之科学》还有巴奈特④教授写的《梵天研究》和商羯罗⑤的《智慧之巅的珍宝》。我会常常借用这些作者的原话，所以此文接下来的大部分我最好还是用引号标示出来，尽管会比较累人。印度教已经不仅仅是一种宗教更是一门哲学；也不仅仅是一种宗教和一门哲学，更是一种生活方式。如果你能接受它的首要原则，那么必会全盘接受，正如三段论中由前提演绎至中段必然会推导出结论一样。印度教是一种古老的宗教，由印度最早的居民达罗毗荼人和公元前两千年入侵印度的雅利安人所信仰的宗教之混合，后由撰写奥义书的智者们按照某种方式进行系统化，首部奥义书也是在几千年后才出现。说某个宗教非常古老并不是说它就千真万确，而是几千年以来它始终能够满足其信众的精神需求而已。

2

前面我正好提到"禅定"，既然我要频繁提到，也考虑到有读者不知其确切含义，我还是先来解释一下。"禅定"通常（当然并非一成不变）要通过持久的冥想修炼才能达到。冥想就是运用意念，让它全神贯注于某个合适的目标，它和"禅定"的不同之处就在于冥想并非对外部事物完全无知无觉，而这一点正是"禅定"的特质。在修行所里马哈希的弟子们会定时背诵诗歌或者朗诵经文，如果有

---

① 萨瓦帕利·拉达克里希南（1888—1975），印度哲学家、政治家，1962年当选印度总统。
② 古印度一类哲学文献的总称，广义的吠陀文献之一，讨论哲学、冥想及神的本质。
③ Vedanta，古印度六大哲学流派中影响最大的一派，意为吠陀的终极。
④ Lionel David Barnett（1871—1960），英国东方学家。
⑤ Adi Shankara（约700—750），中世纪印度教吠檀多派哲学家，复兴印度教最有影响力的人物。

一个字念错了或者诗歌里的某一行背错了,马哈希虽然沉浸在冥想之中,也会纠正错误给出正确读音。正如技艺纯熟的音乐家就算陶醉在美妙乐章之中,也会突然因为一个弹奏错误的音符而分神,于半梦半醒之间在头脑里将其改正过来,却并不影响自己优哉游哉地沉浸在音乐之中。"禅定"类似于恍惚入迷,是指深切地全神贯注于无限真实,即"梵"之中,此时高僧便与绝对真实浑然一体,其心灵也能享受到存在、知识和极乐之福。熟谙此道的僧人能够随意进入这种状态,完全感受不到身体所在的这个世界。我来举个例子。

我在加尔各答的时候遇到过一位声誉卓著的印度植物学家,娶了位美国太太。他笃信宗教,每天都要花上一两小时进行冥想。偶然有一次我们谈到"禅定",他太太便告诉我,不久前他们夫妻俩乘一晚上火车去某处参加学术会议。可是车厢里人多拥挤,根本无法躺下来睡觉。火车一开这位植物学家就进入"禅定",直到第二天早上抵达目的地的时候才醒转。同行之人整晚都在吃东西讲话,木质座椅硌得人很不舒服,可怜的夫人一宿没合眼。第二天早上她头痛欲裂,浑身酸痛;而她丈夫则精神饱满,休息得很好的样子。到了下榻的酒店,她倒头便睡,她丈夫则立即开始一天的工作,似乎昨晚在自己家中舒适的床上美美睡了一觉一样。

3

《奥义书》是一系列散文体和诗歌体的对话录,由寻求真理的智者们经年累月所作。这些诗文据说是受了神的启发,公认为是印度思辨哲理的最高级、最纯洁的表达形式,其宗旨与其说是获取哲学真理,不如说是给人类焦虑的灵魂带来宁静与自由。《奥义书》往往都意义隐晦,艰深难懂。许多人都对这些经书进行过阐释,一般都是为了证实自己的学说,其中公认最为经典的阐释,我想非商羯罗莫属。据说他于公元八世纪出生于南印度,英年早逝,只活了三十二岁。他智力超群,既是诗人又是哲人,还是伟大的宗教大师。他最为卓著的成就是将《奥义书》中的思辨提取出来糅合在一起,创建了名为"不二论"①的宗教哲学,属于绝对一元论,即印度学者们所偏爱的"非二元论"。这种理论的要旨有二(如果我的理解正确的话),即梵与轮回。这两者之间的关联让人不禁想起天文学家所说的双子星,在神秘引力的作用下一个围绕着另一个公转。梵是唯一的真实,它是非人格的,和基督教及伊斯兰教崇拜的上帝这样的人格神不同;梵是中性的,通常用"它"来指代。梵就是存在、意识及喜悦,无组成部分、无特征特质、无行为举动、无感情感受;不知限制、不知苦厄、不知衰败且无始无终。它是万物之精神,独一无二,无边无际也无法改变。它无法被认知,因为它就是认知主体,只能自知。它是推动宇宙起源、延续与消融的全知全能的上帝,也是生命唯一的源头。在人类于恐惧及渴求驱使之下所打造的上帝概念之中,梵可能是最让人敬畏的,因为它是最高深莫测的。

　　这个世界就是梵的表现形式,实际上或者有可能,这个世界绵延不绝。可是问题就来了:既然梵是无边无际,无欲无求,那它为什么要将自己表现出来呢?针对这个问题有两种理论比较普遍:一种说这种表现是梵的喜悦及威力的体现。可是想想红尘俗世中无尽的忧伤和苦难,很难让人不去想:是不是梵还是独善其身才更好。第二种观点更具吸引力:这个世界的由来是梵之本质的自主满溢,它和牛顿那只不得不从树上落下的苹果一样,无法抑制自己去创造这个世界。《奥义书》的作者们当时可不懂什么几百万光年以外的巨大星系团,也不知道银河系中浩瀚的群星,再加上相伴的

---

① 印度哲学中吠陀思想的主要流派,属唯心主义思想,是一元思想体系。

行星,其数量大得惊人,唯有相信有生命存在才觉得合理。仅凭人类的智慧,极难想象出如此超越无限的一位创世者。与我们今天认识的宇宙相比,《奥义书》中的宇宙实在是太小:总共有十四个世界,全都存在于时间和空间之中,居于其上的生命各异。梵在这个世界将自己表现出来,是借自己的某种面貌为手段,名叫"自在天"。自在天是人格神,他是至高之精神、全知全能且完美无缺。他就是第一推动力,也是这个世界的创造者、维护者和毁灭者。整个世界源于他也归于他,他创造世界借助的是"幻"力。"幻"是个很难解释的概念,通常翻译成"幻象",指现象世界①具有欺骗性的特征。这个世界既不是真实的也不是不真实的,它只是"梵"的表述而已。它的现实存在于这样一个事实之中,即,它反映现实。站在现实的角度来看,这个世界是虚幻的,但不是一个幻象,而是意识的真相。印度的智者喜欢打这样的比方来解释:漆黑的夜晚,你看到一样东西,觉得是蛇,赶紧跑开;可是亮起灯来一看,你看见的"蛇"其实不过是段绳子。你将绳子看作蛇,这就是一种幻象。而绳子在现实上的意义呢,至少你能用它来牵牛,绑船——或者上吊。和"幻"这个概念紧密联系在一起的是"无知",翻译过来意思是"愚昧"或者"妄识"。就是因为"无知"你才会视绳为蛇,也将这魅影世界和自我个体误认为是"梵"之现实。

可是为什么这样一位全能至善的上帝会创造出这样一个满是痛苦的世界呢?这世上有人荣华富贵有人却潦倒终生,这也是上帝造成的吗?上帝将这种种苦难施加于他所创造的生命之上, ·定是不公不正,残忍心狠的。相信读过《卡拉马佐夫兄弟》②的人都不会

---

① 指能够用感官感知的世界,与心灵世界相对。
② 俄罗斯作家陀思妥耶夫斯基(1821—1881)的著名长篇小说,是作者终生思想和哲学思考的总结,描写了卡拉马佐夫家族的堕落崩溃。

忘记伊万和兄弟阿辽沙一起谈论邪恶这个话题的时候,前者给后者讲的那个可怕的故事。伊万相信上帝让恶人有恶报,可是为什么无辜的小孩子也会惨遭厄运呢?他告诉阿辽沙有个凶残的地主豢养了一群狗,他家里有个小农奴,有一次用石头砸狗,把一只狗砸瘸了。地主竟然将这孩子剥得精光,逼他奔跑,再放狗追他,让孩子的母亲眼睁睁地看着他被狗活活咬死。伊万说如果上帝允许这样的事情存在,那必定是个邪恶的上帝,他拒绝信奉他。众所周知,邪恶这个问题一直以来就是一元论宗教的绊脚石。而印度教对于这个问题是用信仰"轮回"和"业"①的理念来应对。人死后肉体毁灭,可是有些东西却会留存下来,进入另一个躯壳短暂寄居,印度教称这样东西为"灵身"。似乎无人知道"轮回"观是如何进入印度人的头脑的。有人认为这个观念是用来解释在一个由全能之神创造的世界里人与人之间为何还会存有不公;为何有人富贵,有人贫贱,有人生来享福,有人则生来受罪。这种解释更像是针对已经为众人所接受的观念再生造出一个解释,而不是解释这种观念的来龙去脉。更为合理的解释是"轮回"的观念是雅利安征服者们从印度本地信仰万物有灵论的土著那里借用过来的,那些土著相信他们死后灵魂会存在于树木和动物的身体之中。说印度教徒相信"轮回"显然是太轻描淡写了,应该说这种观念根深蒂固,不可侵犯,深入骨髓之中,他们绝不会质疑,正如我们不会质疑"伸手入火必被烧伤"这件事情一样。"业"就是一种能根据人们在前世的行为来决定他们现世的本质及境遇的力量。来生的状况如何就是由前世和现世所发生的事情来决定的。如果我们看到有些人正在貌似不公的苦难中煎

---

① 也译为"业力"、"因果"、"报应"、"羯磨"等,印度教中的重要概念,指个人过去、现在或将来的行为所导致的结果的集合,业是主导轮回的因。

熬,如果他们生来就有残疾,如果他们突遭不测,如果他们的肉体在疾病折磨之下痛苦不堪,这不能怪他们命运不济,只能怪他们前世犯下了罪孽。如果《卡拉马佐夫兄弟》中的阿辽沙是印度教徒的话,他听了伊万的悲惨故事会说:不能责怪上帝无怜悯之心。那个小男孩的惨死就是因为他前世做过恶事,如今只是一报还一报,赎清罪孽罢了,他的来生会活得更好。在我看来,这种理论给人世间之恶提供了一个比较合理的解释,人类智慧所能想到的恐怕也止于此了。

印度教徒死后,其"肉身"——四肢、肺脏、心脏和肠子——被烧掉;可是其"灵身"——思想、感官、自我——因不是物质构成的,所以无法毁于火中。灵身于是开始背负死者前世的种种罪孽,伴随他的灵魂一起,经过或短暂或长久的停留,进入下一个躯壳,就像《天路历程》①中的基督徒一样。"灵魂"一词是由梵语词"Atman"译出,可是"Atman"的含义比英语中的"灵魂(soul)"更复杂,因为基督教所说的"灵魂"随着每一个生命的诞生重新创造出来,而"Atman"则亘古永存,指的是每个人的真正自我与本质,无论经历过多少生命的诞生,它都不会改变,不受生命无常的影响;它是所寄居的个人永恒不变的特性,不随年龄而改变,也不知悲喜为何物;它是坚定不移的见证人,小如芥末籽,大到无极限。"Atman"并非"梵"的一部分,因为"梵"不可分;它其实就是"梵"。这是多么令人烦扰,多么骇人听闻,甚至多么令人恐惧啊!如果我们相信,不,如果我们确知:上帝就住在我们每个人的身体里,不光是那些善良聪明的人,也包括那些杀人犯、小偷、骗子、撒谎者、伪君子、诈骗犯、招

---

① 英国作家约翰·班扬(John Bunyan)所写的一部基督教寓言,发表于1678年,英国文学史上的重要作品。

人憎恶之人和痴呆疯傻之辈的身体之中,我们对待人类同胞的态度将会受到多么怪异的影响!

自在天创造这个世界后过一段时间便退回自己身体里,然后再过一段时间,他会重新创造这个世界。这期间,那些仍然受罚要降生或重生于人世的灵魂会保持休眠状态。人们很自然地会问起为什么自在天要一而再地创造这个世界,答案是:必须给那些需要为过去的错误赎罪的灵魂一个机会,这一过程没有尽头,因为它没有开端。这个世界亘古永存。可是如果你问为什么全能至善的自在天不创造出没有罪孽的人呢,唯一较为可信的回答就是:正如水往低处流一样,人生来就是要作孽的。就像是没有心脏、没有肺脏也没有肠子就不叫做人一样,如果完全没有罪孽也就不会是人了。邪恶是人的必要组成部分,正如(请允许我来一个轻薄的比喻)没有乐华里苦艾酒就调不成干马天尼一样①,你只能调出个边车②,螺丝钻③,白美人④或者金比特⑤,但就是调不成干马天尼。

虔诚的印度教徒意在习得"梵"的奥义,因此在日常生活中须克服自身的邪恶,这样才能免于无穷无尽的重生再生之苦,还须压抑激情,心灵必须纯净,免除欲念;要修行慈悲放弃自私的欲望,不得动怒、偷懒、烦躁、迷惑。向他所选择的神(湿婆也好,毗湿奴也好)去祈祷,这样很好,不过他一定不能忘记这些神祇只是"梵"的某种化身而已。(据说商羯罗在临终病榻之上向"梵"祈祷,祈求原谅他曾经在其他神祇的庙宇中跪拜过。)教徒们必须得修行冥想那

---

① 著名鸡尾酒,原料为金酒(gin)及干苦艾酒(dry vermouth),乐华里为法国著名苦艾酒品牌。
② 鸡尾酒名,原料为白兰地与橙皮香甜酒及柠檬汁,鸡尾酒十杰之一。
③ 鸡尾酒名,以金酒或伏特加酒加酸橙汁调成。
④ 鸡尾酒名,由金酒,君度酒和柠檬汁调制而成。
⑤ 鸡尾酒名,配料为辛辣金酒和树皮苦味酒。

独一无二的神,最终他才能够意识到自己已经和"梵"融为一体。要达到这一层次,不能靠逻辑推理,而要靠直觉感知和"梵"的恩泽,一旦获得拯救,他便不再受轮回往生之苦,在他接下来的生命之中便不会为罪过所动摇,其行为之过,思想之过以及前世之过,将继续用今生之行来赎罪。这一切便有了尽头,他的自我也就永远和"梵"的"永恒自我"结合在一起了。

那么他还能保留自己的个性吗? 不,为什么要保留呢? 自我乃苦难及罪孽之根源,消除自我才是个人生命的目标所在。

以上是我对商羯罗教义的简要概述,谬误之处不可避免,诚望诸位读者能够更好地了解后面的内容,因为接下来我想讲讲我所了解的这位马哈希的生平故事,纳如辛姆哈·斯瓦米在著作《自我实现》中也有相关记载。

4

这位马哈希生于 1879 年,出生地是印度南方重镇马杜拉三十公里外一个五百户人家的小村庄,幼时俗名为文卡塔拉曼。他的父亲山达拉姆·阿亚尔是当地治安法庭的辩护律师,未取得资格认证,有点类似英国的诉状律师,在村子里享有很高威望。他信奉宗教但并不表现得十分虔诚:"在他家里祭司会定期朝拜一些小神像,全家人吃饭前将家常便饭供奉在神像面前。"山达拉姆为人和善好客,据说任何 一个陌生人都能随时在他家受到款待。他的家族之中过去就有禁欲修行之人,缘于一位虔心奉行的托钵僧①曾到他家造访,却遭到轻慢,主人还拒施饭食,临走时僧人便诅咒这个家族中的

① 又译"桑雅生"、"桑亚西"、"遁世者"、"奥修的门徒",在印度教中指追随"上师(Guru)"潜心修行的人。

每一代都会有人离家禁欲修行,乞食为生。山达拉姆·阿亚尔的叔叔以及他的哥哥都曾披上黄色僧袍,之后便杳无音信。文卡塔拉曼十二岁时父亲过世,他母亲只得带着三子一女投靠马杜拉城里的小叔子家,他的两位长兄开始入校念书。文卡塔拉曼那时候似乎是个平凡得不能再平凡的孩子:喜欢玩游戏,不爱念书,他那顽皮的天性让家人甚为担忧。他十六岁那年发生了一件怪事,有一位年长的亲眷来到马杜拉,这孩子问起客人从哪里远道而来,得到的答案是"从阿鲁那佳拉来。"少年闻听圣地之名,瞬时为巨大的敬畏与喜悦之情所震慑,心中充满莫名的感动,那座山可是上帝的八种化身之一啊!可是这种感觉很快就消失,似乎对他并没有进一步的影响。不过,没过多久,他叔叔借了本书回家,讲的就是泰米尔①众圣人生平。这本书让他深为感动,但仍然没有什么结果,他还是一如既往地生活:踢足球,跑跑步,摔摔跤,练拳击。彼时他健壮活跃,英俊潇洒。数月之后在他十七岁那年,人生的转折开始了。他的弟子们记录下了他的自述:"我人生的重大转折悄然而始,差不多六周以后我就永别了马杜拉。那天我独自一人坐在叔叔家底楼,我的身体状况素来良好……可是突然一阵对死亡的恐惧感将我完全笼罩,千真万确,我觉得自己马上就要死了。为何当时我会有这样的感觉,至今仍无法用身体器官有病来解释,我自己那时也迷惑不解。但是,我并没有费力去探究这种恐惧感的来龙去脉。我只是感觉自己要死了然后马上就开始思考我应该怎么做。我不想去看医生或者请教长辈甚至朋友。彼时彼地,我感觉得独自解决这个问题。

"对死亡的恐惧让我深深震撼,我立刻变得内省起来,或者说内

---

① 属达罗毗荼人,南亚次大陆最早的居民,主要分布在印度的泰米尔纳德邦,斯里兰卡东北部及马来西亚等地,操泰米尔语,世界最古老的民族之一,有两千多年历史及悠久的文化传统。

向起来。我在心里对自己说,也就是默不作声地告诉自己,'死亡要来了,它到底是什么意思?死亡到底是怎么回事?是肉身死了。'我的脑海里顿时浮现出死亡的场景。我将四肢伸展开来,屏住呼吸,模拟死后僵硬的样子。我把自己当作是一具尸体,让我进一步的自省能够更加逼真。我抑制住呼吸,紧闭双唇,不使声音发出。'不要让"我"这个词或者别的词给说出来!''然后,'我对自己说,'这具肉身已死,就这么僵硬着送进火葬场,烧成灰烬。可是肉身已灭,我也"死"了吗?这肉身就是"我"吗?这具尸体已无生气,无法言语。可是我还能感觉自我的强大力量,甚而能听到自我深处"我"的声音游离于肉身之外还存在。因此,"我"是灵魂,超越于肉身而在。有形的肉身死去了,可是超越其上的灵魂是死亡所无法触及的。因此,我即不死之灵魂。'"

尽管文卡塔拉曼当时并不知道这件事情就是智者所说的"顿悟"。他那时没读过什么书,奇怪的是,他既没听说过"梵"这唯一的真实,存在于一切现象之中,也不知道生生世世无尽轮回。他对于人生一无所知,完全不知道生之哀痛。这个转折性事件的结果就是他对学业完全失去了兴趣,开始冷淡对待亲友,就喜欢以冥想的姿势独自端坐,专注于自己的灵魂而浑然忘我。几乎每天晚上他都会去寺庙,伫立于佛像面前,任凭心潮澎湃,潸然泪下,这泪水无关喜乐或痛苦,而是从他的灵魂之中满溢而出。有时他会向自在天祈祷,祈求这宇宙的主宰和人类造化之主的恩泽能降临于他并持久永在。那时候他还不明白万物之源是一种非人格的真实,自在天只是真实的一面,两者其实是一致的。他也时常不去祈祷,只是让内心深处的奥妙不断流淌,再归于内心之空无。

他的这种行为很自然地引起了叔叔的不满也激怒了兄长。学校校长也变得不耐烦了,因为他老是忽视功课,不听道理,斥责起来

他也只是温和地漠然处之。有一天早上,具体日期是 1896 年 8 月
29 号,他没有复习备考英文考试,校长罚他将《贝氏语法》中某篇文
章抄写三遍。他坐在叔叔家楼上奋笔疾书了两遍,开始写第三遍的
时候,突然将语法书和抄写本扔到一边,端坐起来,闭上双眼,沉浸
在冥想之中。一边看着他的兄长叫道:"如此修行之人怎能忍受这
样的事情呢?"意思是:如他这般喜欢修行不爱学习也不喜欢家庭
社会责任束缚的人,为什么还要留在家里勉强继续学业呢?据说这
之前他经常听到人们这么对他说,只不过没有留心罢了。而这一次
他听了进去,对自己说:"我兄长所言极是,我还留在此处干嘛呢?"
阿鲁那佳拉圣山在数月前曾经深深震撼过他,又一次进入他的脑
海,强烈吸引着他,让他欲罢不能。圣山在召唤他,这便是上帝的
召唤。

64   他明白自己得悄然离去,否则家人会知道他的行踪,劝他回来,
因此他的目的地万不可泄露。想到此处他便起身告诉兄长他要去
学校上补习班。兄长回答:"也好,别忘了在楼下盒子里拿五个卢比
帮我缴学费。"文卡塔拉曼觉得兄长的话无疑是冥冥之中的帮助,因
为有了钱他才能买去阿鲁那佳拉神庙附近蒂鲁文纳默莱小镇的火
车票。他查看了一张老地图,觉得火车票不可能超过三卢比。他找
婶婶要了五个卢比,将两个卢比和一张便条留给兄长,上面写着:
我追寻父亲去了,遵从他的指示就此离家,它踏上正直美好的征程,
大家无需为其伤悲。此路遥遥却无需钱财。

即日
——

后面又加上一句:你的学费尚未缴付,特此附上两个卢比。

他将自己称为"它",最后不落自己的签名而是用破折号来代
替,就是要告诉家人他已经不再只是具躯壳,而是沉浸在无限之中

的一个灵魂。自那时起他就再也没有用过"我"这个词,提到他自己的时候总是用第三人称。我刚才所引的自述是他讲给弟子听的皈依之路,也是用第三人称。他的传记作家让他以第一人称自述完全是为了方便英语国家的读者。文卡塔拉曼到了火车站,买好票还剩下两卢比十三安纳①。黄昏时火车停在特里奇诺波利,他饥肠辘辘,便买了几只梨,可是刚吃了一口就饱了,再也吃不下。他很惊诧,因为他一直胃口很好,两顿正餐之外早上还要吃点冷饭,下午再吃点零食。凌晨三点他在维鲁普兰下车准备转车,在小镇街道上来回走了好久直到天色微明才等到一家小客栈开门,他便进去要点吃的。店主告诉他得等到中午,这少年就地坐下随即进入"禅定"之中。晌午时分,店主上了一顿饭,他付了两个安纳。店主问他:"你有多少钱?"他回答:"只有两个半安纳,不用找零。"他回到火车站又买了张去麻姆巴拉帕图的车票,花光了所有的钱,所以到了那里以后,剩下的路只能靠走。他走啊走啊,最后来到了一座庙宇跟前,等到门开他便进去坐下开始冥想。突然,他眼前出现一道炫目的白光,不断流淌,瞬间充满了这立柱大厅。光芒一消失,他又进入"禅定"之中,还是僧人要关闭庙门之时才将他唤起。他想化点斋饭,可是庙里却没有;又请求借宿,仍遭拒绝。这僧人还要去做一场法事,便同随从一道出发去不远处的另一座庙宇,其中一位僧人告诉文卡塔拉曼,法事结束之后也许能有点吃的给他。可是最终领头僧人还是不肯施舍饭食给这个少年。他的随从之一,负责敲鼓的僧人忍不住喊起来:"为什么这样啊,师父,把我的饭给他吃吧。"这样他才得到一碟米饭,有人带他到隔壁屋子接水喝。等候之时他就困倦难耐,一觉睡到第二天早上。

①　英国殖民时期印度及巴基斯坦的货币单位之一,1卢比合16安纳。

天刚破晓，文卡塔拉曼就向着蒂鲁文纳默莱小镇进发，小镇郊
外的山脚之处便是圣山中宏伟的阿鲁那佳拉神庙。可是还有二十
英里远，他饥肠辘辘，疲惫至极，得弄点吃的还要买张火车票，可身
上仅存一副镶红宝石的金耳环，价值二十卢比。于是他寻到一户人
家，好心肠的女主人给他饭吃，男主人将耳环留下，预支了四个卢比
给他，还开了张收条，万一他想要赎回也没问题。下午又做了顿饭
给他，随后送他去火车站，还赠他一包甜点。去火车站的路上他就
将耳环的收条给撕了，因为他无意赎回。他在火车站睡了一宿，第
二天　早便乘上了去蒂鲁文纳默莱的火车。一到目的地，他远远看
见阿鲁那佳拉神庙的尖塔，便径直奔去。神庙的大门敞开，里面却
一个人也没有；他一路摸到最里面的一座神龛，里面竖着一尊林
伽①，即湿婆的无形象征，便在极乐之中皈依了上帝。返回小镇时

经过一个池塘，他将好心肠的女主人昨天送给他的那包甜点扔了进
去，自言自语道："为何将甜点施与这东西？""这东西"就是指他的
肉身。在他踯躅徘徊之际，有人问他需不需要剪头发。他回答需
要，然后这人便引他去家理发店。他自幼便以一头乌黑的长发著
称，从店里出来便剃了个干净，这是托钵僧的标志，也是禁欲苦修的
标志，也表明他已斩断与这红尘浊世的瓜葛。他将衣服撕碎，只留
下些许遮住胯间，余下的布料和剩下的零钱一起扔掉。然后他将身
上的"神线"拿掉，"神线"就是三根棉线挽成一缕细绳，从左边肩膀
斜挎下来垂至右胯。婆罗门②家的男孩到了八岁会在隆重的仪式
上授予这条"神线"，代表他重获新生。如今将"神线"抛弃，文卡塔
拉曼也就抛弃了优越的种姓以及肉身即为自我的种种观念。他将

---

① 湿婆教的崇拜物，象征生命与创造，无处不在，不应将其执著为有形，但现在多以男
性生殖器形式存在。
② 印度种姓制度四大阶层中最高的一个等级。

头发剃光后并没有如往常一样沐浴——"为什么要让这东西享受沐浴这么舒服的事情?"他自问,可是就在他走进千柱大殿,开始坐下冥想之前,一场奇迹般适时而来的大雨将他浑身上下冲洗干净。

他就这么静坐着,缄默不语,长达数周,每次都能在"禅定"之乐中沉浸几个小时。有一位妇女为他的年少及虔诚所感动,每天给他带点吃的。可是小镇上的顽劣少年似乎对于这位与他们年纪相仿的陌生人居然禁欲修行十分厌恶,百般难为他,常向他扔石子或者碎陶片取乐。为了避开他们,文卡塔拉曼搬进大殿内保存神像的深坑之中。坑内潮湿、阴暗又肮脏,没有照明也无人打扫。这位年轻的"斯瓦米"端坐于此,深深地沉浸于冥想之中,任凭黄蜂、蚂蚁、蚊虫、蝎子这些毒虫爬上身来吸血。他的双腿很快便布满脓疮,恶臭难闻,可是他却浑然不觉。有一天,有个人赶走了那些不停骚扰文卡塔拉曼的恶少,走进大坑,漆黑一片中模模糊糊地看到一张少年的脸,极为震惊,便跑去旁边的花园,告诉在那里劳作的僧人及其弟子,并带他们来到大坑之中。众人入得坑中,将少年抬了出来送进另外一座寺庙的神龛中暂时寄放。文卡塔拉曼那时正深入"禅定"之中,双眼紧闭,对于众人的所作所为毫不知晓。

他就这么在神龛里待了数周,由居住在那里的一位"斯瓦米"照料,给他喂饭,可是这少年在冥想中陶醉至深,每次要八九个小时才醒转,所以饭食都得强行塞入他嘴里。后来他又转移到邻近的一座花园,不久又挪到附近的一座花园里,随后他便安顿在一株铁色树下。那时候已经有朝圣者注意到他,很多还慕名来看他,其中有一位名叫纳依纳尔的信徒极其仰慕这位虔诚的少年,每天来照料他的饮食起居。纳依纳尔是一位学者,每天都为他背诵阐述"不二论"教义的著作。那时候文卡塔拉曼对这些还一无所知,毕竟,他在马杜拉只上过小学。不过,纳依纳尔不可能总是来陪伴他,他不在的时候,这位年轻的"斯瓦米"总是饱受好奇而又淘气的顽童之扰,这些孩子认为他是疯子,时常搞些过分的恶作剧来捉弄他。正好,那时有另外一位"斯瓦米"为文卡塔拉曼心灵之纯洁,信仰之虔诚所深深打动,遂邀请他去蒂鲁文纳默莱郊外的一座神龛中冥想修行,免受打搅。他欣然前往,在那里住了十八个月。其间,一位名叫帕拉米斯瓦密的托钵僧经人介绍来拜访文卡塔拉曼,一见之下,便觉得找到了心灵的救赎,决心从此跟随文卡塔拉曼侍奉修行。他将规模日益壮大的朝拜者挡在门外,也代表他接受信徒们奉送的食物。每日止午他都为"斯瓦米"奉上一小杯吃的,这便是文卡塔拉曼一天仅有的一餐,然后将剩余的食物还给送来的人。

文卡塔拉曼就这样继续他的苦修,整个人瘦得可怕,常年不洗澡,身上藏污纳垢,头发也任其生长,蓬成一团打起结来,手指甲长得太长,双手都无法施展。他坐在地板上深入"禅定"之中,一坐就是数周,成百上千的蚂蚁爬满了他的身体噬咬,他都浑然不觉。为了让冥想的姿势更加到位,他一直将后背紧贴在墙上,时间一长,人们都惊讶地发现他的背影居然印在了墙上。这位年轻的"斯瓦米"声望与日俱增,专程来朝拜他的信徒如潮水般涌来,无可抵挡,于是他便和忠心耿耿的帕拉米斯瓦密一起搬进了一座芒果园,没有主人的许可,任何人都不得入内。他在那里住了半年,帕拉米斯瓦密从镇上图书馆借来许多"吠檀多"的泰米尔文著作,文卡塔拉曼先将书籍细细读过,之后便解释给这位虔诚的侍奉弟子听。他的传记作家曾指出,研读书籍对于"斯瓦米"的"开悟"来说并非必要,因为这些他早已了然于心。他阅读书籍是为了回答前来拜访的人们追求真知而提出的问题。也许是出于这个目的,他破了缄默之规,此前他已经保持三年不语,此后他也曾断断续续地恢复过缄默修行。

后来"斯瓦米"还是离开了芒果园搬入了附近一座庙宇,他想

看看自己究竟能否独自生存下去,于是对虔诚的帕拉米斯瓦密说:
"你选一条路,一路乞食下去吧,我则走另外一条,也一路乞食下去,
我们就此分开。"这可怜人便走了,可是第二天就回来了,还问文卡
塔拉曼:"我能去哪儿呢?你这里才有生之真言啊!"文卡塔拉曼应
允他留下来,他仍然潜心侍奉"斯瓦米"直至二十年后他撒手人寰。
此后,这位"斯瓦米"不断更换住所,为了避开朝拜者的烦扰,如今
才在阿鲁那佳拉山中的一座山坡上安顿下来,那里有清泉一注,岩
洞一个,还有自在天的神庙一座。他惯常于庙中静坐冥想,帕拉米
斯瓦密偶尔不在,他便带上乞食小碗去镇上讨点斋饭。

5

　　文卡塔拉曼离家出走之后,家人很是哀伤,四处寻找,直到两年
之后才偶然得到他的消息。他们家的一个熟人碰巧听到一位虔诚
的信徒谈起一位极受尊崇的年轻圣者住在蒂鲁文纳默莱,进一步打
听之下,这人越发相信此圣者就是当年出走的文卡塔拉曼,于是便
告知他的家人,文卡塔拉曼的叔叔决定到蒂鲁文纳默莱去一趟。到
了那里便听说这位"斯瓦米"住在芒果园中,他又找去想进入园中,
可是园主人不应允。好在他说服了园主人带张便条给"斯瓦米"。
文卡塔拉曼接过便条同意见他叔叔一面。叔叔劝侄子回家,还承诺
家人不会干扰他的生活方式,只是想让他待在身边,好照顾他的起
居而已。文卡塔拉曼闻毕,不发一言也不做指示,他叔叔只好悻悻
而归,任他继续修炼。

　　他叔叔回到马杜拉的家中便告诉文卡塔拉曼的母亲阿拉佳玛
尔自己无功而返。他母亲觉得如果她亲自面见儿子或许能说服他
改变主意,于是决心这么去做,不过她得等到自己做公务员的大儿
子休假的时候陪她一起去蒂鲁文纳默莱。母子俩到了镇上就往山

上去，因为那时候"斯瓦米"已经离开了芒果园，找到儿子的时候他正一动不动地躺在岩石上。做母亲的看见儿子蓬头垢面，满身污秽，指甲奇长，胯间的遮羞布也肮脏不堪，甚为震惊，便乞求儿子跟她一起回家。文卡塔拉曼沉默不语。他母亲便每天都去看他，给他带去蜜饯甜点，哀求他可怜自己做母亲的心意。文卡塔拉曼仍旧一言不发；他的心灵或许已如磐石般坚硬。最后他母亲声泪俱下地斥责他六亲不认、冷漠无情，他浑身颤抖，起身离开了。他母亲又找到他，再一次流着泪乞求他回家，他不为所动；他母亲似乎一直在对空气说话一样。后来她便求助于在场的信徒，乞求他们帮忙。其中有一位信徒被她母亲的哀痛所打动，便对"斯瓦米"说：

"您的母亲正在流泪祈祷。不管是回还是不回，您为什么连个回答都不给她呢？'斯瓦米'您无需打破缄默之规，这里有笔和纸，您可以把想说的写出来。"

我在前几页曾提到文卡塔拉曼提到自己从来不用"我"这个词。这里我还要补充一点：从来没有人用"你"来称呼他。文卡塔拉曼接过纸笔，用泰米尔文写下了这番话：

"主宰控制凡人之命，由其过往行为而定。命中注定不会有的就不会有——求也求不来。命中注定要有的一定会有——挡也挡不住。此为必然，因此，上乘之道便是沉默不语。"

他兄长的假期眼看就要结束，得回去上班。他母亲尽管心底苦闷，却也不得不跟着大儿子回家。

此后不久，文卡塔拉曼又换了住地，换到阿鲁那佳拉圣山的更高处，一个山洞、一个山洞地换着住，就这样过了很多年。这些山洞的确就是普通的山洞，不过从照片上看你会发现还是经过了些改造，更加适合人类居住。他的名声在那时已是广为传颂，大批信徒来朝拜他的时候都奉上各种吃食——蛋糕、牛奶、水果等等。可是信徒们也要吃饭，于是帕拉米斯瓦密和其他四面八方而来的弟子们便带着乞食碗，吹着螺号，向慈悲为怀的人请求帮助。"斯瓦米"则如往常一样静坐冥想，正如梵文诗歌所颂："心生欢喜自在，便无事无念。"有时候有人会献上钱财，他一概回绝。有时候拜访者带来读不懂的书，"斯瓦米"便朗读并解释给他们听。读着这些书，听着信徒们的诵读，他很快便精通了印度的哲思；而且据说他的记忆力惊人，能过目不忘。不过平时他总是谨守缄默之规。无人透露他是从何时开始注意自己的仪表；后来有些照片上可以看出他非常整洁，遮羞布已洗刷干净，头发剃得很短，胡子也修整过了。再后来他每月剪一次头发刮一次胡子。前面提到过，我看见他的时候，他清爽整洁，打理得一丝不苟。

来拜访他的人各式各样，有的来讨口饭吃，有的来寻求帮助，有的则是想从已经获得精神自由的大师身上寻得些许益处。有时候这些信徒会经历些怪事。有一次，一位名叫皮莱的税务官坐在"斯瓦米"旁边，竟然看见大师头上有一圈光环笼罩，整个身体如同初升之日一样发出光芒，这位税务官员想必是个有责任心的聪明人吧。还有一位二十出头名叫艾嘉玛的女子，不幸丧夫丧子，悲痛欲绝，后经父亲允许，到孟买管区某处侍奉住在那里的圣人以求减轻心中的悲苦。可是这些圣人也帮不了她。她回到村里就听说阿鲁那佳拉圣山上有位年轻的圣人，缄默修行，虔诚信仰的朝拜者都领受了不少恩惠。她便去了，爬上圣山见到了这位"斯瓦米"，他坐在那里一动不动，一言不发。她便在他身边站了一小时，突然感到心头沉重的悲痛之情倏忽一下就消失了。从此她便每日为圣人及其弟子做饭，多年如一日。她在蒂鲁文纳默莱有一幢房产，欢迎虔诚信仰者及朝拜者歇脚。有一天，她做好饭送上山，路过一个岩洞，看见两个人站在那里，一个是"斯瓦米"，一个是陌生人。她一边走着一边听到一个声音在说:"人在这里(意思是,我在这里)为何还往前走呢?"她转身去看"斯瓦米",可是连人影都没见一个。等她走到"斯瓦米"平时所住的山洞,又发现他正如往常一样盘腿坐着,和一位陌生人说话。

许多人为这位"斯瓦米"的人格魅力所感召,纷至沓来,其中最值得一提的就是加纳帕蒂·萨斯特里。他是一位梵文学者,学识渊博且擅长写诗。他曾经从一个圣地流浪到另一个圣地,长达十年,在最艰苦的条件下也恪行苦修,周围也聚拢了一群弟子。可是最终他仍然无法满意,觉得自己始终没有获得孜孜以求的内心宁静。他爬上圣山,拜倒在"斯瓦米"脚下,寻求庇护,他所领教的教诲令他整个人充满了喜悦。此后他就频繁来拜访"斯瓦米",一下子在蒂鲁文纳默莱住了七年,就是为了离大师近一点。这两人的密切友谊有力地证明了这位"斯瓦米"所拥有的神奇力量,因为萨斯特里并非是崇拜年长者的青年人,他和大师的年龄相仿,且以知识渊博,诗文优美而闻名。学者和诗人往往会自恃甚高,萨斯特里也颇为清高,不会轻易屈居别人之下。可他却让他的弟子都皈依"斯瓦米"门下,自己也成了"斯瓦米"最为热忱的崇拜者。正是因为这位弟子写了许多诗歌称赞大师,他的名字就由"文卡塔拉曼"改成了"拉马纳",并且他还让自己以前的弟子尊称大师为薄伽梵·马哈希。接下来我应该改称这位圣人为"马哈希"了。

接下来这个故事是这位"马哈希"的传记作家所记述的。有一年,萨斯特里到马德拉斯附近一个叫蒂鲁伏蒂于尔的地方去苦修。那里有一座格涅沙[①]神庙,他发誓缄默修行十八天,于是一直在冥想修行。第十八天到了,他刚躺下,毫无睡意,却看见"马哈希"走

① 也称象神、象头神、象鼻神,天神湿婆的儿子,智慧与才华之神。

进来坐在他的身边。他大吃一惊,想要起身,可是"马哈希"却按着他的头不让他起来。萨斯特里顿时有种奇怪的感觉传遍全身,他认为是"马哈希"的法力通过手传递给了他。不过,"马哈希"自从第一次来到蒂鲁文纳默莱就再也没有离开过,而且这辈子都没去过蒂鲁伏蒂于尔这地方。很久以后,萨斯特里讲起这段奇遇,"马哈希"听了便回答说:"多年以前,有一次我躺着,但并未入'禅定'。突然我感到自己的身体漂浮起来,越来越高,直到所有的东西都从视线中消失,我被巨大的白光所笼罩。接着,也是突然一下我的身体开始下沉,这世界又重新出现……我脑子里有这样一个念头:我到蒂鲁伏蒂于尔来了。我在一条大路上走着,路边不远处有一座格涅沙神庙。于是我走了进去,讲了些话。可是我做了什么讲了什么,我一点都记不起来了。突然间我醒了过来,发现自己躺在山洞里……"

萨斯特里发现"马哈希"对蒂鲁伏蒂于尔那个地方的描述和他曾去苦修的格涅沙神庙完全吻合。

日子就这么流逝,"马哈希"的母亲阿拉佳玛尔也时不时去圣山探望他。她的大儿子和小叔子也都撒手而去了,家里人也没剩几个。阿拉佳玛尔觉得如果能够和儿子住得近一点她会更开心,于是她来到蒂鲁文纳默莱,在艾嘉玛里住了一段时间。后来"马哈希"搬去斯坎达修行所。尽管他从来不接受那些富裕信徒们硬塞给他的钱财,他们总会想方设法让他的弟子们收下,以备大师日后之需。这样他搬去斯坎达修行所时就有钱造一座带小花园的茅屋。阿拉佳玛尔就住了过来,为大师及弟子们做饭。她最小的儿子早已丧妻,她把他也召唤过来,这样她最后的岁月里能有儿子在身边。大师的这个弟弟也变成了哥哥的虔诚信徒,穿上了托钵僧的黄袍。阿拉佳玛尔觉得她是"马哈希"的母亲,应该有母亲的权威,儿子也

应该对她特别关照。可是,"马哈希"可以和艾嘉玛说话,就是不和
她说话。她对此抱怨的时候,他告诉她,所有的女性都曾是他的母
亲,不光她一人。他是想让她摒弃俗世幻觉,让她超脱其上。这些
都不易领会,不过渐渐的,做母亲的也懂了。1922年她过世的时
候,"马哈希"没有表现出任何悲痛之情,而是深为释然,因为他深
信经过一系列修行,他母亲已经补偿了自己前世的许多错误,她的
灵魂也能够升到更高的层次与众神一道暂歇一下,之后便再度投入
另一个人的身体里涤荡自己剩下的原罪。一旦有人说起她"逝
世","马哈希"便会纠正这人:"不,不是逝世——是'出世'。"在他
看来,死亡乃小事一桩,只不过是种说法罢了,死去之人会换个新的
名字过上新的生活。阿拉佳玛尔葬在离大路不远处的草原上,搭了
座砖屋为墓碑遮风避雨,后来这里变成了一座庙宇供人朝拜。

　　母亲死后,"马哈希"几乎每天都去给她上坟,这样持续了半年
之久,有一天他就待在那里不回来了。一开始为了给他挡风遮雨搭
了一个草棚,就和供奉"林伽"(湿婆象征)的草棚一样简陋,不过很
快旁边就搭起了几座茅草屋。等众人明白大师想要把这里当作定
居之所,虔诚的信徒便纷纷解囊,建起了一座大殿,供他白天修行,
夜晚歇息。自那时起,他的名声越来越大,来朝拜的信徒也与日俱
增。平时一天就有五十多位访客,某些特殊的日子里,比如"马哈
希"的生日,访客便成百上千。他们带来各种礼物,凡无法与在座各
位一同分享的礼物他一概不收。如送上食物,他便从盘中取出一
点,再将剩余的分发下去。不过名声显赫也并非好事:谣传说他很
富有,于是有一天晚上便有小偷来光顾。当时"马哈希"正和平时
一样在大殿的讲台上歇息,四个弟子睡在窗口处。"马哈希"告诉
这几个小偷,此地无甚可偷,不过他们喜欢什么尽可以拿走。弟子
们很激动,想阻止这些小偷,可是大师没让他们动手。"让这些窃贼

尽其职责吧,"他说。"我们也应该尽自己的职责,那就是忍而再
忍。我们别去干扰他们。"他提出要和弟子们一起离开大殿,这样贼
人们便可为所欲为。这些恶棍同意了,不过让他们离开之前却对他
们拳脚相加。"马哈希"的腿上吃了一下。他却说:"如果你对此还
不满足的话,我还有另一条腿。"窃贼们肆无忌惮地翻箱倒柜,搜罗
钱财,可是一个子儿也没找到,本来这里就没有分文钱财,最终只得
空手而去。混乱之际有一位弟子设法逃脱,穿过田野,跑去镇上求
助,然后带着警察赶到。却看见"马哈希"坐在先前待过的草棚里,
冷静镇定地向弟子们阐释信仰事宜。

修行所的日常生活有多种记录。马哈希每天凌晨三四点间起
床,斋戒沐浴后便坐在讲台之上。弟子们每天第一件事便是吟唱大
师的赞歌或者背诵大师用泰米尔文所写的阿鲁那佳拉圣山之赞歌,
然后众人便开始静坐冥想。清早五六点,朝圣者便来了,先对马哈
希行匍匐跪拜之礼,之后便各行其是。待他们散去之后,马哈希会
吃一顿米饭或者粗小麦粉做的简餐,然后就回到大厅在自己的位置
上坐下,弟子们则各做各的事情:有的采花编成花环,有的去马哈
希母亲的墓前跪拜,还有的则从事文字工作,将马哈希以及其他圣
人的作品或编排,或修正或翻译,那时候,马哈希已经写了不少作
品,另外还有的则为弟子和朝圣者准备饭食。马哈希经常去帮弟子
的忙,比如切切菜,拌拌料。他不写作的时候,会打磨一下拐杖,补
一下饮水碗,缝一下树叶做成的食盘,抄写一下自己的手稿,装订一
下书籍,读读信件。

中午十一点到十二点间是早饭时间,他略事休息便接着工作。
三点左右再吃顿饭,之后便接见访客。天色渐暗时又开始静坐冥想
直到晚饭时分,晚上九点众人便都歇息。不过,有时候大家会整晚
背诵诗文或者颂唱马哈希所写的赞美诗。这时候,通常人们将大师

称为"薄伽梵",大师提到自己的时候也惯于这么称呼。这个词翻译过来就是"获佑之人"或者"神圣的人",虔诚的信徒们用它来指称上帝。他们来面见马哈希的时候先是匍匐跪拜,然后便诵读各自写给马哈希的赞美诗,大师仔细聆听,面容和蔼可亲。旁人乍一看会误以为大师不够谦虚,不过,可要记住马哈希从不视己为人,而将自己看作是纯洁的灵魂,这肉身不过是具躯壳,能让他完成此生的因果报应罢了。而且,对他来说,这些虔诚的信徒们匍匐跪拜,唱颂赞歌都不是为他,而是为"梵",多年前在顿悟之下,他的灵魂已经和"梵"融为一体了。

马哈希喜爱动物而且对它们有种奇怪的魔力。婆罗门认为狗不够神圣,污染环境,尽量避免与之接触。而马哈希则将他周围的狗看作是同道中人,只不过此生投胎为狗来偿还前世的罪孽。他叮嘱弟子们让狗干净舒适地生活,还满怀爱意的称它们为"修行所的孩子"。他对狗说话,给它们指令,狗儿听得明白还能照做。曾有一头小牛犊能够自由出入修行所,深得马哈希的喜爱。他认为这小牛就是那位绿衣老妪的化身,当年马哈希第一次爬上圣山,这位大妈便四处采集药草和果实,煮熟之后拿给年轻的"斯瓦米"吃。大师所住的岩洞中时常有大蛇出没,不过他从不让别人驱赶。"是我们占了它们的家,"他说,"我们没有权利打扰它们。"松鼠和乌鸦也常来光顾岩洞,还带上幼崽,马哈希总是将食物摊在手掌上任它们取食。

圣山上聚居着许多猴子,马哈希慢慢也明白了猴子的心思和叫声的含义。凡两派猴子发生争执,它们便会跑到大师跟前,让他来调解争端。有一次,他听说有个猴群的首领奄奄一息,便让猴子们将它带到修行所来,它死后马哈希按照托钵僧的葬礼仪式将它埋葬。每年马哈希都会在修行所众弟子的陪同下在阿鲁那佳拉圣山

76

上四处走走。山上有条大路风景甚好，绿树成荫，两旁是贮水池、神龛和寺庙。有时候他们晚饭后出发，黄昏时分回来。有时候则是黄昏时出发，一两天后再返回。这条大路不过八英里长，几小时便可走到头；不过马哈希时常处于"禅定"之中，一小时不过走一英里，走完一英里还要休息一下。酷暑时分，众人走得疲惫至极，又渴又饿，一群猴子发现了，便爬上蒲桃树，摇下一堆树上成熟的果实，四散开去，不拿走一个。众人吃得分外高兴，这便是猴子在报答马哈希的恩情。不过，还有一次他就不这么幸运了，他无意中踢到了一只马蜂窝，一下子所有马蜂全部叮了上来，将毒针刺进了他踢中蜂窝的大腿。"是的，是的，这条腿有罪，"他说，"那就让它痛吧。"他并没有将马蜂赶走，也没有逃开，而是静待它们散去，他将这如酷刑般的痛苦看作是因果报应。

年复一年，到修行所来拜访的人越来越多，各个阶层的都有。有一天晚上，夜幕已经降临，大师和一位虔诚的信徒正坐在大厅里，突然听到有人在外面喊叫。这位信徒便起身去看个究竟，发现门外站着一个男人，还拖家带口。这个男人问他自己和家人能否见见"薄伽梵"，领受他的恩泽。这信徒觉得奇怪，因为马哈希从来都是来者不拒。"那你还问个什么呢？"他说。那个男人回答，"我们是贱民①。"这信徒明白乞求马哈希的许可便是对他不敬，因为他毫不理会种姓制度，于是他便告诉那个男人，大师欢迎他们来访。男人一家于是进入大厅，在马哈希面前匍匐跪拜。大师的目光落在他们身上，持续了十分钟，便赐予他们恩泽。后来这位信徒说他曾看到许多富人名流跪拜在马哈希脚下，却没能得到过这样的礼遇。这里我冒昧解释一下什么叫"恩泽"。大师的传记作家们将这个泰米尔

---

① The untouchables，印度的种姓阶层之一，被认为肮脏卑微而排除在四大阶层之外。

语的词汇这么翻译,其实还不如译成"赐福"。它和"魔咒"一样,一旦给出就无法收回;就像以撒原本想赐福给长子以扫,最后却发现赐福给了幼子雅各,无奈覆水难收,只能悔恨哭泣,撕碎衣服来解恨①。"恩泽"即赐福与人,能使受赐之人洗清罪孽,重获新生,能"激发人之内心向善而行,能予人力量承受磨练,抵挡诱惑"。

马哈希极少说话,大部分时间他都沉浸在深深的思考之中;不过朝拜者只需看见大师端坐于此便能抛却烦恼寻获内心的宁静。有时候朝拜者看见大师浑身弥漫着奇异的光彩,可是他们告诉他时,他却丝毫不把这个当回事。他们提问的时候,若是轻率发问,大师就保持沉默;但若他看到提问之人情真意切,便会明示答案。很多人都觉得大师能看穿人心,因为他有时候会回答朝拜者尚未冒昧提出的问题。许多人为大师所打动,纷纷离家来到修行所,想要过这种朴素的生活,通过这种生活方式与"无限"融为一体,达到神圣之境,此乃"顿悟"是也。马哈希若是知道这些人仍有责任未尽,上有老下有小,便会劝他们回去。常有人来问大师,自己所从事的职业是否会干扰宗教修行。大师这么回答提出这个问题的人:"有可能,俗世之务要做,但要超脱其外,要始终坚持只有'自我'才是真实的。要谨守自我,便无法恪尽尘世的责任,这么想却错了。你必得像个演员,穿上戏装,扮演角色,甚至能和所扮之人情意相通;不过要始终明白自己并非戏中之人,而是真实生活中的自己。同样,一旦明白你不是那具躯壳,寻获了'自我',那么又何必为这具躯壳的意识,或是'我就是躯壳'的感觉所困扰呢?这具躯壳的所作所为都无法撼动你对'自我'的坚持。这种执著也绝对不会干扰

---

① 源自《圣经·旧约·创世记》:以撒的幼子雅各以一碗红豆汤骗取了哥哥以扫的长子权利,后又骗得父亲对长子的赐福。

你的躯壳去承担它应有的职责,正如一名演员明白真实生活中的自我,但这一事实绝不会干扰他在舞台上所扮演的角色一样。"

多年以来大师一直深切思考并严格恪守的信仰我想简要说明一下,这些信念皆由伟大的商羯罗所传授的吠檀多哲学生发而来,商羯罗这个人物之前我已介绍过。这门学说相当悲观,这么说并非指责。自有信史以来,无数智者、诗人及伟人皆奉行此道,对此信仰批评非难,恐怕过于轻率。吠檀多哲学认为整个世界,世上万物及人类皆为恶。人的宿命就是要经历由生往死,由死往生这样上百次,不对,上千次的轮回,直到"梵"的恩泽降临,人才得以解脱,得以与无限融为一体。在大师看来,红尘浊世,尽是苦厄伤悲,纵有欢愉,也微不足道,只不过转瞬即逝罢了。千变万化都无法永恒,而唯有永恒才有价值。不过人世苦厄之因缘皆由自身而起,乃愚昧之果。很多人来谒见大师祈望解惑,倒出满地苦水,大师总是让他们反观自心自性,求得真实的自己,这样才能获得救赎之乐。

他所说的"自己"就在人心之中,但并非解剖学所说的心脏。此"心"即"无限真实",相爱的人都知道"它"在哪里。圣人甘地曾遣使觐见大师,使者临走之时问道:"我能带个口信回去吗?"大师回答:"两心自能互通,何须口信?"大师所传授的信念是:人只能从枷锁中获得自由,这枷锁便是生死轮回,自由之道便是打破"自我"对灵魂的束缚。当人们问起如何才能寻获救赎之道,大师总是让每个人自问:"我是谁?"他告诉那些立志修行之人他们并非这具暂居的躯壳,而是永恒不灭的"自己",因此,他们必得聚精会神。很多人抱怨说每次以此为目标进行冥想时,总摆脱不了杂念骚扰。大师告诉他们这没什么,抛弃杂念将心思集中于自己,慢慢就会容易起来。他对于人之弱点非常宽容,告诉弟子冥想不论方法。每个人都应该按照自己的脾气性格选用容易上手的冥想方法。譬如有人觉得只有将意念集中于两眉之间或是鼻尖之上这类方法才能避免分心。这些都是瑜伽的修行方法，大师对此有点疑虑。更好的方法是脑子里只全神贯注于湿婆或者毗湿奴这样的对象。不过这也只不过是帮助修行者集中精神的一种方法而已，关键还是在于修行的根本目的——寻找自己。"悟道"并非通过知识积累，而是灵光闪现。只要修行者明白自己并非是具躯壳（感官器官之集合），也不是头脑（只不过是思想之集合），而且还懂得才智只不过是手段，绝非目的。简而言之，当他消灭了"自我"，只留下"自身"，他就能蒙受"梵"之恩泽，从而"悟道"。不过，尽管如何达到"悟道"的步骤能用语言来描述，"悟道"本身却无法言说，只能靠感悟。

　　大师是宿命论者。哲学家曾对"自由意志"还是"命运使然"有过详细的辩论，可是，就我所知，从来没有争出满意的结果来。也许我的理解有偏差，哲学家似乎认为我们能够选择究竟是走这条路还是那条路，只不过一旦选定，便再也不能反悔。假设我们旅行之时遇上两岔路口，不知道该选右边那条，还是左边那条，只有掏出硬币来掷一把。如果硬币是正面就选右边那条，如果是反面就选左边那条。那么硬币落下是正面所以我们选择了所走的路，这难道不是命运使然吗？尽管我们都不是哲学家，可我们每个人回顾自己的一生，都会发现那些改变我们人生旅程的事件看起来都仿佛是不经意间发生的一样。我想，大师听了肯定会说这只是幻象罢了。不断有人到大师这里来寻求指引，有些人想知道投身艰苦卓绝的斗争，将祖国从异族奴役之下解放出来，这是否正义之举；另一些人则震惊于印度广大民众的赤贫惨状，来问大师参与社会公益事业，尽力缓解贫苦大众的疾苦，这么做是否正确。大师告诉他们的首先就是寻得内心的"自己"，这才是最为重要的东西；之后他们便可从心所欲。不过，既然一切皆为天意，便不会因为人之所为而更改。"如果你命中注定没有工作，你怎么找也找不来；如果你命里注定要工作劳碌，你怎么躲也躲不开。那么就把决定权交给上天吧，人是无法随心所欲，挑挑拣拣的。"这么一来，自然会有人问大师：如果一切都是天意造化，那么祈祷和信念还有什么用呢？我觉得大师似乎没有回答这个问题。大师的回答是："摆脱命运束缚只有两条路可走，一是此生命运由谁来承受，你会发现只有'自我'才受制于命运，并非'自己'，而'自我'其实是不存在的。二是将自己完全交给上天，消灭'自我'，要达到这个目的必得意识到个人无能为力，随时要念诵'不是我，而是你，我的主啊'，同时还要放弃与'我'及'我的'相关的一切念想，让自己任凭上天摆布……真正的笃信源于对上帝之爱，发乎于爱，别无它由，甚至都不是为了获得救赎。"

<h1 style="text-align:center">6</h1>

　　大师逐渐老去，已近古稀之年，他常年遭受风湿病的折磨，大概是久居阴湿的山洞中所致，双目也渐盲。1948 年末，他的左胳膊肘上长出了一个小瘤，后来便恶化，肿痛不堪，得立即实施手术。术后伤口愈合，可是不久又复发，此前就诊断为癌肿，又得立即手术切除。外科医生认为挽救大师生命的唯一办法就是截肢，可是大师拒绝了。他微笑着说："无需惊慌，躯壳本身便是病痛，顺其自然吧，何必自残呢？"他的病情一天天恶化下去，为了控制癌症蔓延，他接受了各种治疗方法，有那么一段时间他的情况有所好转。不过癌肿再次复发，第三次手术切除；可是胳肢窝下又发现第二个肿瘤，生长迅猛。医生一致认为接下去除了施加麻药，他们无计可施。大师遭受着巨大的疼痛折磨，他却毫不在意。整个患病期间他始终淡定从容，就连接受治疗也是为了让弟子安心。他说："如果征求我的意见，我自始至终都是那句话：没必要治疗，顺其自然就好。"有一次

他对一位贴身弟子说："我们吃完饭了，还需要盛饭的叶碗吗？"他还告诉过另一位弟子，有真知灼见的人会非常乐于摆脱躯壳的束缚，就像奴仆会乐于卸下自出生之时便背负在肩上的重担一样。

在大师身患绝症的这两年，他仍然竭尽所能每日修行：日出前一小时沐浴，定时接见前来拜访的虔诚信徒。他的身体状况很快传遍整个印度，成百上千的信徒纷至沓来。大师的七十一岁生日也如往年一样庆祝，他静坐聆听弟子们颂唱献给他的赞歌。阿鲁那佳拉神庙的神象也来了，向大师跪拜行礼，立定了一会儿，便用长鼻子点了点大师的双脚向他告别。显然，大师的日子不多了。不久大师突发肺充血，医生赶到拿药给他吃他却摆手婉拒，告诉医生没必要吃药，马上就会好，还示意身边弟子都退下让他独自一人休息。当晚大师倚靠在床上，最后一次将祝福施与前来看望他的大批信众。黄昏时分，他让弟子们将他扶坐起来，呈冥想修行状。一群弟子坐在大师所在的屋子对面的坡道上开始颂唱大师早年所作的阿鲁那佳拉赞歌。大师睁着双眼，极乐之泪由他双颊缓缓滚落。他的心脏停止了跳动，已然进入"独一无二的真实"之中。大师仙逝之时，一颗彗星缓缓划过天空，停驻在阿鲁那佳拉圣山之巅，随即消失无踪。无数信众目睹了这一奇观，皆言伟人之魂已随彗星而去。

散文与神学家蒂乐生

1

今早得书信几封,还有一只单薄的包裹,静躺在门厅桌上。我满腹狐疑,猜想这包裹里到底是什么。正如所有略具几分"臭名"的作家一样,我也常收到陌生人寄来的手稿,让我过目,寻求指点,也有人想让我帮忙引荐出版;出版商也向我寄来小说样本,大都是鸿篇巨制,让我点评一下,他们好用做出版宣传;有人给我寄过道德教诲之书,想要让我这个怀疑论者皈依他们的信仰;还有人给我寄过连篇累牍的条约合同,像是出自退休公务员或者退伍老上校的手笔,讲的都是只有专业人士才看得懂的深奥话题;还有人寄来薄薄的诗集,一看就是自费出版。这些书籍都让我痛苦不已,只得感慨:这些装帧或精美或朴素的小书啊,你们寄托了作者多么巨大的成名之望! 就算有人评论,也只匆匆浏览个几行;赠与好友留念,也只不过半小时之内翻翻完毕。想把每一本我收到的书全部读完绝无可能,更有可能的是这些书完全不值一读。我所能做的只是给每位作者寄去礼貌的回信,以示谢意,顺便告诉他们我非常期待写作闲暇之余能有足够时间饶有兴味地拜读大作,当然这并非实话。那天早上我读完来信后才打开包裹,拆封之时自然是镇定自若。我猜得果然不错,里面是一本书,可是完全不是我想象的那种。书很薄,八开本,小牛皮封面,尽管旧得不成样子,装订得倒是非常精美。书名叫《格言与论述,道德与神性:摘自蒂乐生大主教著作,整理成集》。于 1719 年由"位于斯特兰德大街①凯瑟琳街路口处的 J·汤生之莎翁头脑书店出版"。题辞是这么写的"谨献给最为优秀、最为虔诚与仁慈的淑女,卡纳封女伯爵卡桑德拉:家世显赫,美德过人,地位尊荣,堪称女性楷模:此大主教蒂乐生文集(只有最杰出人士才配读其文)由女伯爵您最为忠诚、最为谦卑、最为尽心的仆人,劳伦斯·艾克德题辞敬上,满怀谦卑、感激涕零、无比崇敬。"

　　此书末尾附上了雅各布·汤生出版过的书单,原来这位劳伦斯·艾克德②是斯托③教区的执事长,著有三卷对开本《英格兰史》以及一本《教会通史. 从救世主基督降生到君士坦丁大帝以基督教立国》。这份书单里简直藏龙卧虎,有艾迪生④先生的《意大利各地游记 1701,1702,1703 年》;有威廉·康格里夫⑤先生的三卷本著作;还有弗朗西斯·博蒙特和约翰·弗莱彻⑥二位先生的七卷本作品,还饰有雕版画。雅各布·汤生是出版行业中备受尊敬的佼佼者,他出版过德莱顿⑦的作品,而且大家都知道他从一个名叫艾尔默的人那里买下了《失乐园》⑧的一半版权,这版权据说当年艾尔默以五英镑低价购得。我不记得是否看过十八世纪早期书店的图片,可是我想店面应该是小巧而幽暗,到处都堆满了书,店铺后面则是印刷作坊。雅各布·汤生发迹后在伦敦郊区巴恩斯购置了一处大宅,但很

---

① The Strand,伦敦市中心最繁华的商业街之一,与泰晤士河平行,以萨伏伊酒店和戏院著称。
② Lawrence Echard (约 1670—1730),英国历史学家。
③ Stowe,英国南部白金汉郡一村庄。
④ Joseph Addison (1672—1719),英国散文家,诗人,剧作家及政治家,与理查德·斯梯尔共创著名杂志《旁观者》。
⑤ William Congreve (1670—1729),英国剧作家及诗人,代表作有《以爱还爱》及《如此世道》等。
⑥ 博蒙特(Francis Beaumont,1584—1616)与弗莱彻(John Fletcher,1579—1625)为十七世纪初期密切合作的两位英国戏剧家,著有剧本多部。
⑦ John Dryden(1631—1700),英国王政复辟时代极具影响力的诗人、评论家、翻译家及剧作家。
⑧ 十七世纪英国诗人弥尔顿的著名诗篇。

有可能他侄子一家(也叫雅各布·汤生)及合伙人仍然住在书店楼上。想必那时候那家书店就像现在的"邦帕斯"书店一样,书虫们在书架前流连忘返,随手翻阅;我的脑海里不禁泛起这样一幅有趣的画面:当年,那书店里有一位来自牛津的年轻学者,刚获得神职,这时借道伦敦前往乡间去做贵族老爷家中的家庭教师。他无意中发现了约翰·弥尔顿两卷本的《诗歌全集》,好奇心驱使之下,终于抛弃成见,抽出一本打开来看看。身为牛津高材生,又是保皇党人,他必定咒骂唾弃弥尔顿曾做过"篡位者"①的秘书。可是等他读到眼前信手翻开的几行诗,定会惊惶失措,可又不得不承认实属上乘之作,他赶紧将书放归原位。此时一辆马车停在书店门口,下来一位优雅出众的女子,着装时髦,走进店里点名要奥维德②三卷本的《爱之艺术》以及《爱之灵丹》。我正看着雅各布·汤生的出版清单,思绪天马行空之时,突然想起来为什么有人寄这本书给我了:原来我在某本书中曾偶然引用过神学家蒂乐生某篇文章中的话,我当时一定是在哪部英国散文全集中偶然读到过,便惊为天人。

2

这本书的开篇序言由斯托教区执事长劳伦斯·艾克德执笔,介绍他从大主教布道中精选出的格言警句,他说这种文字在任何时代都既有用又诙谐,可是同时他又承认这类作品就整体水平而言,没有哪个国家赶得上邻国法国。在那些作家之中,"最负盛名的恐怕要数罗歇福柯公爵和拉布吕耶尔先生了;他们深入人性,探究人类

---

① The Usurper,指奥利弗·克伦威尔,发动英国内战,推翻查理一世,建立英格兰邦联,并就任护国公。此处作者想象的时代是斯图亚特王朝已经复辟,故贬其为"篡位者"。
② Ovid(前43—17),古罗马诗人。

行为的隐秘源泉,时常扬起污泥渣滓,也掘出财富宝藏。"在序言中,编者对于英国鲜有此类和善可亲的文学作品略表遗憾,唯一值得称道的是已故著名作家哈利法克斯侯爵的作品,"其渊博与深刻绝不逊色于任何外国或英国作家,"只不过从未得到过高度评价。接下来他是这么写的,"我向来认为英国作品里那些同外国作品一样隽永清新的箴言、警句还有短小精悍的论点,都值得精选出来广为传颂:特别是大主教蒂乐生的作品中,有许多段落与前面提到的罗歇福柯及拉布吕耶尔的作品不相上下。"在我看来,执事长的这句话怕是说错了。的确,他也承认他们(指罗歇福柯和拉布吕耶尔)"有时候转承启合得更加艺术,法国人将这种手法钻研并打造到炉火纯青的地步;而他(指蒂乐生)的作品则独具土生土长的简洁魅力,更符合英国人的品味"。艾克德既然想要让他编的这个选集"让人受用且受益,任何欣赏正确及礼貌文风的人都会觉得这本书愉悦而有趣",他也许就不应该提那两位法国作家,因为这样会让读者比较之下期望太高。他将此书分为两个部分,第一部分讲的是"生命及上帝之本质及其崇拜,和理论与实践中的宗教";第二部分则是"人最直接的问题及其天性,以及社会公德与堕落"。我得承认这部分是我觉得最为有趣的,为了让读者能分享这种乐趣,我想引用其中几段。

窃以为劳伦斯·艾克德给这本书起名为《格言与论述,道德与神性》是个错误。"论述"指的是就某个主题进行详尽的探讨,而"格言"则是简明而警醒地表达某种真理。而本书中普遍的情况是,讨论宗教以及上帝的本质和存在的每个段落几乎都长达一页,那些道德格言也离"简明"二字相去甚远。本书内容都通情达理,乃颇有阅历之人的观察所得,可是你读过一遍之后,却没有什么能让你记住,没有哪句话能和法国伯爵那苦涩而真实的格言"恋人之

间总有一个是在爱,而另一个是被爱①"。相提并论。相比之下,蒂乐生的表述则过于直白浅显。有例为证:

"早年培养的美德,犹如年轻而美好的身体着上新衣,与直率而聪明的头脑是为绝配。"

"世人时常将心术不正错当成聪明才智,圆滑狡黠错当成大智大慧;尽管这两者的确有点关系,可仍然如善与恶一般有天壤之别。"

"智慧是值得称颂的品质,可是有大智慧的人应该永保智慧不失。它是一件利器,能成善举,可一旦把握不当,也会成恶事。所谓恰如其分地运用智慧乃为谈话增添趣味,将值得称颂之事完美展现,还有就是揭露人性之阴暗、愚蠢及荒诞不经。"

"恰如其分的称赞比起诅咒谩骂显然更具智慧。"

神学家蒂乐生非常清楚世人很难轻易开口称赞别人。"可是在骂人方面,人们创造了大量词汇且这方面灵感源源不绝;这种聪明才智很难得,让人接受起来倒比较简单。人们贪婪地接纳这些表达方法,拍手叫好,而且,每个人都喜欢听别人骂人,丝毫没有考虑到他自己马上也会被人骂,成为别人眼中的笑料。"

最后还有一句,"种种世俗享乐之中总是夹杂着类似虚荣心一般的东西。此中没有什么感官享乐,这享乐不是用痛苦来换取就是得细心呵护,要么断送在其中。一种美好的品质培养起来总是心机费尽,守护起来总是惴惴不安,失去了更是麻烦连连。尊严和伟大对于几乎所有人来说都是件烦心事;拥有的人总是心神不定,缺乏的人总是对此恨之入骨又嫉妒不已。"

我想让读者所注意的是,这些话读起来是多么现代啊。这位大

---

① 原文为法语: Entre deux amants il y a un qui aime et un qui se laisse aimer。

主教写的文章和如今受过良好教育之人写的文章相差不远。麦考利①将这种风格称为准确、明晰、技艺精湛，可是缺乏点灵气。谈散文讲"灵气"，让我多少有点不自在。这种"灵光闪现"的文字并非总是让人愉悦。半个世纪以前，我想人们会觉得卡莱尔②的文章有"灵气"，二十多年后下一代人恐怕会认为乔治·梅瑞狄斯③和吉卜林④的文章才可以称得上这二字。如今时过境迁，恐怕这两者的文字也会让人读了生气吧。有可能麦考利认为自己的文字有"灵气"，多少也说得过去。评论家们说他是从约翰逊博士⑤那里借鉴而来的。他抛弃了博士那冗长而复杂的句子风格，打造出短小活泼的句子，并且大量使用对偶这种十八世纪末风行的修辞手法。他的文章风格是节奏明快有力、生动活泼、让人信服，读之颇为享受。最终给人的感觉就像是一列快车在铺设得不那么牢固的铁轨上全速前进，有点流于单调，这恰好印证了约翰逊博士那句名言：个人风格一旦形成，便很难改变。

　　十七世纪最后二十五年，英文散文的风格发生了很大改变——想要知道这变化究竟有多大，只需比较一下霍布斯⑥和约翰·洛克⑦，弥尔顿和艾迪生这两对人物的文章。霍布斯的文章虽然丰富而生动，却失之啰嗦混乱；洛克的文风明显有条有理，虽然并不激动人心，却贵在紧凑得体。弥尔顿辞藻华丽，气势磅礴且激情昂扬，但

① Thomas Babington Macaulay（1800—1859），英国历史学家、作家、政治家，代表作有《英国史》。
② Thomas Carlyle（1795—1881），英国历史学家及散文家，以文风繁复著称。
③ George Meredith（1828—1909），英国小说家及诗人，擅长人物心理刻画，其内心独白技巧为意识流先导，主要作品有长篇小说《利己主义者》、诗作《现代爱情》等。
④ Rudyard Kipling（1865—1936），英国作家，代表作有《基姆》等，1907年获诺贝尔文学奖。
⑤ Samuel Johnson（1709—1784），英国作家及词典编纂者，人称 Dr. Johnson，十八世纪下半叶最重要的作家。
⑥ Thomas Hobbes（1588—1679），英国政治哲学家，代表作有《利维坦》等。
⑦ John Locke（1632—1704），英国哲学家，代表作有《政府论》、《人类理解论》等。

读之使人厌烦;而艾迪生则轻松优雅且彬彬有礼。有人说促成这种风格转变的一部分原因是逃亡到法国去的保皇派,我不清楚具体论证过程,但那些保皇派流落异乡,无法为郁郁寡欢的君王效劳,却从法国作家那里学到了清晰简明之风;后来王政复辟成功,他们常去咖啡馆闲聊,一旦下笔,便自然会用上闲聊时使用的语言风格。自此,书面英语变得越来越清晰、简单和自然。德莱顿曾说:"如今英文的礼节讲究和微妙之处已鲜有人知,即使一位天资聪颖的人想要理解并身体力行也需要先进行文学教育,大量阅读并消化那些为数不多的优秀作家,了解人和礼节的知识,自由地与最优秀的男女交谈并成为习惯;简而言之就是既需潜心学习又需通达世事。"真可谓字字珠玑。托马斯·伯奇在其著作《坎特伯雷大主教约翰·蒂乐生传》中曾提到:"德莱顿先生常乐于承认如果他真有什么了不起的文学才华,那也是拜以前时常研读主教大人的作品所赐。还有斯威夫特博士①,他的眼光品味没有被繁文缛节给扭曲,在给一位刚加入圣职的年轻绅士的信中给大主教冠上了'出类拔萃'的美称。"接下来,托马斯·伯奇继续写到,"艾迪生先生认为大主教的作品就是衡量英文好坏的主要标准,然后将大人生前布道时所用的词句一一标出,为后来的那本英文词典提供了例句,编纂这本字典的就是那位优秀的约翰逊博士,当时政局更迭,安女王上台,博士丢了公职。"德莱顿、斯威夫特和艾迪生这三位杰出作家的文字之美恐怕无人超越,如果他们都研读过蒂乐生的作品并从中受益的话,这一事实就足以让他成为重要人物。我们今天的写作风格之所以如此,大概深受大主教的文字影响,这样的结论应该不算太轻率。

---

① Jonathan Swift (1667—1745),英国讽刺文学作家、散文家,曾任都柏林圣帕特里克大教堂主教,其最著名的作品为《格列佛游记》。

英文的散文风格有两种：一为平实质朴，一为华丽典雅。在我们的文学史中后者的最杰出代表非托马斯·布朗爵士①和杰里米·泰勒②的代表作《圣洁的死亡》莫属。没有人会愚蠢地否认这两位的文字之美。称这两位的文字为"出色"无异于贬低。而行文平实的代表人物当属约翰逊博士和吉本③。有关这几位的评价，分歧很大。有些见解偏颇之人对他们极尽贬低之能事。其实，这四位的文字乃上瘾之毒药，一旦尝到其美妙，便如瘾君子一般从此难以自拔。无论他们的文字多么浮华多么虚夸，读者总能体会到无比强烈而又日益增长的乐趣。质朴与瑰丽这两种风格，很难说谁就一定好过谁。文字风格没有对错之分，只有品味之别。窃以为质朴之文字比起华丽之风格更适合描述实际事物。如果你侧重文章主题，也就是你更关注面包与黄油，而非果酱，那么避免华丽文风就能让文字更具说服力。如果要举例证明的话，我想请诸位读者去比较一下杰里米·泰勒的《预言的自由》及《圣洁的死亡》。后者以其令人眼花缭乱如刺绣般华丽繁复的风格以及意象之繁杂著称。而前者的文风则平实质朴，直截了当。当然，文学作品毕竟深受当时语言风格的影响，所以这本书读起来像是海军军情的官方报告。在这本书中，杰里米·泰勒所写的事情正是他的亲身经历。当年他的生计被剥夺，财产被没收，房子被强占，一家人无家可归。几经磨难之后终于在威尔士南部求得栖身之所，当地显贵卡伯里伯爵收留他做私人牧师，他再将妻儿接来团聚。虽有容身之处可是工资微薄，据说还

---

① Sir Thomas Browne（1605—1682），英国医师、作家，把科学和宗教融成一体，名著有《一个医生的宗教信仰》等。
② Jeremy Taylor（1613—1667），英国基督教圣公会教士，著作家，代表作有《圣洁生活的规则与习尚》、《圣洁死亡的规则与习尚》等。
③ Edward Gibbon（1737—1794），英国历史学家，国会议员，代表作有六卷本《罗马帝国衰亡史》。

不按时发放。就在如此逆境之下他写成了《预言的自由》一书。当时他一路坎坷,前途渺茫,命悬于伯爵大人捉摸不定的慷慨大方之中。因此,他这本书中没有运用什么"华丽浮夸的意象",也在意料之中。我所引用的是埃德蒙·戈斯①的话,他还将这种瑰丽文风誉为"杰里米·泰勒最上乘作品的特色所在"。《预言的自由》行文风格纯净而直接,不过略有点枯燥,全书主题只用寥寥数句便可概括。斯图亚特王朝早期的某位历史学家总结得最好:"理性是对宗教以及其他事物的终极评判标准;如今理性既融为个人天性,自然便会意见不一。既然没有谁能肯定自己的意见必然正确或优于别人,那么对非正统信念横加残害显然是大错特错,因为毫无正当理由证明那些异端之见是错误的。"还有比这更为明智的想法吗?

《预言的自由》写于1646年,《圣洁的死亡》则写于1651年。这几年间,杰里米·泰勒是在卡伯里伯爵的乡间别墅金树林度过的,他的精神支柱是伯爵夫人,一位善良、聪慧又勇敢的女子:婚后十五年一直不断怀孕生子,终于在生下第十个孩子的时候撒手而去,那是1650年。一年以后,杰里米·泰勒的妻子也过世了。后人自然会猜想这样的打击促使他写出了《圣洁的死亡》。这是他最伟大的作品,这一点毫无争议。评论家争相称赞这部作品的永恒之美以及文辞之丰,称其"清晰明了,流芳百世",还有那令人称奇的丰富意象。这本书和《预言的自由》风格迥异。《预言》一书中他所关注的是个人的错失,他的目的不是熏陶而是说服。而在《圣洁》一书中他将自己更为难得的天赋全然释放出来。失去可亲可敬的伯爵夫人和自己心爱的妻子,他流露出的悲恸之情无疑是发自肺腑的。

---

① Sir Edmund William Gosse (1849—1928),英国诗人、作家及评论家,著作颇丰,包括《十八世纪文学史》、《英诗颂歌体》等。

在此书中他不仅将自己对这二位的追思打造成一座不朽的丰碑,也在源源不断的想象力冲击下咏出天才般的奇思妙想,在笔下化作如音乐般美妙的句子,以此获得慰藉。这便是善于创作的艺术家能够从创作中获得的珍贵无比的特权——释放生之苦痛。

关于英文的这两种风格,我以为平实质朴比华丽典雅更经得起时间考验。华丽典雅之文要达到完美之境才能流芳百世,可是很少有人能达到这样的境界。纵观我们的文学史,就我所知,只有这两位我前面提到的作家做到了。其他天资略差的作家也曾尝试过这种文风,可是只能为时间所残酷淘汰。优秀的评论家都认为上世纪中期的托马斯·德·昆西①乃英文散文大师中的大师,称他以无与伦比的方式将英文的细致微妙之处与华丽辉煌之风拿捏到炉火纯青的地步。我倒觉得他的文章矫揉造作,华而不实。前几年,理查德·阿尔丁顿先生出版过一本十九世纪作家的散文与诗歌集,名叫《美之宗教》。那些诗歌仍然保留着写成之初的美妙魅力,可是不得不承认那些文体家:乔治·梅瑞狄斯、沃尔特·佩特②、麦克斯·比尔博姆③的文风已经完全过时。《理查德·费勒维尔的磨难》④中费迪南德和米兰达见面的有趣场景,却让人读起来无比尴尬。沃尔特·佩特的《美学诗歌》中的段落枯燥沉闷;给人感觉是:有想象力但缺乏灵感,写得卖力却不讨好。这部有趣的集子中唯一能够让人愉悦的几篇文章,就像阿瑟·辛蒙⑤写可怜的恩斯特·道生⑥的

---

① Thomas de Quincey(1785—1859),英国作家、知识分子,其著作有《一位英国吸食鸦片者的忏悔》。
② Walter Horatio Pater(1839—1894),英国散文家、文艺评论家和小说家。
③ Sir Henry Maximilian Beerbohm(1872—1956),英国散文家、讽刺作家和漫画家,代表作为小说《朱莱卡·多布森》等。
④ 梅瑞狄斯的著名长篇小说,出版于1859年。
⑤ Arthur William Symons(1865—1945),英国诗人、评论家、杂志编辑。
⑥ Ernest Christopher Dowson(1867—1900),英国诗人、小说家、短篇小说家。二十来岁时因失恋及父母病故而穷困潦倒,精神崩溃,三十二岁便死于酗酒。

文章一样，作者并未费尽心机打造华丽风格，用的都是平实质朴的
文字。

3

布封①有句名言，"风格即人"②，如果要一例证，最好的例子恐
怕非神学家蒂乐生莫属。这里我想尽量简明扼要地介绍一下他的
生平。尽管他的有生之年动荡不安：内战③、护国公奥利佛·克伦
威尔上台、王政复辟④、与荷兰交战、瘟疫、伦敦大火、光荣革命此起
彼伏，他的人生却平淡得出奇。他是个好人，众所周知，写好人要写
得有趣比写坏人难得多。国立肖像美术馆里保存着他的一副画像。
画中是一位天性善良的老者，脸庞较圆，面容清秀，令人愉悦。要不
是穿着牧师的法衣，你可能会把这肖像当作富裕优越的旅馆掌柜。
尽管他年事已高，身形臃肿，据说年轻时可是玉树临风的翩翩公子，
眼睛都会说话。他似乎颇有些迷人的风度，就我所知，个人魅力这
样东西在十七世纪可不像我们如今这么受人追捧。魅力其实相当
可疑，因为魅力无穷的人往往一无是处，所有人都得时时提防才行；
可是一旦个人魅力与才华天分、正直的品格和高标准的道德结合在
一起，那么这个人的魅力就真的难以抵挡了。

1630 年蒂乐生出生于约克郡的索尔比。他父亲的祖上乃郡里
的名门望族，历史悠久，可是自己却成了个布匹商人。在那个年代，
绅士，就算是大贵族家的次子们去做商人也绝对是稀罕事。从简·

---

① Georges-Louis Leclerc, Comte de Buffon (1707—1788)，法国博物学家，数学家，百科
全书作家。
② 原文为法语"Le style est l'homme meme"，英译为"The style is the man himself"。
③ The English Civil War (1642—1651)，英国议会派与保皇派之间的武装冲突和政治
斗争，导致查理一世受审并送上断头台，查理二世流亡法国。
④ The Restoration (1660)，指克伦威尔死后，其子理查德继任护国公，政权开始瓦解，战争
爆发。战事结束后，新选出的议会要求长期流亡法国的查理二世回国继任王位。

奥斯丁的小说里我们可以发现直到十八世纪末期这种轻视商人的风气才开始收敛,到了维多利亚女王时期才逐渐告终,直至两次世界大战后才终于烟消云散。所谓布匹商其实是中间人,从剪羊毛作坊里收购刚剪好的羊毛,分给当地农户纺成线,织成布,再售出获取利润。蒂乐生的父亲是位狂热的清教徒,因此他小时候所受到的家庭教育相当严格。十七岁那年,蒂乐生从语法学校毕业,去了剑桥。在那里他阅读了"齐林沃斯①先生的不朽篇章"于是和剑桥的柏拉图主义者结下了亲密友谊。为他撰写传记的托马斯·伯奇信奉英国国教②,说蒂乐生从那时起便抛弃了早年形成的多种偏见;不过,伯奇又补充说,"他仍然奉行从小养成的严格的生活习惯,对于奉行该信仰(清教)的信徒总是和蔼以对,公正相待"。他如期拿到了学位,二十一岁便当选为所在学院的研究员。他的导师,克拉克森先生将自己的学生转至他名下。其中有一位名叫约翰·比尔德莫,曾记录下蒂乐生当时是如何担起导师之职。他是这么写的,"他是名优秀的学者,敏锐的逻辑学家和哲学家,能言善辩,结论严谨,尽职尽责,值得信赖……我们每晚到他房间进行祈祷,他总是开始让我们将希腊文圣经中的某章翻译为拉丁文,然后,时间长了,他便让某位或某几位学生来讲今天的祷告……所有这些一直是用拉丁文进行;就我所知他从来没有跟我们说过英文。我们在一起的时候也不许我们说英文。"他的祷告词使用长老会文体写成,称为"构思体",

---

① William Chillingworth (1602—1644),英国护教论者,本为英国国教信徒,后转为天主教徒,四年后又重新皈依英国国教,其著作有《新教的宗教信仰:通向救赎的安全之路》。他强调《圣经》的唯一权威性以及个人诠释《圣经》的权利。
② The Established Church 即 Church of England,也称"圣公会"和"安立甘宗"。英王亨利八世于1534年与罗马天主教会切断关系,自封为英国国教最高首领,后经其女伊丽莎白一世以及光荣革命后立法予以巩固。这一百多年间经历了玛丽女王力图恢复天主教、护国公克伦威尔的清教主义治国、詹姆士二世企图恢复天主教为国教等反复。

也就是即兴式。周一至周五祷告结束后学生散去，他会留下一位，和蔼相劝，鼓励学生以勤学、严肃、认真为目标，或者是告诉学生"从这位学生身上他所观察到或听说的错失，该责备的他总是严厉斥责毫不含糊。他特别留意学生的行为举止；他很喜欢那些彬彬有礼的学生，对他们很尊重，但是对那些粗俗无礼的学生他相当憎恶"。约翰·比尔德莫还这样评价过他的导师，"他极为聪慧，犀利而敏锐，与他谈话非常愉快，可是大概是因为年龄的缘故，他太拘于礼节也过于严肃。"有必要提醒一下读者，当时蒂乐生才二十出头。

1656 年，蒂乐生离开剑桥去司法部长埃德蒙·普里度家做家庭教师。在级别如此之高的政要家谋得这份职位，对于当时担任牧师的年轻人来说必然是出人头地的不二法门，王政复辟之后，能拥有这样的职位今后必定是平步青云直至主教。蒂乐生同时也兼任普里度先生的牧师，因此他一定得先获授神职才行，可是关于他究竟何时被授予神职，仍然不太明确。由于授予他神职的只能是一位长老会牧师，毫无疑问，到后来这件事最好还是不提为好①。奥利佛·克伦威尔死于 1658 年，1660 年查理二世的悲剧统治开始。蒂乐生接受了《信仰统一法》②成为法定国教成员。授予他神职的是原苏格兰主教盖洛韦，"此人当时由于这样或那样的原因有大恩于他。"约翰·比尔德莫在笔记中提到，所有来找他的英国牧师，他全部授予神职，既不需要口头宣誓也不需要签署声明效忠哪门哪派。比尔德莫认为他之所以这么做只不过看在钱的分上罢了，每一次签

---

① 苏格兰长老会属基督教新教清教教派，在克伦威尔任护国公时期占统治地位，但王政复辟后，清教徒很快失势，遭受迫害，故作者有此语。

② 指 1662 年查理二世在位期间，英国国会颁布的法案，统一了教会祈祷的具体内容和细节，恢复了内战期间清教徒所废除的一些内容。

署授职书都有一份收入,他家境贫寒,何乐而不为呢?蒂乐生在教会中得到的第一份正式职位是在赫特福德郡的切斯汉特做助理牧师。此地距伦敦不远,因此他常去拜访朋友,而且很显然此时他布道的口碑已经传播开来,时常应邀去伦敦城里的讲坛布道。1663年,他经引荐去萨福克郡的克顿任教区长,前任教区长因为不愿屈从于国教信仰而被驱逐。当时这个职位的年俸有两百镑。托马斯·伯奇有点天真地写道:那位被驱逐的前任对于如此能力出众、不偏不倚、温和谦虚的继任者颇为满意。在此地就职时,蒂乐生还曾应邀去林肯律师学院①代替普迪演讲者去布道。在场的一位学院监督阿特金斯先生对他的布道喜爱至极,"布道结束后跟着他来到小礼拜室,问他有没有兴趣来律师学院做布道牧师,正好这个职位马上就有空缺。"蒂乐生就这么被推选上了这个职位,"待遇和前任一样,薪水是一百镑,每学期结束时等额支付;第一笔薪水在下一个学期结束后发放,另外主持假期特殊仪式还有二十五镑津贴;无偿为他和他的仆从在任期内提供食宿。学院任命了五位学监主管来告知他推选结果及他今后的职责所在:每学期内主日②布道两次,每学期前后则每隔一个主日布道两次,阅读③时要布道,假期每个主日都要布道,另外还有一些要求布道的特殊场合也要出席;每学期和每个假期要在本堂牧师的协助下主持圣餐仪式;还要在学院中安家,自就任起未获学院监督主管批准不得擅自离开。"

必须得承认,林肯律师学院付出的薪水一般,要求却相当高。不过,这样的工作安排蒂乐生却极其满意,决心在伦敦安家。他刚

---

① The Society of Lincoln's Inn,伦敦最为著名最为古老的四大法律学院之一,因早期律师们大多在客栈集散,故有此名。
② Lord's day,即周日。
③ The reading time,律师学院的主要学习方式之一,由专门的讲诵师主持讲解,学生讨论,然后再进行评论,每年两次。

刚结婚,妻子是奥利佛·克伦威尔的侄女。关于他太太,除了为他
育有二女,活得比他长以外,我们一无所知。如果大胆猜想一下,能
推测出他是在护国公克伦威尔手下的司法部长家做牧师时认识她
的,那时候这俩人也许就"心有灵犀"了;可是当时他没钱结婚。如
果那时他们能结成连理,无疑会带来很多好处;等他到克顿走马上
任,有足够的薪水成家了,他便娶了她,这无疑是高贵之举;因为彼
时克伦威尔的尸体已经被挖出拖到伦敦的泰伯恩刑场关在棺材里
吊上了绞架,谁也不敢顶风去和"篡位者"扯上亲戚关系,引人疑
心。林肯学院发给蒂乐生的薪水微薄,不足以让他养活太太,他得
保留克顿教区的职位,这样能多一份薪水。尽管他一年中大部分时
间得待在伦敦,他大可像那些不愿住在教区但又享有圣俸的牧师一
样,一年花上二十镑,心安理得地雇一位助理牧师代劳。可是这样
的事他做不出来,只得辞掉克顿的工作。对他来说,这也许算是解
脱,因为其教区居民都是,清教徒和长老会教徒,对他的布道并不欣
赏。幸运的是,他在林肯律师学院获得了极大成功,短短一年时间
他就升任为圣劳伦斯犹太教堂的讲师。在那里"他的布道听者众
多,不少来自伦敦这座大都市的偏远郊区,还有许多牧师,来汲取思
想之精华"。许多听众周日在林肯律师学院听了布道之后周二又到
圣劳伦斯教堂来再听一遍。

当时人们对于布道极其渴求,弄得复辟时期的政客开始动脑筋
对其施加控制。布道牧师按照指令只能讲个人的道德责任,对于错
综复杂的神学问题要回避。而以前清教徒所宣扬的"白日恩典"①
和"宿命"概念则不得提及。布道通常都很长,时常让人难以忍受。

---

① free grace,救世神学观点,即个人开始信仰耶稣基督为本人的拯救者及上帝的那一
刻,就能够获得永恒的生命。

据说当时威斯敏斯特大教堂的执事一旦觉得三一学院院长艾萨克·巴罗①讲得太长,得就此打住,便命令开始演奏管风琴。有一次,蒂乐生大主教讲"博爱"就讲了三个半小时。也许蒂乐生布道的成功秘诀之一就在于"他既无华丽辞藻而又言简意赅"。他的传记作家称他的风格是质朴而鲜活,严肃而优雅。在他的布道辞中找不到冗长而做作的句子,所有的话都简洁清晰,整个思路完整清楚,毫不含糊。很快他就公认为那个时代最伟大的布道牧师。

他在伦敦待了几年以后,大瘟疫爆发。许多教会中人,不论是牧师还是不信国教的新教教徒纷纷逃离这座死亡之城。蒂乐生没有随大流,他坚守下来照顾病患,关怀临终之人。

他的美德终于得到了回报,被引荐去坎特伯雷任职做圣保罗大教堂的驻堂教士。可能诸位读者对"驻堂教士"并不了解,容我解

释一下:这是个基督教会用词,指大教堂教士,享有正式住所及收入。在那本历史书作者伯内特②的推荐下,他又被任命为查理二世的私人牧师。1672 年,他升任坎特伯雷教区长。有一天,突然有人让他去给国王布道。布道结束时,某位贵族走近从一开始就呼呼大睡的国王,耳语道:"真遗憾陛下您睡着了,这可是您这辈子听到的最难得的霍布斯主义言论。""噢,笨蛋,他应该把布道印出来嘛,"国王回答,马上叫来宫务大臣让他指示教区长把布道给印出来。霍布斯主义也许并非每位读者都还记得,那就是强调君主的权力无限。既然君主的权力无边,那么民众就得毫无条件地归顺。君主也许专制暴虐,但暴政好过乱世,抵制暴君就如同抵制犯罪一样,结果

① Isaac Barrow (1630—1677),英国学者、神学家、数学家,牛顿的老师,微积分基本定理的发现者。
② Gilbert Burnet (1643—1715),苏格兰神学家和历史学家,索尔斯伯里主教,精通荷、法、拉丁、希腊和希伯来文,著有三卷本《英国国教宗教改革史》。

只会是徒劳无功。君主的权力只有一样限制：自我辩护的权利是绝对的，其臣民有权自我辩护，即使是反对君主的自我辩护。

国王的指示造成了悲剧的结果。他的布道既得罪了教士也得罪了持不同信仰的人。其中有这样一段更是引来了恶毒的批评："也许我的见识还不够广博，因此我总在不断学习。可是我认为人们不可以打着所谓'良心'的幌子公开侮辱一个国家的国教（即使它不对），公开拉人脱离教会，藐视司法和法律。在这件事上，那些另一种宗教的信徒可以心安理得地假装是在享受个人自由，忠于自己的良心和宗教（能这么做，他们大概颇为感激吧），阻止自己的教徒公开宣称改变信仰（尽管他们永远都无法确信自己的信仰究竟是对是错），总有一天，要么上帝赋予他们特权去达成这一目的，要么上帝的旨意借由司法的准许来让这一切发生。"如今对于我们来说，这些话句句在理，可是当时却引得群情激愤，这位坎特伯雷教区长受到了猛烈抨击。神学家帕特里克，即后来的依利地区主教，敦促蒂乐生要他撤回此番言论才肯作罢，如果他执意不肯的话，他只会被毫不留情地驱逐出基督教会。有一位不从国教信仰的牧师豪先生，知识渊博，在一次与蒂乐生教区长的长谈中曾诉苦：自己在布道反对天主教教皇制度的时候，都得恳求天主教反对所有的宗教改革派①。"教区长最后终于忍不住抽泣起来，告诉他说，长久以来这是自己所遇到的最不开心的事；而且他觉得自己奉献于世的思想不会传承下去。"说出心里话也没什么用，他的这番话公开之后，就被指控为给不从国教者借口来挑衅，而不是斩断自己教会同胞的罪过的根源。

这些指控还是有几分道理，因为蒂乐生早年成长于清教徒的环

① The reformers，指反对罗马天主教又反对英国国教的基督教新教徒。

境,和不从国教信仰的朋友保持着良好关系。但是他诚心诚意接受了《信仰统一法》,因为英国国教原则上既抛弃了不从国教教派的那些严厉苛刻的准则,又抛弃了毫不开化的教皇制度,非常符合他那温和、虔诚而又敏感的性情,而且也没有证据表明他把新教不同教派的分歧之处看得很重。他只是热忱地希望每一教派都应该妥协,不要把那些狂躁的不从国教者再拉回到教会中来。可是他的这种温和平衡被视为缺陷,而不是美德。

我并不是来赘述查理二世执政时期引起极大麻烦的宗教纷争。对于我们来说,这些争执都无足轻重。一位教士是否应该穿白色法衣其实不太重要,不至于弄得争吵不休。领圣餐时领的人究竟是应该在神坛前的台阶上跪下,还是坐在自己的长凳上,在我们看来这顶多是个礼节问题而不是宗教原则。《信仰统一法》剥夺了两千多名牧师的圣职,《五哩法》①又禁止他们进入任何法人团体的五英里之内,逼得他们几乎无以为生。许多人一贫如洗,只得去做仆役。《立誓法》②又命令所有那些拒绝发誓效忠国教,承认国教至尊地位的人按照英国国教方式领取圣餐,凡是不愿放弃"圣餐变体论"③的人,不得在军队或政府中担任任何职务。受这一法案牵连的不光是不从国教者还有天主教徒。我想补充的是:效忠国教的誓言中包括承认国教中具有至高无上地位的就是合法合理的国王,并且要否认教皇宣言:被逐出教会的异教徒国王要被废除处死。至此,英国多数民众都将天主教徒视为叛国者,认为1666年的伦敦大火就是他们蓄意所为。就连弥尔顿也认为国家不能容忍天主教徒是理由

---

① Five Mile Act,又名"牛津法"或"1665年不从国教法",查理二世在位期间为实行国教统一所推出。
② The Test Act,又称"1672年立誓法"。
③ Transubstantiation,天主教神学概念,指在圣餐仪式中葡萄酒和面包就变成了基督的血与肉。

充分,公正合理的。

4

1683 年发生了一件事,极大地影响了神学家蒂乐生今后的岁月,那就是后人所知的"麦酒屋阴谋"。有一位再洗礼派①教徒名叫奇林,是位油盐商人,可是生意日渐衰败,于是就想(伯内特是这么说的)改行做见证人。他跑去找在法院就职的达特茅斯爵爷,称自己掌握了一个刺杀国王和约克公爵的阴谋。达特茅斯爵爷让他去找狂热的保皇党分子,大臣利奥莱恩·詹金斯,这位大臣将此事通报了所有内阁成员。于是消息泄露出去,奇林提到的两人拉姆齐和韦斯特被牵连进来。据伯内特考证,这两人都曾在议会军中服役,肆无忌惮地宣扬过他们头脑里的绝妙计划,可是"他们也明白自己口风不紧,太多人知道,总有一天会被告发,于是就编造了一个故事,对好口供,到时候不至于穿帮"。他们还策划好去自首,坦白一切,这样不仅能保住性命,弄不好还可以做个线人,"与在英格兰四处游荡的无数撒旦的使者斗争到底。"

韦斯特声称某一天,国王和约克公爵会在从纽马克特②返回伦敦的路上遭到刺杀,他们经常去那儿观看赛马。暗杀地点则选在麦酒屋农庄,属于朗伯德所有,这人就是所谓的阴谋策划者之一。这个地点是他选定的,因为这里有一条夹在高岗间的狭窄小路,是皇家马车队的必经之路,能很轻易地让车队人马束手就擒。可是突如其来的一场大火烧毁了大半个纽马克特城,国王和他兄弟提前一周离开,于是阴谋流产了,这一巧合似乎肯定了这个编造的故事的真

---

① Anabaptism,属于激进的基督教新教教派,抛弃了许多诸如戴婚戒或发誓等宗教信条,当时被大多数其他新教教派视为异端。
② Newmarket,英格兰东南部城镇,以赛马著称。

实性。韦斯特指控蒙茅斯、罗素勋爵、埃塞克斯伯爵、阿尔戈农·西
德尼还有埃斯克里特的霍华德勋爵全是共犯。结果除了蒙茅斯,以
上人员全部被逮捕。罗素勋爵是贝德福德伯爵的儿子兼继承人,也
是国家党的领袖,这个党就是后来的辉格党。他本可以逃出国去,
可他却甘愿留下面对指控者。他先被囚于伦敦塔中,后来以叛国罪
遭到审判。霍华德勋爵的作为则有辱贵族名声:经过长时间搜查
人们才发现他躲在一只烟囱当中,一经逮捕便痛哭流涕。为了保全
性命,他立即出卖了同案犯,发誓说去年有人密谋造反。这个倒是
真的,沙夫茨伯里[1],德莱顿笔下的亚西多弗[2],"远见卓识、勇敢无
畏、足智多谋,"却蒙羞入狱,以叛国罪受审,最终获得保释,但为求
自保便藏匿起来。有一次在他瓦平的住所里召开了一次会议,蒙茅
斯公爵、埃塞克斯伯爵、罗素勋爵以及其他一些地位略低的人士出
席了会议,起义造反的可能性曾提上过议事日程;可是出于种种原
因不了了之;沙夫茨伯里却垂头丧气,惴惴不安,身体越来越差,终
于远走荷兰,乔装成长老会教士,没过多久便郁郁而终。在审判中,
拉姆齐发誓说阴谋叛国者曾在他们绝对信赖的酒商谢泼德家里密
谋,罗素勋爵一干人都在场,当时就有人提议先抓住国王的侍卫,最
高法院的首席法官在总结中提到这一提议的唯一结果就是杀死国
王。谢泼德在证人席上肯定了这一推断。罗素勋爵承认去过谢泼
德家,可是他当时是在蒙茅斯公爵的倡议下去品尝雪利酒,而且的
确听到了一些放肆言论,可是他从未参与其中而且不久就离开了。
可是要让陪审团认为公爵和罗素约好去酒商家只是为了品尝美酒
可不是件容易的事。罗素十分不幸,因为埃塞克斯勋爵自遭逮捕后

[1] Shaftesbury, 1st Earl of (1621—1683),英国政治家,开始是保皇党,后在英国内战中
反对查理二世,被认为是辉格党的创始人。
[2] 《圣经》中大卫王的谋士,后与押沙龙合谋叛逆大卫王。

极度沮丧,审判开始那天就自尽了。这个看上去简直就是畏罪自杀,置被告人的辩护律师于极其不利的地位。告密者的供词似乎天衣无缝,合谋者霍华德的告发差不多就给所有人定了罪,于是陪审团判定所有被告叛国罪成立,罗素勋爵当庭被判处死刑。

于是,营救他的行动纷纷展开,贝德福德勋爵先拿出五万英镑,接着又拿出十万来救儿子的命。可是请求被驳回,罗素虽然知道保命彻底无望,可是他不想让他深爱的妻子觉得自己无所作为,于是,在妻子的泪水打动下,他同意上书国王和约克公爵,提议出国定居,远离英格兰的一切事务。罗素勋爵夫人是南安普敦伯爵之女,嫁给罗素之前是沃恩勋爵的遗孀。她这样道德标准极高、聪慧高雅、勇于承担责任的贤妻良母,在英格兰历史上不算少见,她是位真正高贵的女士,她的高贵气质并非出身使然,完全来自于性格魅力。那时王廷腐败,贿赂成风,贞洁女性反被认为荒谬可笑,可是她仍然出污泥而不染,广受爱戴和仰慕。很可惜罗素的请愿没有起到作用。国王和约克公爵对罗素仍然心怀敌意,因为当年他曾大力支持"驱逐法案",此法案旨在阻止身为天主教徒的公爵在他哥哥死后继承王位。

定罪之后,罗素派人去找时任坎特伯雷教区长的蒂乐生和伯内特。蒂乐生是罗素的老友,参加过庭审并且为罗素做过证。这两位牧师想说服罗素发表一份声明谴责造反非法,这样国王也许会原谅他。伯内特似乎觉得自己已经说服了罗素,还让蒂乐生去找哈利法克斯勋爵,让他熟悉这份声明,然后再告诉国王。哈利法克斯照办了,随后告诉蒂乐生,国王似乎有点被声明所打动,之前的一切努力都不如这声明有效。第二天,蒂乐生拜访罗素的时候说自己很高兴,因为这问题正在讨论之中,希望能有所转机。可是罗素却告诉他事实并非如此,让他大吃一惊。"他(罗素)仍然认为国王受法律所限,如果国王想打破这些限制,他的臣民们必然会保护自己,限制君权。"蒂乐生备受煎熬,于是下决心第二天,即临刑前一天,让罗素改变想法。考虑到罗素的家人可能和他在一起,所以未必有两人独处的机会,他便写了一封信,决心交给他,让他无论如何也要读一读,考虑一下。这封信是这么写的:

大人,

今晨领圣餐时得见您冷静从容,虔诚恳切,在下由衷欣喜。可惜心境平和无济于事,除非理由充分。脱口而出的话常常并无用处,因为缺少足够的时间揣摩思考,因此我提笔写下这封信。在下对大人之处境深为怜悯,本着人与人之间最博大的善意,诚恳请求大人仔细考虑以下几种有关反抗权威的观点。如果我们的宗教信仰和权利应该遭到干涉的话,如大人所卷入的官司所示,对于这一点,我赞同神学家伯内特的理解,那就是大人您曾经乐于信奉的宗教如今发生了改变,对此我表示歉意。

首先,基督教信仰确实明确禁止反抗权威。

其次,尽管我们的宗教信仰由法律确立(阁下曾扬言此乃我们的信仰和早期基督信仰的不同),但是,就是这个确立我们宗教信仰的合法地位的法律条文明确宣称:'假借任何借口进行武装反抗都属违法,等等。'除此以外,还有一条法律明文规定,民兵只能由国王一人统领。这样一来,国王的臣民双手尽缚,尽管有人认为自然法则和《圣经》中的基本准则都倡导人的自由,对这一点我持保留意见,因为这些准则无法为政府以及人类社会的和平提供坚固的保障。

再次,大人您的观点和所有新教教派所公开宣称的教条完全相反。尽管有个别观点说得在理,可是大部分都自相矛盾,因此受到新教教众的普遍谴责。在下恳请大人仔细思考一下您的观点和新教信仰中某种荒谬的论调是多么相似,同时也完全违背了新教的基本教条。

我之所以写这封信是想说服大人,让您意识到自己犯了一桩极为重大又极为危险的错误;想让您从此而醒悟过去的无知,痛改前非,悔过自新;如果您能正视错误,真诚悔过,您不但能得到上帝的原谅,还可以让新教免受丑闻困扰。

我绝对无意在大人您困顿之时再次搅乱您的情绪,我对您遭遇的厄运深表同情;可是我更不愿意的是让您带着错误的想法和虚假的心平气和之心离开人世,从而无法获得永久的幸福。

我衷心为你祈祷,并乞求您相信我满怀这世上最大的诚意与同情。

大人,

大人您最为忠诚最受苦受难的仆人

约翰·蒂乐生

看得出写这封信的人善良而又诚挚;可是这谆谆善意之中包藏了多么可怕的残忍无情啊!

那天等蒂乐生被带入监狱见到罗素勋爵的时候,他发现爵爷和夫人单独在一起。他把信递过去给他。罗素接了过来,走进内屋看信,看完把信还给蒂乐生说,"他已经读完,也想被此信说服,可是结果恐怕并非如此;现在不是谈政治来烦他的时候;不过,既然他犯了大错,也愿意聆听训教,他希望上帝能原谅他!"罗素将信还给了蒂乐生,蒂乐生离去之时将信转交给了哈利法克斯勋爵,这样,他个人在这件事上的立场应该是非常清楚的。

至于罗素生命中最后几个小时如何度过,在此,我想引用伯内特的文字。"临刑前一天,他满怀虔诚地从蒂乐生手里接过圣餐;而我对他念诵了两段短小的经文,他听得很动情;然后我们相对无语直至黄昏。他开始为年幼的孩子们感到难过,对于几位朋友的背弃也感到寒心;当然他一直保持心平气和。尽管他是一位慈父,他和夫人道别时相对无言,镇静自若。直到夫人离去,他才告诉我死亡之苦已经过去,因为他爱她敬她无法用语言来表达,无论从哪方面来说她都配得上他的爱。她极为克制自己,生离死别之时她也没有扰乱他的心绪。大约午夜时分他走进内屋,我则一整夜都待在外面的屋子里,一直熟睡至凌晨四点。照他的嘱咐,我们叫醒了他。他起身很快穿戴整齐,却不愿浪费时间刮胡子;因为他说了今天他不在乎自己外表如何。"

罗素勋爵在林肯法律学院的广场上被处决,在场人头攒动,鸦雀无声。有些人把他看作是殉道的烈士,用手帕蘸取他的鲜血。蒂乐生一直陪他走到绞架边,行刑时他对在场民众念出的祈祷词是,"愿我们这些幸存下来的人都能明白自己对上帝和国王应尽的职责所在。"

罗素这个人并无过人的才华,可是却有着惊人的刚烈骨气。大英国立美术馆里有一幅他年轻时的画像,出自无名画师之手。画像里他戴着长假发,胸前缀有蕾丝装饰。他眉清目秀,鼻梁高挺,尽管有点双下巴的趋势,长相还是颇为浪漫。我不知道这幅画是经哪位权威鉴定为罗素勋爵的画像,和保存在沃本的那幅由彼得·莱利爵士所作的完全不同。那幅画像上是位年纪大很多的人,五官平平,脸庞圆胖,眼神里透着虚假,唇边挂着傻笑。你绝对猜不到这样的画中人居然有着旷世难寻的道德勇气,几乎可以与古罗马历史中的英雄人物相提并论。

接着就有人在宫廷里强烈抗议伯内特和蒂乐生为罗素施行宗教仪式，在巨大的压力之下，哈利法克斯不得不随声附和，被迫将蒂乐生写给罗素的那封信交给了国王。蒂乐生立即被召去参加内阁会议，遭到严格审查。他成功地说服了国王，让他相信自己和伯内特的行为无可指责。约克公爵还想继续纠缠的时候，国王阻止他说："兄弟，教区长的话听上去诚实可信，就别再逼问他了。"但是，最后这两位神职人员仍然被公众围攻质疑，说他们教唆罗素为保命，昧着良心撤回自己的真实信念。伯内特只好躲到荷兰，一直到光荣革命后才回国，而蒂乐生的传记作家在奥兰治的威廉亲王于托贝登陆，詹姆士二世逃出英国之后很久，才写道："很有可能，他们俩（伯内特和蒂乐生）都没有仔细考虑过这个问题，他们想得不够专注也不够仔细，因为他们的行为完全为当时以及接下来的政府行为所左右。"也就是说大环境改变了个案。威廉和玛丽主政时，便要抛弃这样的理念才算明智，"信念和耐心乃维护宗教信仰的不二法门，基督教福音所倡导的方法就是去忍受迫害而不是奋起反抗。"

接下来的几年里，蒂乐生尽可能安静地生活着，他在埃德蒙顿购置了一处房产，这座乡间雅舍后来在文学史上留名，一年中大部分时间他都住在这里，只有去林肯法律学院讲课才去伦敦。1685年查理二世死去，詹姆士二世即位。1687年，蒂乐生中风，不久康复，之后他便去汤布里奇温泉疗养，在那里他结识了詹姆士二世的小女儿安妮公主，她当时正和丈夫丹麦王子乔治在此地度假。1688年九月，蒂乐生和她频繁交谈并为她布道。两个月后，奥兰治亲王登陆英国。我想说的是，蒂乐生赢得了安妮公主的信任，因此他的作为也为他在那段历史上留下了一席之地。他说服了安妮公主答应奥兰治亲王威廉在他妻子死后保留他继承王位的权利。此前由于安妮公主被剥夺了继承王位的权利，一直顽固拒绝威廉的要求。

5

不久,威廉和玛丽宣告为国王和王后并正式加冕。蒂乐生作为
"国王和王后极其欣赏和信任的人"就任国王的首席牧师。这样一
来,他就得频繁接受国王和王后召见。正好圣保罗大教堂的主教一
位空缺,于是他拿坎特伯雷主教一职作为交换,因为这样他能很方
便地随时在白厅宫①待命。由于他不想同时占着两个职位领俸禄,
就得辞掉圣保罗教堂的驻堂牧师一职,不过这就意味着他的收入会
锐减。

威廉国王对于子嗣问题毫不关心,总的来说,历史将他刻画成
一副不近人情、铁石心肠,有时候有点冷血又残忍的形象,占着英格
兰国王的位置却不为本国谋福利,一心只想着自己在欧洲大陆的利
益;史书上极其不情愿地承认他也有伟大之处。麦考利曾在著作中
不吝笔墨地完整再现出威廉国王的形象,大有无人能够超越之势。
他写得的确生动风趣、栩栩如生;那个冷峻、阴郁、毫无人类情感但
是坚忍不拔、勇气超群、百折不挠且极擅外交的男人形象呼之欲出。
威廉看人极准,所以他一眼就看出蒂乐生这个人诚挚、无私、善良;
当然也有可能是蒂乐生那迷人的亲和力吸引了这位严厉苛刻的
国王。

在两人的交往中,威廉国王对蒂乐生十分仁慈关照,对于他这
种性情可怕的人来说简直让人吃惊。当时有好几个大主教的职位
空缺,国王应该是想让蒂乐生出任某位大主教。蒂乐生以年事已
高、体弱多病为由请求国王原谅他无福消受。在给国王的宠臣心腹
波特兰伯爵的一封信中他是这么说的,"感谢上帝让我此生得偿最

---

① Whitehall,也称怀特霍尔宫,位于伦敦,1530—1698 年间是英王在伦敦的主要居所。

后一个愿望,那就是这场欢乐的革命;如今我只想看着新政日益确立,此外别无他求。对于这场伟大的革命①我已公开表达了自己的看法,这次我谢绝提拔,不怕被人怀疑是我阴郁不满,我会坚持自己的做法。"

加冕典礼结束十天后,议会便通过一部法案,命令王国内所有政府、军队或神职人员都要宣誓效忠。"第一条,发誓对国王和王后效忠;第二条,断绝与教皇及国外控制势力的关系;又,本法令规定宣誓的同时还规定:包括神职人员和享受福利的公务员在内,所有只要实际领取俸禄的人都要在八月一日之前对上述誓言宣誓,违者立即停职半年;半年结束时如仍拒不宣誓者,据此事实立即解除其职务。"坎特伯雷大主教、神学家桑克罗夫特就拒绝宣誓而遭停职。国王和王后来访之际他既没有从旁伺候也没有听从吩咐出任上议院议员。国王和王后宣布即位的时候,王后派了两名私人牧师到大主教官邸以求大主教赐福。大主教的私人牧师沃顿先生问大主教该怎么办,大主教说全权交由他来处理,因此,沃顿先生决定对上帝所立的政府俯首听命,专门为威廉国王和玛丽王后进行了祈祷。可是就在当晚,大主教来找他,情绪激动,暴跳如雷②,正告他:要么在祷词中别提国王和王后,要么就别想在这里祈祷,因为他们不配("他们"指国王与王后),要知道詹姆士国王③还活着。在法律规定的六个月停职期间过后,桑克罗夫特大主教仍然拒绝按照规定宣誓,于是立遭解职。但大主教的职位不能空缺,国王当时就属意让蒂乐生来出任。接下来我将选取他写给罗素夫人的信件中有关这

---

① 即所谓"光荣革命":1688 年,詹姆士二世的女婿"奥兰治的威廉"带兵进入英国,兵不血刃,推翻了詹姆士二世的统治。
② 原文为拉丁文 vehementer excandescens。
③ 这里指被光荣革命赶下宝座的詹姆士二世,此时他在法国建立了流亡政府,但最终客死异乡未能复辟成功。

一事件的内容：

　　国王赐予我圣保罗大教堂主教一职，我随即亲吻了他的手，向陛下表达了我最谦卑的谢意，说他让我余生无忧。他回答，"没那回事，我向你保证，"然后他便明确提到了一个极其崇高的职位，我想都不敢想，他说我出任这个职位对于他的信仰来说非常必要，他必须让我考虑考虑。正当他说到这里，用膳时间到了，趁着这么点空当，我只能赶紧说我相信自己承蒙圣恩，在现在这个位置上其实我能更好地服务于陛下的信仰。这件事情真的让我陷入两难。一方面，陛下隆恩难却，更难的是对于国王的善意提拔置之不理。另一方面，对于这件事我无法表达自己的倾向或者判断。这件事是我欠索尔斯伯里主教（即伯内特）一个人情，他是我最好也是最坏的朋友。好是好在他总是给我提出非凡的想法；坏就坏在他给国王支这样的招，我知道这个主意肯定是他告诉国王的；似乎主教大人和我早就串通好了，如何佯装放弃主教职位，其实意在争取当上大主教。这种伎俩逼我入荆棘之地，若不是陛下心善，我可能会惨到体无完肤。现在，我想对夫人您道句心里话：我一直以来都在感谢上帝让我能忘我地投身于服务公众之中，为此我已倾尽全力做到最好。近来，信仰之事极尽简朴庄重，上帝为之欢喜，于我个人而言，最大的福祉便是完全超然于世俗的爱之上；因此，世俗之盛名非我所欲，反为我所恶。我真切地相信，留在现在的位置上我一样能做得很好，我对众人的兴趣或者施加的影响不会比提拔之后有丝毫减少，因为人们自然会喜爱一位鞠躬尽瘁，不图名利的人。不过，话说回来，如果我违心接受了这一重任，大概我会不堪重负而倒下，心情抑郁，一事无成，不久便会如愚笨之人一样死去。

威廉三世可不是那种做了决定后会轻易动摇的人，接下来的几个月里他继续向圣保罗大教堂主教蒂乐生施压，逼他接受这个安排。蒂乐生很清楚，国王任命他为坎特伯雷大主教将会引起同仁们的极大憎恨，因为他们将他视为"教会的敌人而非中流砥柱；他将出任坎特伯雷大主教的消息传开，他们说那就意味着国教将亡"。这些人为了让自己的观点更像是诅咒，还炮制出拉丁文版本：actum est de Ecclesia Anglicana（英国国教已穷途末路）。蒂乐生也知道，另外还有人觉得自己在教会尽职尽责，不论是光荣革命之前还是之后，都应该提拔上大主教的位置。从前的苦难经历教给他的道理，每一个陷入相似境况的人都知道，那就是：辉煌的成功往往会招来艳羡者的愤恨、嫉妒和敌意。蒂乐生为人温和有礼，处处树敌让他感觉十分沮丧。尽管他诚实正直，可是别人出于他不得不尊重的原因将被剥夺大主教职位，让他完全站在这些人的立场来考虑也太为难他。国王对蒂乐生的反对意见不予理睬，蒂乐生在给罗素夫人的另一封信里说，国王不喜欢再三恳求也不喜欢遭人拒绝。他本人对罗素夫人的判断很有信心，尽管他内心苦苦挣扎，他还是又一次写信向她征求意见。罗素夫人回信告诉他，做出牺牲是他的职责所在；她称之为"高尚的牺牲"，不要再拂逆国王的意愿。蒂乐生这才决意妥协，想让国王正式任命，于是告诉国王他已准备好接受大主教职位。国王"非常高兴，和颜悦色的告诉他这是长久以来他听到的最好的消息"。

蒂乐生请求国王将任命暂时保密，六个月之后再公开。任命公之于众的那天，蒂乐生专程前往坎特伯雷大主教府邸去探望被革职的桑克罗夫特。他通报了姓名便在门外等候，可是始终不见回音，只得黯然离去。王后警告桑克罗夫特大主教让他即刻搬出府邸,准备等正式法律生效后再将他正式驱逐出去。法律程序启动之后,立即引起争议,最终桑克罗夫特大主教还是在管家和执事总管的陪同下,离开府邸乘船前往谭波城里的私宅。司法部长委派一位信使去接管大主教府邸的财产,可是留守府邸的管家受命只能将府邸移交给执法人员,拒不听命。最后只得副郡长出马,接管所有财产。不久桑克罗夫特离开伦敦,回到出生地,萨福克郡的弗瑞辛菲尔德,两年后便郁郁而终。伯内特说他学识渊博,举止庄重,神情中带着僧侣特有的严谨克己之风;他冷漠内敛,执拗倔强,没人爱戴他也没人尊重他。这不太公平,桑克罗夫特其实是个谦虚寡言,专注于沉思默祷的人,他的生活方式也极其简朴节约。伯内特曾批评他贪财,斯威夫特在笔记中反驳说伯内特"错得太离谱"。此前多年,桑克罗夫特在剑桥被解职,就是因为他不愿意违背对查理一世效忠的誓言。他拒绝在教堂中宣读詹姆士国王的《宗教自由宣言》,因为该宣言暂缓对非英国国教徒实施刑事法,向公众展示了他的勇气。随后他和其他那些拒绝遵守国王命令的主教一起被关进伦敦塔,接受审判最终无罪释放。奥兰治亲王夫妇推行效忠誓言时,也有七位主教,都是几所学院的头头及成员,还有一批享有圣俸的教士拒绝宣誓,同样也免于问责。

麦考利对那些拒不宣誓的人有点蔑视,他曾写道,"这些人里没有哪一个能有资格探讨道德及政治这样的大问题,没有哪一个的文字所展现的心灵不是极度孱弱或是极度轻浮的。"也许他说得对吧,可是,毕竟那些拒绝宣誓的人以极大的热情相信国王所具有的神圣权利;国王乃由上帝选定,不可能犯错。的确,詹姆士二世曾违背国法,也曾迫害过国教信徒,并企图强行将英国转向奉行罗马天主教。虔诚的教士为此受苦受难,反抗君主意志违背宗教的神圣原则是其职责所在。罗素勋爵和阿尔戈农·西德尼就是为此而被判处死刑，可是许多学识渊博且信仰虔诚的人还认为他们死有余辜。詹姆士二世逃离英国后，便说他放弃了王权，那些拒不宣誓者觉得太牵强荒谬。后来查理一世被送上断头台，查理二世成为英国国王，不久也逃出英国。他们认为只要詹姆士二世还活着，他就是英国国王，而威廉和玛丽就是篡位者。也许有人会说，麦考利应该对那些拒不宣誓者多少有点同情心，毕竟他们本着良心，放弃高官厚禄，主动辞职，心甘情愿抛弃坚实的庇护，怀着忧伤悲痛去辛苦谋生。

蒂乐生本人当然宣誓过，我们可以肯定他宣誓时良心颇为安稳。诚然，几年前他在布道中谈到过效忠誓言的合法性，他强调"他对于作伪证深感歉疚，一个人真心发誓去实践诺言，可是后来却没有做到"；他还补充说，作伪证是最为十恶不赦的原罪。不过，既然身为英国人，就熟知某条常识，外国人不明就里，往往将此误认为虚伪；毫无疑问，蒂乐生相信，当某条誓言默许宣誓者绝不同意的条件（"赋予天主教会及其不可分割的成员以绝对权力"）之时，这个誓言便失去了效力。在《感谢奥兰治亲王解救英格兰的感恩布道》中，蒂乐生提醒林肯法律学院的主管们注意光荣革命所带来的轻松自在，"不鸣一枪，不流鲜血"，证明这场变革是上帝的安排。"于是，我们可以和神圣的赞美诗作者一同吟唱：上帝的神迹，在我等看来叹为观止。"可以想见，在场那些博学的法律学者对此完全赞同。

桑克罗夫特离任时，大主教府邸弄得一团糟。整修期间，蒂乐生仍然住在圣保罗大教堂主教府邸。等到一切准备就绪，他便搬了进去。那些拒不宣誓者仍然不屈不挠地愤怒抨击他。蒂乐生写给罗素勋爵，劝他承认错误的那封信，在罗素行刑时就全文刊登出来，现在又重印了。在信中，蒂乐生明确无误地宣称反抗国王便是犯罪,在俗世和彼岸都应该受到惩罚。那些拒不宣誓的教士们便质问,他是如何能够坚持自己的立场,同时又屈从这样一位国王①,任何有理智的人都会认为这个权威完全是篡权者。他们对蒂乐生诽谤中伤,还将檄文结集出版,这些作者被逮捕后,蒂乐生专程去见司法部长,诚恳请求网开一面,不要因为冒犯了他的缘故让人坐牢。有一次,一位绅士来祝贺他高升,正好有只小包裹送了上来。他打开一看,发现是一张面具。"大主教面无表情地将面具随手扔在桌上的文件堆里;这位绅士对于这种无礼行为表示极为惊讶与愤怒,大人只不过微微一笑,说这样的指责②和桌上那些白纸黑字的相比算是小儿科,说着指一指桌上的文件。"蒂乐生过世后在他的遗物中发现一捆文件,上面写着,"全是造谣中伤,我祈求上帝原谅他们,真的。"

6

蒂乐生大主教有位特别顽固的敌人,此人非同寻常,尽管有点跑题的嫌疑,我还是想讲讲。这人就是塞缪尔·约翰逊。我第一次看到这名字便吃了一惊,因为在书虫们看来这个名字自然只属于那一个人,不可能再由别人来占用。当然了,几个世纪以来,在我们所敬爱的约翰逊博士身前身后,英格兰出现过成百上千个塞缪尔·约翰逊,但是他大名鼎鼎,其程度任何真实或者虚构的人物都无法比拟。真正热爱约翰逊博士的人不仅喜欢他的个性,还喜欢他的智慧,他的常识和他的仁慈;他们也爱他的过错,爱他谈话时专横跋扈,爱他口味无比贪婪,也爱他的文章华丽浮夸,沉闷无聊,夸夸其

---

① 指威廉国王。
② 指面具。

谈。奇怪的是,我要讲的这位塞缪尔·约翰逊和后来编纂词典的约翰逊博士在个性上多少有点相似——争辩时不容异己,勇猛而狂暴,顽固不化,拒不妥协。英格兰的水土有时候会培养出这种性格类型的人:他们拒绝看到一个问题可能会有两面,并且狂热地坚信自己的任何想法都是真理且重要性无可比拟,因而宁愿受苦受难、遭受迫害被人毁灭,甚至是牢狱之灾也不愿屈服让步。

这位塞缪尔·约翰逊出生于 1649 年,在圣保罗公学和剑桥三一学院接受教育,后被授予神职。不过他放弃了这份工作,因为不适应当地气候,他将工作转交给助理牧师打理,便去伦敦住了下来,罗素勋爵聘请他为家庭牧师。1682 年他出版了题为《背教叛徒朱利安》的一本书,强烈抨击了被动服从和绝不反抗的教条。发表这种言论在当时相当冒险;此书标题就是对约克公爵①的无礼指责,这位公爵背叛了他祖上的信仰,皈依了罗马天主教。很快约翰逊便遭到起诉,说他造谣中伤,妖言惑众,并判处他支付一大笔罚金,付清之前不得出狱,书也被刽子手焚烧。根据《国家传记词典》记录,他由于付不起罚金,一直身陷囹圄,直到 1685 年才重获自由。在狱中他又写了本桀骜不驯的书,还起了个大逆不道的名字《致目前军中所有英国新教教徒的谦卑而真心的讲话》。在狱友的帮助下,他与外界取得了联系,偷偷将手稿运出西门监狱。1868 年,詹姆士二世即位,接替了他那迷人却无能的兄长②,约翰逊的书才得以出版,尤其是在军队士兵中广为流传。他一定清楚会引起什么可怕的结果,可是这大概就是他不知悔改的盲目狂热吧,他时刻准备承受一切后果。果然他又一次遭到审判,这次是罚他脖子和手上套上枷锁

---

① 即查理一世的次子,后来的詹姆士二世。
② 指查理二世。

在威斯敏斯特、查林十字街和伦敦交易所示众,并处以罚款,还要一路受鞭刑从西门监狱直到泰伯恩刑场。他以惊人的毅力承受了痛苦的鞭刑,接受惩罚之前在圣保罗教堂的牧师会礼堂中,三名奉承国王的主教和几名伦敦城中的牧师将约翰逊降级。1688 年光荣革命之后,才宣告对他的判决非法,降级无效。

塞缪尔·约翰逊能力出众,学识渊博,意志坚定,但是他脾气暴躁,容不下异见,独断专行且骄傲自负,自视过高又瞧不起别人,而且雄心壮志太过强大。罗素夫人因为他曾和她丈夫共事而惨遭牵连感觉过意不去,便敦促时任圣保罗大教堂主教的蒂乐生出面亲自去和国王调停。蒂乐生和罗素家族的友谊由来已久且关系亲密,想必一定和他们家的这位家庭牧师打过交道。像蒂乐生和约翰逊那样完全不同的两个人绝不可能成为朋友——一个粗暴、激进、固执己见,一个则宽容、温和、仁慈友爱。约翰逊刚被关进监狱的时候,蒂乐生曾送给他一笔钱,他对他的馈赠鄙夷轻蔑,可是生活所迫,不得不收下。蒂乐生便一直资助这可怜人,可是不让他知道钱是谁给的。尽管约翰逊因为蒂乐生写给罗素勋爵的那封著名的信而对他大肆攻击,蒂乐生对于别人的苦厄仍然无法做到袖手旁观。他对威廉国王说起这件事,国王似乎想做点什么,可是约翰逊这人性格实在不招人喜欢,也难以决定到底具体怎么做。约翰逊做人太不机智圆滑,就连在法庭上发言他都要讥讽嘲笑一番:有一次他说,鉴于国王只对上帝负责这一原则,尾闾议会①把查理一世送到上帝那里去是对的。最终国王安排他去富裕的达勒姆任地区主教,可是约翰逊只想做主教,看不上这个职位,傲慢地拒绝了。后来他又恳求国

---

① The Rump Parliament,也称"残缺议会",指 1648 年 12 月 6 号托马斯·普莱德率军将反对审判查理一世的议员驱逐以后的议会。

王给他养老金,蒂乐生设法说服了威廉国王答应他的请求。可是后来国王改变了主意,掌玺大臣哈利法克斯随后告诉蒂乐生,陛下觉得既然他掌握着教会的任命权,再让他自掏腰包付养老金实在说不过去。他还补充说约翰逊对蒂乐生大主教出言极为不逊。对于唯一一个愿意为他效劳的人,他还如此肆意污蔑,约翰逊就是如此之人。哈利法克斯接着暗示国王也许会封他去爱尔兰做主教,那里有几个空缺。蒂乐生也觉得这样的安排不错,如果约翰逊能接受的话。结果当然不是,约翰逊只要英格兰的主教职位,要么就拉倒。最后国王还是给他发了笔不错的养老金,这也是我们所知的最后一点信息。这个人没人会喜欢,但是人人都会尊重他。

7

蒂乐生心不甘情不愿地接受了大主教一职,就任后却没活多久,并未觉得开心。仍然有人不断对他恶毒攻击,他有一次布道居然引发了针对他的愤怒抗议,那次王后在场,布道的内容是地狱中的折磨永恒不断。他认为邪恶之人所遭受的无尽苦难和折磨与上帝的公正及善良全然和谐统一,但是上帝的威胁除外,"如果让罪人永远受难和上帝的正义与善良有任何冲突的话(他了解得当然比我们更清楚),他就不会这么做。"蒂乐生的敌人愤怒地声讨他否认地狱中的折磨并非永恒,就是为了安慰王后玛丽"她正为自己对父亲的所作所为①担惊受怕,绝望挣扎"。对于这些非难他都忍耐下来,听之任之。教会中的显贵按惯例要定期举办家庭聚会,蒂乐生家里的宴席极为丰盛,教人流连忘返。他从前的学生约翰·比尔德莫是

---

① 玛丽为詹姆士二世的长女,她和丈夫荷兰奥兰治执政威廉登陆英国,未鸣一枪,逼自己的父亲仓皇出逃,史称光荣革命。有人责难她篡夺了生父的王位,故有此说。

这么说的,"他天性温和、友善、热心助人,对朋友有求必应,竭尽所能。"他还说蒂乐生平时说话也是机智诙谐幽默,不过他举的例子却让人不禁失望。有一次,曾出任议会下院发言人的约翰·特雷弗爵士因为受贿而遭解职,看见上院中蒂乐生大主教在那里,便大声讥讽,"我讨厌主教职位被狂热分子所占据"。大主教反唇相讥,"我讨厌任何职位被流氓无赖所占据。"索斯博士曾写过一本书,以轻蔑的口气讥讽蒂乐生大主教,还乞求一位朋友去问大主教对骂他的话作何感想。蒂乐生温和地回答:索斯博士写书很像人样,可是骂起人来却像疯狗乱咬。这话传到索斯博士那里,他回应说他宁可像狗一样到处咬人,也不愿像人一样巴结奉承。大主教再反唇相讥,说他宁可做人见人爱的贵宾犬,也不愿做招人嫌恶的劣等狗。这其实也算不上特别妙语连珠的口水仗。

1694 年的某个星期日,蒂乐生在白厅宫小教堂突然病倒,不过他认为不严重,不想中断仪式,一直坚持到仪式结束。四天后,他便过世了,年仅六十五岁。由于他一向乐善好施,慷慨大方,身后没留下一分钱,除了没有发表的布道词以外,也没留下任何东西给家人,包括他妻子他女婿和他的孙辈,他的两个女儿都走在他前面。后来他留下的布道词卖出了两千五百英镑的天价。王后对他的逝世深感悲痛,就连国王威廉三世这样苛刻冷血的人也说蒂乐生大主教是他所认识的最好的人,也是他曾拥有过的最好的朋友,他发放给蒂乐生的遗孀每年四百镑养老金,很快又加了两百。国王本人极为关切,嘱咐这笔钱要定期发放,还不放心,每季度都将养老金亲自送到她手上。这世上的王公贵胄都觉得众人的服侍效忠是他们天然享有的权利,因此从不道谢,对于那些不再能继续服侍左右的人,他们也很少会放在心上。从这一点上看,威廉国王的做法不仅令人赞赏,也颇让人感动。

蒂乐生生前出版的布道词后来被翻译成了荷兰语和法语,法文版第一卷出版之时,伯纳德先生在《文学共和国新闻》一书中的某篇评论文章中说,蒂乐生的简洁文风"在英文的诸多优美风格之中不容忽视,因此,很多不信仰宗教的人也会阅读这些布道词,纯粹是欣赏文字之美"。他还说,"英国人不喜欢炫丽浮夸的辞藻,不喜欢每个字每个词都精雕细琢,小心摆放,像神龛的圣像那样谨慎呵护。读到这种斧凿雕饰的文风,他们会觉得惊讶;他们会狂热起来,唯恐这件华丽精致的裙袍之下掩盖或者矫饰着真相;与矫揉造作的修辞相比,他们更欣赏自然简洁之美,前者中塞满了无数毫不相干的雕琢装饰,令人感觉压抑难受。"伯纳德先生对我们英国人如此大加赞赏,让我觉得我们当之无愧。

到这里,我就可以有充分的理由从蒂乐生大主教的布道词中选取一段与读者分享,看看他那令人称道的文字究竟是怎么写的。要选出一段来其实并不容易,如果我写的是托马斯·布朗爵士或者伯克①,那就再简单不过了。《瓮葬》②中的开篇那段,"塞壬女妖吟唱的是何曲调,"任何一个人读了都会对布朗爵士丰富而可爱的文风留下美好印象;伯克也是,在他《致贵族老爷的一封信》中很容易便可以找到一段文风高雅,几乎无与伦比的文字。可是我觉得蒂乐生并非伟大的艺术家,他也不是天才。我一再说过:他是一位诚实善良、虔诚无私而又谦逊的人。但是他身上的确没有什么天才所共有的东西,如果有那也是他的传记作家在骗人。蒂乐生的文风就是寻常风格;托马斯·布朗爵士和写《圣洁的死亡》的杰里米·泰勒那种风格可不是日常生活中使用的;那种文风宛若十七世纪德国纽伦

---

① Edmund Burke(1729—1797),爱尔兰政治家、作家、演说家、政治理论家以及哲学家。
② 托马斯·布朗的名篇,发表于1658年。

堡的工匠打造出的晶莹灿烂的水晶杯,雕刻着繁复精美的图案,镶金嵌银,华丽典雅,精致非凡,世上罕有,只能摆在玻璃柜里珍藏,保持距离静静观赏会感觉很好,可是如果你口渴了要喝水,还是拿个普通的杯子为好。蒂乐生写的布道词都是用来站在讲坛上宣读的,因此写得简洁自然,这样每位听众都能明白他的意思。他避免修辞,不用浮夸的辞藻和华丽的堆砌,不事当时流行的别出心裁的巧文妙思,也不用明喻或者暗喻让听者分心。他的布道词就像是学养尚可的人在说话,明确知道自己想说什么并且尽力将自己的意思表达得清楚无误。喜不喜欢这种寻常对话的风格这只不过是个人口味问题;许多卓越的作家,比如说福楼拜,就讨厌这种风格;其他人则认为正式的文风可以让文学艺术更为尊贵;他们大量采用两者或三者的并列结构以及对偶,尝试着(通常很成功)让作品尊贵优雅起来。的确,如果将这种文风和日常对话的风格相比,你肯定会觉得后者乏善可陈。那么,我犹豫良久,决定还是从蒂乐生那本普通平凡的书中选取他用速记法记下的几段思考,当时他绝对不会想到要将这些文字出版。我之所以引用这几段,并非只看其文风,我还看其主题。我想,无论是谁读了以下文字,都会对这位被恶毒中伤的友善之人深表同情。

"人们不禁会猜想尼希米①为了让上帝记住他,在践行美德,奉行善事的时候,应该考虑到费用十分巨大而且参与的众人中鱼龙混杂。可是,再仔细想想,除了那慷慨丰盛的慈善盛宴(假设不是为了显摆炫耀一下的话),这样做还凸显了两个重要的美德;一是节制,二是自我否定,否定一个人自满自负的心理,为了众人,他极力否定

---

① 《圣经·旧约·尼希米记》中的主要人物,讲述他重建耶路撒冷城,净化犹太人社区的故事。

自己,这样才可以每天和众人一道坐下来吃饭,从不独来独往,特别是与他相处的往往是他不愿意与之相处的人。这种情况时常发生。人在弥留之际,就算他曾经在世上折腾也好,聒噪也好,成就了或大或小的名声也好,在这一刻这些东西全都如浮云般烟消云散,这大概就是让人忧怅哀伤的事吧。如果一个人总是离家,在自己的屋子里却像是个陌生人,这是多么奇怪的生活啊。

"总是将自己束缚在条条框框里,成天紧张兮兮,生怕说错了一个字,疏忽了一件事,没有细查没有批评,当然让人不自在。

"人们总觉得最高位的人拥有的权力最大,享有的言论和行动自由也就更多。其实正好相反;这些人高高在上,受关注程度最高,享受的自由就最少。这并非唯独为我所察,另一位比我聪慧得多的人(我指的是塔利①)曾说过,'身处高位的人往往最不受好运眷顾。②'他们享受极致的荣华富贵,但比起所有其他人,却最不自由。

"身居中位之人只要稍稍聪明即可,既不会犯傻也不会犯错,不会招致众人的关注。可是那些活在聚光灯下的人,或者公众人物,其一举一动都尽在别人的观察和批评之中。

"我们应该高兴,因为那些适合从政且应邀从政之人,都愿意担起职责;我们也应该感激他们,因为他们要不辞辛劳地工作,而且还要有耐心去应付政务,成为公众人物。有人生来就是从政的,做起来就算不是易如反掌,也不至于无法忍受,这是整个世界的幸事。多亏有这些明白人愿意从政,因为服从一个公正明智的政府(我指任何一个政府)肯定比公正明智地施政要简单得多。我并非挑剔那些投身于公共事务的人,他们做得很好,我们心怀感激之情。有些

---

① Tully 为 Marcus Tullius Cicero(即古罗马政治家、雄辩家、法学家和哲学家西塞罗)的英语名。
② 原文为拉丁文:In maxima quaque fortuna minimum licere。

人因为所受的教育的缘故,始终渴望成就大业,比起其他人,这方面能力更强,做起来也更加得心应手,他们就特别适合以这种方式来侍奉上帝和公众;那些躬亲实践的人更是值得我们双倍的敬意。

"生活得更加虔诚一点,幽静一点,多沉思默想,会让人心无旁骛;全副心思情感都投入到一件事情之中;所有的感情都朝一个方向奔流而去。整个人的所有思绪及精力都指向一个伟大目标,这样的人生才终归完整,与自身完全和谐统一。

"唯有做到更多比一人独处之时(谨慎羞怯之人不太容易认为这个与自己有关)所能为的善事,或者至少心存此愿,才能补偿聚光灯下的繁忙生活所带来的烦恼和不安。"

为了不让读者觉得厌倦,这里我略去三四段,他的最后一段是这么写的:

122

所谓有能力或者有机会实现大善,只不过是虚伪的掩饰,隐蔽其下的是人们对权力与伟大的渴求。如果这种说法是对的(算是人话里最为恶毒的了),那么人为了证明自己并不愚蠢,还必须得有点雄心壮志才行:我想,要对这种说法给出公正的回应,并无冒犯之意,应该说也许拒绝伟大和追求伟大一样都是雄心壮志;只不过前者非同寻常,而且危险性更小,因为这样的雄心壮志不可能有什么感染力。

很明显,这一段是随手写就①,如果蒂乐生大主教真的修改一遍,他肯定会改动一些词汇,变化一下句型,使其更为紧凑;可是,尽管如此,我并不觉得这一段话背离了他简洁诚挚的文风。很有可

① 原为法语: au courant de la plume。

能,你一面读会一面自言自语,"嗯,没什么特别精彩的;人人都写得出来。"纽约的现代艺术博物馆收藏有一幅荷兰画家蒙德里安的画作,上面就是几根黑色线条和一根红色线条将白色背景划分成长方形和正方形。可是我就从来没有想通过,为什么一旦看过这幅画,便会永生难忘。似乎这幅画有着一种魔力,它并没有什么意义,可是总能奇怪地拨动你的心弦,同时又让你心满意足,这种感觉说不清也道不明。看上去你只需要一把尺,黑色颜料和红色颜料各一管,就能画得出来,那么就请试试看吧。

短篇小说

1

多年前，一位负责编写新版著名百科全书的编辑写信来问我是否愿意为"短篇小说"这个词条写点什么。我受宠若惊，不过仍然婉拒了。虽然我自己也写短篇小说，但很难在编写词条时做到不偏不倚。写短篇小说，作者可以选择最合适的方式来写，不然，肯定会换用其他方式。写小说的方式多种多样，每位作家都会使用合乎自己个性的方式。在我看来，百科全书的这一词条应该找从未写过小说的文人来撰写，这样他才会毫无先入为主的偏见。就拿亨利·詹姆斯的小说来说吧，数量颇多，广受品味高雅的读者欢迎。这些读者的想法当然应该得到尊重。不过，我想，凡是见过亨利·詹姆斯本人的人，读起他的小说都会被打动：他简直就是把自己的嗓音给糅进了字里行间，他的作品中那种繁复晦涩、冗长复杂以及矫揉造作之所以会为你所接受，那是因为亨利·詹姆斯在你印象里就是这样一个人：魅力无穷、和善宽厚、自负炫耀却让人觉得有趣。可是，尽管如此，我觉得他的小说完全无法令我满意，因为我不相信小说里的情节。任何人只要能想象一个饱受白喉折磨的孩子所经受的痛苦，就不会相信这孩子的妈妈宁可让他死也不愿意让他康复，待长大成人后阅读他爸爸写的书。这个情节来自于小说《"拜尔特拉菲奥"的作者》。我觉得亨利·詹姆斯根本就不知道普通人是如何生活的；他创造的人物既无大肠也无生殖器。他的小说里有些是写文人的，据说有人读后抗议说文人墨客其实并非如此，他反驳说：

"我还把文人给写美了呢!"大概,他并不自认为是个现实主义者,尽管我并不十分肯定,不过,我想他一定觉得《包法利夫人》这部小说极其恐怖吧。有一次,马蒂斯①向一位贵妇展示自己的一幅作品,上面画的是一位全裸的女人,这位贵妇大惊失色:"女人不是这样的!"马蒂斯回答,"夫人,这不是女人,这是绘画。"同理,我想如果有人胆敢暗示亨利·詹姆斯的小说脱离生活的话,他肯定会这么回答,"这不是生活,这是小说。"

有关这个问题,亨利·詹姆斯在一本小说集《大师的教训》的序言中阐明了自己的立场。这本书很难懂,我读了三遍,仍然不能说读懂了。我揣测其要点如下:作家在面对"几乎全然是无聊与痛苦的生命时",最自然的方式就是去寻求"与之抗争,对立或者逃避的绝好实例";由于现实生活中无法找到这样的例子,他只能用自己的内心来创造。在我看来,作家所面临的难题就是他得给自己创造出的人物注入些许人类的共性,可是一旦这些人物与作家强加于他/她的个性不符,就会让读者难以信服。不过,这只是我个人的观点,并不要求任何人苟同。每次德斯蒙·麦卡锡②来里维埃拉看我,我们都会聊亨利·詹姆斯的小说聊很久。如今我记忆力大不如前,不过我还记得德斯蒙·麦卡锡不仅是位迷人的友伴,也是位犀利的评论家。他涉猎极广,而且还通达世事,这可是很多评论家所不及的优势。他的评论尽管范围有限(他对造型艺术以及音乐完全漠不关心),可是字字珠玑,因为他既知识渊博又精于世故。记得有一次晚饭后我们坐在客厅里闲聊,我冒昧地说了句:亨利·詹姆斯

---

① Henri Matisse (1869—1954),法国画家、艺术家,与毕加索并称为二十世纪最重要艺术家,野兽派代表人物。
② Sir Desmond MacCarthy (1877—1952),英国文学评论家,与利顿·斯特雷齐及伯特兰·罗素同为剑桥同学,"布鲁姆斯伯里"团体成员。

的小说尽管细节精巧,大多都极其平庸。德斯蒙是亨利·詹姆斯的狂热崇拜者,立即强烈抗议;于是,为了戏弄戏弄他,我当场灵感突发即兴创作了一篇小说,我称之为"典型的亨利·詹姆斯风格"。我所记得的情节大致如下:

毕林普上校和太太住在朗兹广场的一幢美宅之中。今冬他们有部分时间是在里维埃拉度过的,在那里结交了些富有的美国朋友,名叫——我正在犹豫叫什么名字——名叫布莱莫顿·费舍。费舍一家出手阔绰,盛情款待了他们,带他们一起去拉摩托拉、艾克斯和阿维尼翁远足,而且坚持支付所有费用。毕林普夫妇返回英格兰后热情邀请慷慨大方的美国朋友到伦敦来玩;那天早上毕林普太太从《晨报》上获悉布莱莫顿·费舍夫妇已抵达伦敦,下榻布朗酒店。显然,毕林普夫妇应该回报费舍夫妇盛情款待之恩。他们正在商量怎么招待客人的时候,一位朋友过来喝茶,这人也是居留海外的美国人,名叫霍华德,一直都对毕林普太太怀有柏拉图式的爱情。当然,毕林普太太从未想过答应他的追求,这种追求当然也绝不迫切;不过这种关系十分美妙。霍华德是那种在英国住了二十年的美国人,比英国人还像英国人。社会名流他无一不识,周遭各地无处不至。毕林普太太正好跟他讲起了结识费舍一家的经历。上校建议给远道而来的客人举办晚餐会。毕林普太太则持怀疑态度,因为她知道在国外认识,觉得魅力无比的朋友,到伦敦再聚可能会变得非常不一样。如果他们邀请费舍夫妇和自己拿得出手的友人碰面,他们的友人自然都很拿得出手,只怕这些友人会觉得这两个美国人无聊透顶,而可怜的费舍夫妇就会显得极其"格格不入"。霍华德赞同毕林普太太的意见,以他的过往经验来看,这样的聚会几乎无一例外都以悲剧性的失败而告终。"为什么不单独请他们夫妇吃晚饭呢?"毕林普上校说。毕林普太太又反对,这样的话会让客人觉得我们以他们为耻,或者是我们没有什么拿得出手的朋友。接着上校又建议带费舍夫妇去看戏,然后去萨伏伊饭店用晚餐。不过,这样似乎也不妥当。"我们得有所行动,"上校说。"当然了,我们得有所行动,"他太太应和着。她一心想让他不要插手此事。上校这个人身上具备了皇家禁卫军上校的所有高贵品质,他的"优异服务勋章"可不是白得的,可是,一旦事关社交活动,他就变得一塌糊涂了。他太太觉得款待客人这件事应该是由她和霍华德来决定;这样一来,一直到第二天早上仍然没有个结果,她打电话给霍华德邀他下午六点顺路过来喝茶,上校正好去俱乐部打桥牌。

霍华德来了,自此,事情便一发不可收拾。接下来的数周毕林普太太和他就在反复权衡利弊。他们从每一个角度每一种立场上探讨这个问题。每一个想法都得到认可,穷尽一切细微之处。可是谁能相信最终解决问题的还是毕林普上校呢?有一次上校太太和霍华德正在仔细斟酌,于绝境中拼命挣扎之时,上校正好在场。"为什么不去留张名片呢?"上校说。"太绝了,"霍华德大声叫好。毕林普太太惊喜之余终于舒了口气。她自豪地看了眼霍华德,她知道霍华德认为毕林普上校就是个自大自负的混蛋,完全配不上她。她这一眼的意思就是,"你看,这就是真正的英国男人,不算太聪明,又都很闷,可是一旦危机来临,他总能做出正确选择,值得信赖。"

一旦前路已明确无疑,毕林普太太这样的女人是不会犹豫的。她打电话给管家告诉他马上去把汽车开过来。为了表示对费舍夫妇的尊重,她穿上了最时髦的裙子戴上了顶新帽子。她手里拿着名片盒就这么乘车去了布朗酒店——可是人家却告诉她费舍夫妇今早就出发去利物浦乘豪华邮轮回纽约了。

德斯蒙酸溜溜地听完我编的这个戏谑故事;然后咯咯笑了。"可是,我可怜的小威利,你错了,亨利·詹姆斯要来写这个故事,肯定会加入圣保罗大教堂①的古典威严、圣潘克拉斯老教堂②那摄人心魄的恐怖，还有——还有沃本修道院③那尘封已久的辉煌。"

他刚说完我们就忍不住大笑起来，我又给他斟了杯威士忌和苏打水，等时间差不多了，我们满心欢喜，互道晚安，各自走进卧室。

2

二十多年前，我编选了一部写于十九世纪的短篇小说集，并特为美国读者写了一篇长长的序言。差不多十年后，我又以那篇文章为蓝本就短篇小说做了个演讲，听众是皇家文学院的院士们。我那本选集从未在英国出版，在美国出版的也早已脱销；我那篇演讲虽然由皇家文学院收录进年册，与之前所有的演讲稿一并印出，也仅限于院士间阅读。近来读起这两篇论文，我发现当年有些观点如今已经改变，同时当年的一些预言也并未实现。接下来我想给诸位读者讲讲对我从前曾努力创作过的各类文学作品之感想，不过我得大量重复我曾讲过的话，语句基本不变，因为我不知道如何能超越从前的文字。

讲故事是人之天性，我想短篇小说的由来大概是从前晚上，猎人们为了给吃饱喝足的同伴们消磨时间，于是就在山洞篝火边上讲起听来的传奇故事。如今在东方国家的城市里还能见到说书人端

---

① St. Paul's Cathedral，英国国教大教堂，坐落于伦敦城地势最高处，现存建筑建于十七世纪，自公元 604 年以来，其原址上共建成五座同名大教堂。该教堂高 111 米，自 1710 年到 1962 年，一直是伦敦最高建筑，其穹顶至今仍为世界最高。曾举行过多次重要仪式，如维多利亚女王登基 50 周年庆，丘吉尔葬礼以及查尔斯王子和戴安娜王妃婚礼等。
② St. Pancras Old Church，英国国教教区教堂，位于伦敦市中心，英国最为古老的基督教堂之一，为纪念古罗马殉教者圣潘克拉斯而得名。自 1812 年新教堂建立之后，老教堂逐渐荒废残破。
③ Woburn Abbey，英国著名大修道院，位于贝德福德郡的沃本，包括一座大型公园，始建于 1145 年，1547 年亨利八世将修道院从僧侣手中收回，并赐予贝德福德伯爵。1744 年整体重修。

坐市场之中,周围满是兴奋的听众,聆听他讲述亘古以来口口相传的故事。可是,我认为短篇小说直到十九世纪才逐渐成为一股潮流,跻身于重要文学体裁之列。当然,这之前就有人写短篇小说,也广为传阅:有源于希腊的宗教故事,有中世纪的劝导故事,还有永恒的经典《一千零一夜》。文艺复兴时期在意大利、西班牙、法国和英国,短小的故事极其流行。薄伽丘的《十日谈》和塞万提斯的《训诫小说集》都堪称永不褪色的经典。可是,随着小说的兴起,这一风潮便衰退了。书商再也不会为短篇小说集出个好价钱,而作家也逐渐对这种既不能带来名气又无法创造利润的小说体裁冷眼相看。有时候,作家会构思出一个无法处理成长篇小说的主题,只能写成短篇,可是他们拿这个短篇小说没办法,又不舍得扔掉,于是,就把这个短篇硬生生地塞进长篇小说里。

可是,等到十九世纪,一种新型出版物出现在读者面前,并迅速流行起来。这就是年刊,它似乎起源于德国。年刊就是散文和诗歌杂集,在起源地德国,它为读者提供了丰盛的精神食粮,因为据说席勒的《奥尔良的姑娘》和歌德的《赫尔曼与窦绿苔》就首次发表于这类期刊上。年刊的成功引得英国出版商竞相模仿,主要得依靠短篇小说吸引足够的读者来获取利润。接下来我应该告诉读者有关文学创作的某个要点。就我所知,评论家无疑要负责指导作家如何写作,可是这个要点,他们却忘记告诉作家。作家内心有着创作冲动,但是,除此之外,他们还有将劳动成果与读者分享以及养家糊口的愿望(这一点并无害处,也与读者无关)。也就是说,作家觉得自己的创作天分要释放出来,前提就是得满足他以上几个基本愿望。下面我要说的话可能会让笃信"作家的创作不应受到现实因素的影响"这一教条的读者大为震惊。可是,我还是得正告作家:觉得自己应该写有市场需求的作品这是再自然不过的事。这并不令人诧异,因为作家不仅仅是作者,也是读者,都会受到流行观念的影响。当年诗体剧流行,就算不能发大财也能让作家功成名就的时候,每个文学青年的手稿里都会有一部五幕悲剧。但我想,现在的文学青年应该没人再会去写那个劳什子了。如今的作家都在写散文剧,写长篇小说和短篇故事。当然,近几年有几出诗体剧相当成功,可是在我看来,上演现场所见的情况却是:观众们觉得诗歌台词并非享受,只好默默忍受;而演员大多意识到了这一点,于是便用念诵散文的方式来念诗歌,以免影响心情。

　　某个特定时期影响文学创作的重要因素也括作品能否出版以及编辑的迫切要求,也就是他们认为读者需要什么作品。因此,杂志兴盛之时需要有较长篇幅的小说,便会有人撰写;而如果是报纸上登载的小说,篇幅就十分有限,当然也会有人写适合这种长度的小说,这没什么丢人的。真正的作家写一千五百字的故事和写一万字的小说是一样的。他只会根据篇幅来筛选题材和写作手法。莫泊桑最负盛名的小说《遗产》便写了两次,第一次为报纸所写,只寥寥百字;第二次为杂志改写为几千字。这两个版本都收录进他的作品集中,我想读过这两个版本的人都会承认:其遣词造句与对应的篇幅极为相称。以此为例,我想说的是:作家与读者交流的方式之本质是他必须得接受的成规之一。这样一来,他会觉得自己能够写作,同时又不用违背自心自性。

　　接下来,到了十九世纪初,年刊和纪念刊的出现又为作家提供了以短篇小说为载体与公众进行交流的方式。从此,短篇小说就超越了从前只是夹杂在长篇故事中用来吊读者胃口的手段,开始前所未有地蓬勃兴盛起来。很多人对于年刊和女士丛刊进行了严厉批评,而后来居上的杂志更是被批判得体无完肤;可是我们不得不承认十九世纪短篇小说的繁荣其实直接源于这类期刊所提供的机会。

在美国，这一风潮催生出了一派才华横溢又佳作频出的作家，其中有些人不熟悉文学史，声称短篇小说是美国人创造的。这话当然不对，可是，还是得承认欧洲没有哪个国家的作家对于这种小说体裁像美国作家那样辛勤雕琢过，对于其写作手法、技巧和创新也没有像他们那样精心研究过。

我在编订选集的时候读了大量十九世纪的短篇小说，对于这种体裁我了解了不少。我想警告读者的是，作家处理他所追求的艺术的方式其实是偏颇的，正如我前文所言；他很自然地觉得自己的方式最好。他尽力去写，用他必须使用的方式去写，因为他就是这样的人；他有自己的观点和性情，因此他看待事物必然用自己独有的方式，他的观点态度其实也是本性使然；要让他真心欣赏与其本性截然相反的作品必得心智极其强大才行。阅读一位小说家为他人的小说所撰写的评论时一定要有所提防，因为他所发现的优秀之处其实是一种自我认同，而对别人的作品里那些他自身所缺乏的特点却难以认可。我所读过的小说评论中最好的一本便出自一位受人景仰的作家之手，其毕生都没有写出过一个令人信服的故事。果然不出我所料，他对于那些天分颇高，能够将虚构故事刻画得栩栩如生的小说家不以为然。我并非为此而苛责他。的确，宽容是人之美德，如果这世上的普通人都能具备这一美德，这世界应该比现在更加美好；可是，我并不确定宽容对于作家来说到底是不是好事一桩。因为，从长远来看，作家能够给我们呈现什么呢？只有他自己。当然作家最好要有洞察力，因为生活的每一个层面都是他的研究领域；可是作家又只能用自己的双眼来观察这个世界，用自己的感官、心灵和身体来理解这个世界：当然了，他的知识是片面的，但却极富个性，因为他就是独一无二的个体，因此他的态度明确，个性鲜明。如果他真的觉得别人的观点都和自己的一样有道理，他也不会那样坚守自己的观点并且不遗余力地四处宣扬了。如果普通人能够明白任何问题其实都有两面，那是值得称赞的；可是作家直面写作这门艺术的时候（他的人生观当然隐藏在作品之中），只能通过推理思考才能得出这样的观点；可是他骨子里始终认为自己的观点和别人的观点并非半斤八两，而是自己的全对，别人的全错。如果这世上作家为数寥寥，或者说单凭一个人的力量就能驱使所有人服从一个目标，那么作家这种非理性思维无疑意味着不幸；可是，我们这些作家为数众多，每一位作家与公众所能做的沟通少而有限，而读者还能根据自己的喜好从无数作品中选择合自己胃口的。

说了这么多就是为以下做好铺垫。我最喜欢的小说风格就是我自己所写的那种。这类小说很多人都十分擅长，可是从来没有人能超越莫泊桑；为了准确揭示其本质，我想最好莫过于来探讨一下他最为著名的短篇《项链》。要注意，这个故事你可以在餐桌上讲或者在轮船的吸烟室里讲，听众都会被牢牢吸引。这个故事令人称奇但绝非荒诞不经。故事的场景以极为简洁的笔法铺陈在读者面前，寥寥数笔却不失清晰；故事里的各个角色，各自的生活状况以及状况的恶化都在恰如其分的细节描写之中展现出来，整个背景交代得清清楚楚而无赘笔。读者对每个人物的每一细节都了然于胸。也许有读者不记得这个故事了，请容我简述一下。玛蒂尔德是教育部一位可怜小职员的太太，有一天教育部长邀请他们夫妻俩参加晚宴，可是玛蒂尔德没有首饰可以佩戴，就向富婆老同学借了一条钻石项链。结果她把项链给弄丢了，项链必须得归还。可是三万四千法郎的价格对于他们来说简直是天文数字，无奈只得去借高利贷，才买了一条一模一样的还给老同学。为了偿还高利贷，夫妻俩在赤贫中挣扎很久终于还清债务。一转眼十年过去了，玛蒂尔德终于向那位富婆朋友道出真相，可是她朋友却说，"可是，亲爱的，那项链是仿钻的，顶多值五百法郎。"

苟刻挑剔的评论家可能会站在自己的立场表示反对，认为《项链》这个故事并非完美，因为这种叙事类型应该包含开头、中间和结尾三部分；整个故事在结尾处就应该戛然而止，作家不应该也不必要再提出进一步的问题，这个"字谜游戏"已经填完了。可是莫泊桑的这个故事的结尾颇有讽刺意味，又引人入胜，几乎每个读者都会自问：接下来呢？的确，这对可怜的夫妇为了偿还丢失的项链，省吃俭用捱过了可怕的十年，失去了青春岁月和生活的欢愉；可是当他们发现项链的真相，其实也意识到自己发了一笔小财。牺牲了十年的大好光阴，这两人的精神世界早已荒芜一片，这个意外也算是不差的补偿吧。其实，如果当初这可怜的女人理智一点，马上就告诉朋友项链丢了——小说里没有给出说得过去的原因，解释她为什么不这么做——当然，如果这样也不会有后面的故事了。这也体现了莫泊桑的功力：没有哪位读者能够如此沉着冷静，能够置身于故事之外并提出反对意见。莫泊桑这样的作家并非照搬生活；而是将生活拔高，使其更为有趣，更激动人心也更让人诧异莫名。作家并非只是忠实地记录生活，而是要将生活演绎成戏剧，因此，他宁愿牺牲可信度也要照顾戏剧效果，他所面临的考验就是既能让读者觉得可信又能实现艺术效果。如果他所描述的事件以及事件里的人物让读者觉得写得别扭，那他就彻底失败了。可是，作品里有时候会有败笔并不能说明这种手法有问题。历史上有些时期，读者强烈要求文学作品要描写他们所熟悉的现实生活——于是，现实主义立即大行其道；而还有些时期，读者却反其道而行，要求文学作品奇特怪异又精彩绝伦，在这种标准的影响下，读者自然愿意去相信那些荒诞不经的情节。小说的可信度并非是一成不变的原则，它总是随着时代的变迁而变化：你讲的故事能让读者信服便是王道。实际上,所有虚构故事中都有些不可信之处,但读者完全能接受,因为小说就是这样,也只有这样,才能让作者把故事讲得流畅生动。

我现在所探讨的这类小说之写作准则,没有人比埃德加·爱伦·坡总结得更准确了。他曾撰长文评论过霍桑的短篇小说集《重述的故事》,面面俱到,毫无遗漏。原文很长,这里我且引用一段吧:

"技巧娴熟的艺术家构思出了一个故事的时候,如果聪明的话,他不会让自己的想法去适应故事情节,而是精工巧琢,创造出故事情节来实现某种独一无二的效果——因此作家会认为这样的效果能最好地帮助他头现脑海中这个美妙的故事。如果这故事的第一句话没有达到预想的效果,那么他的第一步便失败了。整篇小说里不应有一个字会直接或间接地背离脑海里已有的那个故事蓝图。经由这种方法,再加上精心构思和娴熟的技巧,最终,这幅画卷得以慢慢展开,在作家看来它不啻于一件艺术品,他能从中获取极大的满足感。这故事背后的理念完美无瑕地传递了出来,因为作者心无旁骛……"

3

不难判断,爱伦·坡认为优秀的短篇小说应该是:有关一场物质或精神事件的虚构故事,可以一口气读完;具有独创性,能迸出火花,令人兴奋难忘;其效果或者给人留下的印象还要前后一致才好,从开头到结尾都应该有一条线平稳贯穿。能写出一个符合爱伦·坡标准的好故事其实并非像有些人想象的那么简单,要有聪明才智才行。也许并非具备什么大智慧,但的确需要特别的才能;还需要形式感和极大的创造力。要说英国作家谁的小说写得最符合这样的标准,恐怕非鲁迪雅·吉卜林莫属。在英国短篇小说家中单凭他一人便能与法国和俄国的大师们一争高下。如今人们对他的评价过低,这很正常。名作家死后,报纸上便会登出讣告,每一位与作家

有过交往的人,哪怕只是和他喝过茶而已,都会写信给《泰晤士报》
讲述当时的情形。可是再过两周,作家之死就不再是新闻,就这么
静悄悄地默默无闻了。如果他足够幸运的话,过几年(或长或短),
通常是在与文学毫不相关的契机之下,突然又将他抬了出来,为大
众所顶礼膜拜。安东尼·特罗洛普[1]就是最为出名的例子:近二十
年的时间,他的盛名都湮没在岁月烟云之中,可随着英国人生活方
式的改变,他的小说突然有了怀旧的魅力,吸引了大批读者。

　　尽管鲁迪雅·吉卜林在写作生涯的初期就俘获了广大读者的
兴趣,并一直牢牢抓住不放,可是文化界对他的评价,表面是赞扬,
骨子里其实是高傲地看不起。吉卜林的作品里有些风格的确容易
激怒那些挑剔苛刻的读者。他的风格里有些帝国主义的倾向,让很
多敏感的读者很是受伤,现在这种文风成为了羞耻的源头。吉卜林
十分擅长讲故事,风格多样而且极富创意。他的创造力永不枯竭,
把故事讲得令人称奇、跌宕起伏的能力更是登峰造极。不过,作家
都有缺点,他也不例外。窃以为吉卜林的缺点是环境、教养、性格和
时代共同造就的。他对于同辈作家的影响极大,不过,可能对于与
他小说中所写的生活方式多少接近的人们影响更大。去东方游历
一番,你会惊讶地发现时常会遇上照吉卜林小说中的人物来塑造自
己的真人真事。人们都说巴尔扎克小说中的人物更像是下一代人,
而不是他着力去刻画的这代人。就我所知,吉卜林最为重要的第一
批短篇小说出版之后的二十年间,大英帝国的边远地区就有那么一
些人深受其影响,按照小说重塑了自我。吉卜林不仅创造人物,他
还改造心灵。这些人勇敢而高贵,按照自己的方式竭尽全力、恪尽

----

① Anthony Trollope (1815—1882),英国维多利亚女王时代最为成功、最为多产也最受
　　尊重的作家,代表作有《巴塞特郡纪事》等。

职守：不幸的是，他们身后竟然造成了殖民地对大英帝国的仇恨，其原因我就不必提及了。总的来说，人们认为鲁迪雅·吉卜林成功地让英国人了解了大英帝国，可是，这是政治上的成功，这里姑且不论；我在这里想说的很重要的一点就是：他在探索所谓"异域风情"的小说写作过程之中，为作家们开辟了一片肥沃的新天地。小说的场景都设在大多数读者闻所未闻的国家，主题则是关于白人在异乡漂泊，与别的肤色人种进行接触后产生的反应。后来的作家对于各自的题材处理手法各有不同，可是鲁迪雅·吉卜林是第一个披荆斩棘，开疆辟土的人，而且他的小说里那种浪漫魅力，那种栩栩如生的描写和极其丰富的色彩，至今都无人超越。总有一天，英国占领印度会成为遥远的历史，等到失去印度这块殖民地所激起的遗憾和苦楚之情化解得和几百年前英国失去诺曼底①和阿基坦②差不多了，人们才会发现鲁迪雅·吉卜林有关印度的小说，如《丛林故事集》和《基姆》等毫无疑问都应该在伟大的英国文学史中占有高贵的一席。

　　再美好的东西，也免不了审美疲劳，人总是需要变化。我们以另一种艺术形式来举个例子：乔治王时代③住宅建筑艺术已经达到了难得的完美境地；房屋不仅外观美丽，住起来也舒适：屋内宽敞，通风良好，布局均衡。大家都觉得这样完美的房子人们会一直满意下去，可惜，事实并非如此。随着浪漫时代的到来，人们开始向往稀

① Normandy，位于法国北部，临英吉利海峡，面积为 30 627 平方公里，初为高卢人占领，后为诺曼人占据，故得名，1066 年诺曼底公爵占领英国，成为英王。1204 年法国收回部分诺曼底领土，英法百年战争时期英国又占领部分领土，之后，诺曼底公国大陆部分归于法国。
② Aquitaine，位于法国西南部，临大西洋，初为王国，后为大公国，因女大公先后与法王及英王联姻，分别归属法国及英国，英法百年战争末期为法国占领。
③ The Georgian era，英国历史上由汉诺威王朝的乔治一世至四世统治时期，1714—1830 年期间，为英国文学艺术，尤其是建筑艺术发展的黄金时期。

奇古怪,不拘一格的漂亮房子;而建筑师也非常乐意迎合人们的口味。想要创作出爱伦·坡那样的小说不容易,其实,就算在他那为数不多的短篇小说中,他也还是不止一次地在重复自己。这类小说的叙事方式不易把握,需要娴熟的技巧,随着这类小说在杂志上出现,便逐渐流行起来,需求量也越来越大。作家们很快就学会了必备的技巧。为了增加故事的吸引力,他们硬是把故事往俗套里塞,对生活的描述丝毫没有可信之处。于是,读者纷纷抗议,他们烦透了那种老生常谈的东西,抗议说现实生活根本不像小说那么简单;现实生活就是一团乱麻,一地鸡毛,要把这些琐碎的东西整合在一起根本就是错误。读者想要更加真实的现实主义。可是,现在,艺术家绝不照搬生活。肯尼斯·克拉克①在《裸体艺术》一书中就将这个观点阐发得极其清楚。他向我们展示了古希腊伟大的雕塑家对于模特并非按照现实主义手法完整再现,而是将其视为实现理想之美的工具。面对古代的绘画和雕塑作品,你会很惊讶地发现创作者当时并非全神贯注于一丝不苟地呈现面前的对象。如今立体主义刚刚兴起,人们总觉得立体派雕塑家对于创作题材的扭曲呈现是我们这个时代的独创,其实事实并非如此,人们之所以这么想是因为他们早已习惯于过去的艺术作品中对现实的扭曲,视其为对现实的艺术再现。事实上,自西方绘画史之初,艺术家便开始为艺术效果而放弃逼真还原现实。小说也是如此,不用追溯太远,就以爱伦·坡为例,很难想象他会认同他小说里的人物说的是普通人的语言。如果说他小说中的人物对话在我们看来太不真实,那必然是因为他觉得这样的对话才适合这个故事,能帮助他达到预期目标。艺

---

① Sir Kenneth Clark (1903—1983),英国作家,博物馆馆长,播音员以及最为知名的艺术史家。1969 年以 BBC 著名纪录片《文明》的撰稿人、制片人及解说人而闻名于世。

术家只有在他们惊觉已经离现实生活太远,需要回归生活的时候才会热衷于自然主义,这时他们就会尽可能精确地模仿现实生活,这其实并非他们的终极目标,也许只是把它当作一种有益的准则吧。

十九世纪的短篇小说中自然主义风格逐渐流行起来,因为浪漫主义已经变得冗长拖沓,不合时宜了。一个又一个的作家试图以毫不畏缩的精确性来描摹现实生活。弗兰克·诺里斯①说:"我从未曾屈服,我从未脱下帽子去迎合潮流来求得可怜的赏赐。上帝作证,我讲的都是真理,管你们爱听还是不爱听,这和我有什么关系?我所讲的就是真理,从前我觉得是真理,现在我仍然觉得是真理。"(说出这话勇气可嘉,可是要分辨什么是真理并非易事;谎言的对立面未见得就是真理。)这一流派的作家看待生活的眼光比起前辈要更加公允,少了些甜腻的粉饰和乐观主义,多了些粗暴蛮横和直截了当;人物对话也更加自然。自笛福开创小说时代以来,现实世界几乎已经为人所忘却,如今自然主义作家所创造的人物就来自于这个真实世界之中。可是,小说家唯一没有革新的就是小说技巧,至少就短篇小说的要素而言,作家们满足于旧有的形式,他们所追求的艺术效果仍然是当年爱伦·坡所追求的,使用的也仍然是他当年所开创的结构形式。他们的优点证明了这一流派的价值;他们的做作则表现出它的不足。

4

可是,在那个时代,爱伦·坡开创的这种小说形式在某个国家却始终未能流行起来,那就是俄国。该国所长久流传下来的小说形

①　Frank Norris (1870—1902),美国小说家,美国自然主义文学先驱,代表作有《章鱼》、《麦克梯格》和《深渊》等。

式似乎与此大相径庭,直到某一天,读者和作者猛然惊觉,一直以来深受喜爱的小说形式已经变得枯燥乏味,而且已经有几位作家对短篇小说这一体裁进行了创新。奇怪的是,这种简洁叙事的风格变化过了很久才影响到西方世界。不错,屠格涅夫的小说曾有过法文译本。他本人的翩翩风度、慷慨大方以及贵族出身也深深折服了龚古尔兄弟、福楼拜以及法国知识界。他的作品就和其他外国作家的作品一样,总让法国人带着点沉醉去欣赏。其欣赏态度有点像约翰逊博士评论女人布道一样,"并不精彩,可是居然讲完了,令人吃惊。"俄国文学开始对巴黎文学界产生影响还要从1886年德·沃居埃出版《俄国小说》一书算起。大概是1905年左右,契诃夫的几篇小说被译成法文,引起赞誉一片,但他当时在英国仍是籍籍无名。契诃夫死于1904年,被俄国誉为当代作家之首。但是1911年出版的《大英百科全书》第11版中"契诃夫"词条却相当简洁,"可是,A·契诃夫在其短篇小说中展示了相当的实力。"这赞誉也够冷的。一直要到加奈特夫人从契诃夫的海量小说中挑选出一部分翻译出版了三卷本之后,英国读者才开始对他产生兴趣。自那时起,俄国作家的声誉,特别是契诃夫,才开始日益壮大,从很大程度上说,也改变了短篇小说的写作及欣赏方式。挑剔的读者不再关注那些从技术层面上看"写得好"的小说,而写这类小说来娱乐大众的作家也不再受人关注。

大卫·麦加沙克曾写过契诃夫的生平传记,记录了他一生的成就,当然还有可怕的逆境——贫穷落魄、俗务缠身,饱受环境与疾病的折磨。从这本生动有趣、史料翔实的书中我了解到以下事实。契诃夫出生于1860年,祖父是农奴,后来用积蓄赎回了自己与三个儿子的自由。其中有个儿子名叫巴维尔,在阿佐夫海边的塔干罗格开了间杂货铺,结婚后生了五个儿子,一个女儿,安东·契诃夫是第三子。巴维尔没受过教育,愚蠢、虚荣、自私、野蛮而又笃信宗教。多年后契诃夫是这么描述他父亲的,"我记得五岁的时候,父亲就开始管教我,直白点说,五岁时他就开始打我,拿鞭子抽,打我耳光,敲我的头。每天早晨我睁开眼便会首先问自己:今天会不会又挨打?他禁止我玩游戏也不许我嬉闹。每天早晚都要去教堂祷告,亲吻牧师和僧侣的手,在家读赞美诗⋯⋯八岁的时候我就开始守店铺,把我当跑腿的使,几乎每天挨打,我的病根就是这样种下的。后来,我上了中学,每天一直学习到晚饭时间,可是从晚饭到夜里我都得守在铺子里。"

安东·契诃夫十六岁的时候,他父亲债台高筑,只得逃到莫斯科去躲债,两个大儿子亚历山大和尼古拉当时都在那里读大学。契诃夫则留在塔干罗格继续念书,尽力自力更生。于是他便靠给差生补习功课挣钱养活自己。三年后,他也被大学录取,并获得每月二十五卢布的奖学金,这才和父母在莫斯科团聚。当时他立志学医,便进了医学院。那时候契诃夫年纪轻轻,个子很高,有六英尺以上,浅棕色头发,棕色眼睛,嘴唇丰满而紧实。他们一家住在贫民窟的一间地下室里,楼上就是妓院。契诃夫带了两位学友来和家人同住,他们每个月付四十卢布的房租,还有一位房客每月付二十,再加上契诃夫每月二十五卢布,总共是八十五卢布,有九个人吃饭还要付房租。不久,他们便搬进同一条乌烟瘴气的街上稍大一点的公寓。两位房客挤一间,第三位独居一小间,契诃夫和两个弟弟挤一间,他妈妈和妹妹住一间,第五间是餐厅,客厅就是他两位哥哥亚历山大和尼古拉斯的卧室。他父亲巴维尔找了份仓库的差事,每月挣三十卢布,但是得住在现场,所以有那么一段时间,这个愚蠢的暴君,给家人生活增添重负的人暂时从他们身边消失了。

据说契诃夫天生擅长即兴编造笑话故事让朋友们开怀大笑。

他的家庭陷入困境之时，曾想过试着写点东西，于是他便写了篇故事投到圣彼得堡的一家周刊，名字叫《蜻蜓》。一月的一天下午，他从医学院放学回家，买了这本周刊发现自己的作品已经刊登出来，稿酬是一行五个戈比。我得提醒读者当时一卢布兑两个先令，一百戈比是一卢布，所以换算成英镑，这稿酬大概是一行一个便士。自那时起，几乎每周契诃夫都向《蜻蜓》杂志投稿，可是登出来的却寥寥无几；莫斯科的一家报纸刊登了他的小说，稿酬却少得可怜，因为他们是小本经营，有时候投稿人为了那点微薄的稿酬得坐在办公室里等报童从大街上把卖报的零钱拿回来凑数才行。契诃夫遇到的第一次良机来自彼得堡的一位名叫雷金的编辑，当时他正在主编名为《断片》的一份报纸，他向契诃夫约稿，每周一篇一百行的短篇小说，稿酬为八个戈比一行。这份报纸以幽默见长，可是契诃夫的小说却过于严肃，因此雷金曾向他抱怨说这类故事不合读者口味。契诃夫的小说虽然广受欢迎也为他带来了声誉，但是为这家报纸撰稿却有种种限制，比如篇幅和题材，都让他很恼火。雷金似乎算是通情达理，将契诃夫推荐给《彼得堡公报》，每周交一篇小说，篇幅更长，题材也很不一样，稿酬同样是八个戈比一行。从1880年到1885年，契诃夫就这么一共写了三百个短篇小说！

这些作品全是为了挣钱而粗制滥造的，英文称作 potboiler。《牛津英语词典》告诉我们这个词往往用于贬义，指为了谋生而炮制的文学或艺术作品。文学类记者们的词典里最好不要有这个词。我想说的是，那些发现自己有创作冲动要去写作的青年作家（至于这种创作冲动自何而来仍然是个谜团，如同性的源头一样，不得而知）可能会认为写作能让他们成名，不过肯定极少有人会认为写作也是生财之道；他们很小心谨慎，因为创作之初就想财源滚滚是不可能的，不过，一旦他下决心成为职业作家，靠写作为生，他就很难对于用才华赚取的金钱无动于衷。作家的写作动机其实和读者毫不相干。

契诃夫当年一边撰写这些数量庞大的小说，一边还在医学院念书拿学位。他只能白天辛苦工作晚上写作，而且写作环境也很艰苦。房客们都被打发走了，契诃夫一家搬进了一间小一点的公寓，可是在他写给雷金的信里他是这么说的，"家里有小孩（他哥哥亚历山大的孩子）哭，我爸爸还在大声朗读故事给我妈妈听，还有人在拨弄音乐盒，我听见'美丽的海伦'奏起……我的房间被来做客的亲戚占了，这人总是缠着我跟我讨论医学问题。……小孩又哭闹起来了！我刚下了个决心，绝对不要孩子。我想法国人生孩子少那是因为他们是个爱好文学的民族……"一年后，在给弟弟伊凡的信里他是这么写的，"我挣的钱比你们陆军中尉还要多，可是我自己却剩不下几个，吃得很差，也没有独立空间供我写作。……现在我手头分文全无，急切盼望下月一号到来，彼得堡会给我六十卢布的稿费，不过，钱一到手就没了。"

1884年，契诃夫患上内出血，肺结核已经来到了这个家庭，他知道这意味着什么，可是又害怕自己的怀疑得到证实，于是拒绝求医问药。为了让焦虑的母亲放心，他告诉她出血只是喉咙处的红血球破裂引起的，不是肺结核。这年年末他通过了最后一门考试，成为执业医生。几个月后他凑齐了足够的钱生平第一次去了趟彼得堡。他从未觉得自己写的小说有多少价值，都是为挣钱而写，而且他也说过每篇都是一天就写完了。可是，一到彼得堡，他却惊讶地发现自己居然名气不小。彼得堡当年是俄国的文化中心，他的小说虽然篇幅很短，可是那里的文化圈子觉得清新鲜活，观点独特，因而颇为推崇。契诃夫突然发现自己已经被誉为当代最有天赋的作家之一，各家报纸的编辑纷纷向他约稿，开出的稿酬也是前所未有的高。当时俄国最为著名的作家都鼓励他放弃以前写过的那些故事，认真创作出严肃的文学作品。

契诃夫深受震动，可是他从未想过要专职写作。他说："医学是我的合法妻子而文学只是我的情人，"他返回莫斯科的时候仍然一心想做医生。不过，必须得承认他并没有花多少心思在行医上，他结交了许多朋友，朋友们介绍过来不少病人，可是基本都不付钱。他总是很乐天，很有魅力，凭着那爽朗真挚的笑声，他成为文人圈子里的常客。他喜欢聚会也喜欢举办聚会，好杯中物，不过除了婚礼、命名日（俄国人对生日的称呼）和教会节日之外，很少喝醉。他也很有女人缘，有过几段风流韵事，不过都是逢场作戏。渐渐的，他开始频繁造访彼得堡和俄罗斯各地。每年春天他都抛下那些需要诊治的病人，带全家人去乡间度假，一直待到初秋。后来当人们听说著名小说家是位医生，便蜂拥而去找他看病，当然也不付钱。为了挣钱养家，他不得不继续写作，写得越来越成功，而且稿酬也越来越高，可是他仍然觉得入不敷出。在一封写给雷金的信中他这么说，"你问我钱都用到哪里去了，我又没有挥金如土，也不是纨绔子弟，既没有负债，也没有情人（我享受爱情从来无需付钱），可是复活节前我才从你和苏沃林那里拿到的三百卢布现在就只剩下四十了，明天我还要再付给别人四十，天知道我的钱都花到哪里去了。"契诃夫搬进了一套新公寓，终于有了自己的房间，可是他还是得求雷金预支点稿酬来付房租。1886年他内出血复发，他知道自己应该去克里米亚，那里气候温和对结核病有好处，就像在西欧，病人去法国的里维埃拉，去葡萄牙疗养一样——随后便如苍蝇般死去；可是他却负担不起。1889年，他哥哥尼古拉死于肺结核，他生前是位小有才华的画家，这对契诃夫来说既是晴天霹雳也是警钟长鸣。到了1892年，他的健康状况恶化，已经无法忍受莫斯科的冬天。他借了点钱在距莫斯科郊外五十英里的梅里科沃小村买了座小房子，还是把家人都带上,包括他那暴虐的父亲,他母亲、妹妹和弟弟米哈伊尔,此外还带了一车药物。如往常一样,许多病人涌来找他看病,他也尽力救治,仍然从不收取任何费用。

就这么断断续续在梅里科沃住了五年,也算是幸福时光吧。其间他写出了自己最好的小说,得到了丰厚的稿酬:四十戈比一行,差不多合一先令了。他投身于村子的事务之中,自掏腰包修了条新路,给农民建了所学校。他哥哥亚历山大是个老酒鬼,也带着老婆孩子过来住;有时候朋友来拜访也会小住几天。尽管契诃夫抱怨他们影响了他的工作,离了他们他却没法活。尽管时常受到病魔困扰,他始终保持愉悦、友善、风趣而快活的样子。他时常远足去莫斯科,1897年有一次远足时他犯了严重的内出血,急送诊所救治,有好几天都命悬一线。他一直拒绝相信自己得了肺结核,可是这次,医生说他的两肺上半部分都已感染结核,如果他还想活命的话,就得改变生活方式。后来他回到梅里科沃,可是他明白自己无法在这里过冬,也意识到自己必须放弃行医,于是,他离开了俄国,到比亚里茨,到尼斯,最终选择在克里米亚的雅尔塔定居。医生建议他永久定居于此,他就向编辑朋友苏沃林预支了些稿费,建了座房子。他的手头总是那么拮据。

无法继续行医对于他来说是痛苦的打击。我也不知道他到底是哪科医生。自打获得行医资格后,他在医院里顶多只工作过三个月,我揣测他诊治病人比较粗略急躁。可是他也是个有常识且富于同情心的人,如果他就这么顺其自然,相信也能像那些知识更为渊博的医生那样为病人造福。行医时丰富多样的体验给他带来了好处。我很相信学医的经历对于一位作家来说非常有益,他会从中学到极其宝贵的知识,得以洞察人性,人性中的至善与至恶①。因为

---

① 毛姆本人也是医学系毕业,并取得外科医师资格。

人生病的时候便会害怕,也就抛弃了他们健康时戴着的面具,暴露出本性。医生所见的全是病人的本色:自私自利、冷酷无情、贪婪懦弱,但同时也勇敢坚强、慷慨大方、友好善良。对人性的弱点,医生总是要宽容,而对人性的光辉,医生也常常感到敬畏。

雅尔塔尽管让契诃夫觉得无聊,可是有一度他的身体渐渐康复。我一直没有机会提到,契诃夫除了海量小说以外,还写过两三个剧本,但并不算成功。借剧本上演的机会他结识了一名年轻的女演员名叫奥尔佳·克尼帕,两人坠入爱河并于1901年结婚,他从未停止过对自己家人的资助,同时对他们也满怀痛苦的憎恨。婚后的生活安排是她继续表演生涯,只有他去莫斯科看她或者她档期余暇(戏剧圈子里都这么说)来雅尔塔看他的时候两人才在一起。他写给她的书信都保留了下来,温情脉脉,感人至深。可惜他的身体状况江河日下,终至病重,整日咳嗽,无法入睡,更让他万念俱灰的是奥尔佳这时流产了。她一直催促契诃夫写一部轻喜剧,迎合大众需要,而当时我想主要还是为了取悦太太,契诃夫又开始写作。这部戏定名为《樱桃园》,他承诺给太太写几出好戏。他在给友人的信中是这么写的,"我每天写四行,不过就算这样也让我痛苦不堪。"他最终写完了,该剧于1904年初在莫斯科上演。同年六月,他接受医生的建议到德国温泉小镇巴登威勒疗养。有位年轻的俄国文人去拜访过他,并记录下了临别时会面的场景。以下部分摘录自麦加沙克写的《契诃夫传》:

> 契诃夫身穿睡袍,披着件外套,腿上还盖着条毛毯,坐在一张堆满靠垫的沙发上。他骨瘦如柴,显得身形矮小,肩膀很窄,脸庞尖瘦,毫无血色——消瘦衰弱如此,教人不敢相认。我从来就未曾想过一个人的变化会如此之大。

他伸出虚弱蜡黄的手，我不忍细看，他看着我，眼神温柔，但却不再笑意盈盈。

"我明天就走，"他说。"走远点去死。"

他用了个不同的字眼，那个字眼比"死"更残酷，在此我不想重复。

"'走远点去死，'他一字字地重复。'帮我替你的朋友们道个别……告诉他们我会记住他们，我喜欢他们。请带去我的祝福，祝他们幸福美满。我们从此阴阳两隔了。'"

其实一开始在巴登威勒他恢复得很好，开始计划去意大利疗养。有一天他都已经上床就寝了，却坚持要陪了他一天的奥尔佳去公园里散散步。等她散步回来他又要她下楼去吃晚饭，可是她告诉他还没到点。为了打发时间，他就给她讲故事，某旅游胜地挤满了时髦游客，有脑满肠肥的银行家、美国人还有健康的英国人。"有天晚上他们都回到酒店房间，却发现厨子已经跑了，没有晚餐可吃。契诃夫接着开始描述这些饕餮之徒是如何承受这样的打击。"他讲得十分有趣，惹得奥尔佳狂笑不已。吃过晚饭她又回到他身边，契诃夫已经安静地休息了。可是，突然他情况急剧恶化，医生也马上赶了过来。医生尽力抢救，只可惜无力回天。契诃夫就这么去世了，他说的最后一句话是德语：Ich Sterbe（我要死了）。年仅四十四岁。

亚历山大·库普林①写过一段追忆契诃夫的文字，"我想他从未向谁敞开心扉，也未曾将心托付给谁。可是他对谁都很和善，他对友情的态度的确比较冷漠——同时他又怀着极大的兴趣，也许他

---

① Alexander Kuprin（1870—1938），俄国作家、飞行员、探险家，代表作有《决斗》等，纳博科夫称其为"俄国的吉卜林"。

不自知吧。"这种剖析比较奇特,寥寥几句比起我刚才讲的契诃夫生平中任何一点都更加深刻地揭示出了契诃夫的本性。

5

契诃夫早期的作品主要是幽默故事,他写得很轻松;用他自己的话来说就是:写故事就像鸟儿唱歌一样容易,而且他对这些作品丝毫不以为然。直到他第一次去彼得堡,发现自己被公认为前途无量且才华横溢的作家,他才认真起来,便开始磨练小说技巧。有一次,一个朋友发现他正在抄写托尔斯泰的小说,就问他这是干吗,他回答说,"我在重写这部小说。"友人大惊,他怎么能够这样随意篡改大师的作品呢?契诃夫辩解说他只是练练手,他是这么想的(在我看来,这是个好主意):改写大师作品能让他学习他所仰慕的作家的创作手法,从而培养出自己独特的手法来。很明显,他的努力没有白费,他学会了用完美的技巧来创作小说。比如说《农民》,其结构形式优雅,可与福楼拜的《包法利夫人》相媲美。契诃夫训练自己写得简单、清楚而又简练,而且人们都说他的文风已达到极致之美。对于这一点,我们这些通过翻译来欣赏的人只能全盘接受,因为哪怕是在最精确的翻译之中,作家文字中的味道、感觉以及和谐的音律都会遗失殆尽。

契诃夫对短篇小说的技巧极为关注,他的很多观点也极其有趣。他认为小说不能有冗余的东西。"任何无关的东西都应该狠心删掉。如果在第一章里你提到墙上挂了把枪,那么在第二章或者第三章里就一定得放一枪。"这一点说得在理,同样在理的是他认为描述自然应该简洁而且切题。他自己就能三言两语勾勒出一幅栩栩如生的仲夏夜美景,夜莺婉转啼鸣,不知疲倦,或者是一幅严冬白雪皑皑之下冰冷严酷的无垠荒原,这可是珍贵无比的天赋。不过,他对于拟人手法的不屑，我还是持保留态度。他曾经在一封书信里调侃，"大海在微笑，你自然欣喜若狂。可是这种手法太粗俗太廉价。……大海既不会微笑也不会痛哭，它只会咆哮怒吼、闪闪发光。看看托尔斯泰是怎么写的吧：'太阳升起落下，鸟儿婉转啼鸣'。无人在笑也无人在哭，这就是最重要的——简简单单。"话说得有理，可是，别的不论，自太初始，人们就一直在将大自然拟人化，也很自然地觉得稍加努力便可避免。契诃夫自己不太常用拟人手法，在他的小说《决斗》中，他写道"一颗星星探出了头，小心翼翼的眨了眨一只眼"。我一点也不反感这段，相反，我还挺喜欢。他哥哥亚历山大也是写短篇小说的，不过水平不高。他说作家绝不要描述没有亲身体会的感情。这倒未必见得，当然，小说家为了如实描述杀人犯作案时的心理状况，没必要自己去杀个人。毕竟，优秀的作家想象力足够丰富，能够对笔下人物的情感心理感同身受。不过，契诃夫最为苛刻的要求就是作家应该删去小说的开头和结尾。他自己就是这么做的，因此他的朋友们常说要拿走他的小说手稿，不然会被他删得面目全非，"否则，他会把自己的小说删成这样：他们情窦初开便坠入爱河，结为夫妇，终至不幸的结局。"契诃夫听说此话，回应道，"可是你看看身边，事实就是如此。"

契诃夫视莫泊桑为楷模。要不是他亲口说的，我绝不会相信，因为这两人的目的及手法在我看来大相径庭。总而言之，莫泊桑一心想让故事如戏剧般激动人心，为了达到这个目的，他随时都可以牺牲故事的可信度，这一点我前面也曾提到过。而契诃夫呢，我觉得他有意识地回避跌宕起伏的情节。他笔下的人物都是红尘俗世里的芸芸众生，就像他在信里所写的那样，"不是那种跑到北极，滚下冰山的探险家，而是那些朝九晚五，和老婆拌嘴，吃饭喝汤的普通人。"也许有人会表示反对，因为的确有人跑去北极，就算没从冰山

上坠下，也体验了极度的危险，所以，这世上的作家没理由不把他们
的故事写得精彩绝伦。显然，光是让每个人都做中规中矩的上班
族，餐餐家常便饭并不能解决问题，而且我相信契诃夫绝不认同这
样的观点：要写出精彩的故事，就应该挪用公款或者收受贿赂，虐
待老婆，欺骗配偶，每餐粗茶淡饭也要搞得意义深远。这样一来，小
说就变成了幸福美满的家庭生活或者倒霉不幸的家庭生活之象征。

契诃夫的行医生涯尽管随性无章，却能让他和形形色色的人打
交道：工人、农民、工厂老板、商人、级别或低或高的小官吏，手里却
握着生杀予夺的大权，还有农奴解放后变得一贫如洗的地主。似乎
契诃夫没有和贵族阶层接触过，我能想起的只有一篇名叫《公爵夫
人》的故事里提到过贵族。他用坦率得近乎残酷的笔触刻画了软弱
无能的地主，任由其田宅荒废毁弃；悲惨可怜的工厂工人，每天苦作
十二小时仍食不果腹，其主子却大发横财；还有收入微薄，总在饥饿
中挣扎的农民，他们肮脏懒惰、愚昧无知、整日酗酒，住的茅草棚也
是臭气熏天，蚊虫遍地。

契诃夫所描绘的事件能给人非同一般的真实感，就像一位值得
信赖的新闻记者所撰写的新闻报道一样，让你深信不疑。不过，契
诃夫并非只是记者；他冷静观察，挑选素材，揣度推测再将其整合起
来。科特林斯基①曾这样评说，"契诃夫冷静得无与伦比，他能超越
个人悲喜，洞察一切。他不用去爱也能仁慈大方；不用喜欢也能温
柔同情，不指望感激也能施惠于人。"

可是，契诃夫这种冷静超脱却惹恼了不少同仁，遭到他们疯狂

---

① S. S. Koteliansky（1880—1955），俄罗斯文人、翻译家。出生于乌克兰的犹太家庭，
1911 年定居伦敦，经营文学杂志，与 D·H·劳伦斯、弗吉尼亚·伍尔夫夫妇、凯瑟
琳·曼斯菲尔德等结为好友。他较早将俄罗斯著名作家如陀思妥耶夫斯基以及契
诃夫的作品译成英文。

攻击,说他全然罔顾时代背景和社会状况。知识分子的要求是:俄国作家有责任和义务去关注时代和社会。契诃夫回应说:作家的职责就是叙述事实然后全部交给读者,让他们去定夺该如何处置。他坚称不应该鼓动艺术家去解决具体而专门的问题。"因为具体问题有专家去处理;专家的职责就是判断社会的好坏,资本主义该何去何从,以及酗酒之恶……"这话说得在理。不过,既然最近文艺界正好就这个问题进行了广泛探讨,接下来,我想斗胆引用自己几年前在全国图书联盟发表的演说中的某些段落。我一直有阅读某周刊的习惯,它算是英国最好的周刊之一,有一次我读到上面有关当代文学的种种思考的一个专题。其中一位评论家的文章开头是这么写的,"某某先生并不仅仅是个讲故事的人。"这"仅仅"二字让我如鲠在喉,于是,那天我就像但丁《神曲》里的保罗和弗兰切丝卡①一样,再也不读那本周刊了。这位评论家自己也是著名小说家,虽然我未曾有幸拜读他的著作,我想他的作品毫无疑问值得称道。可是从他说的那句话里我所能总结出的就是,他认为小说家应该不仅仅只是小说家。很明显,他的这种观点在当今作家中十分流行,即:逢此乱世,如果写小说只是为了让读者愉快地打发时间,这样的作家就没什么价值。众所周知,那些作品遭人白眼,被贬为"逃避现实的空想作品"。其实,这个词,和"为赚钱而炮制的作品"一样,最好从文学评论家的字典里剔除出去。因为,所有的艺术都是对现实的逃避,莫扎特的交响乐,康斯特布尔的风景画都是如此;难道人们读莎士比亚的十四行诗或者济慈的颂歌不是为了愉悦的享受还是为了别的?为什么我们对小说家提出的要求要比对诗人、作曲家和画

150

---

① 《神曲》地狱篇中记载的一个故事,保罗和弗兰切丝卡因阅读亚瑟王传说中骑士朗斯洛和王后桂妮薇的爱情故事而坠入情网,终因两人皆为婚姻中人,因偷情而丧生,从而在地狱中遭受苦难折磨。

家还要多呢？其实，没有什么"仅仅只是"个故事的东西存在于这世上。作家写个故事，有时候不过是想让读者爱读，同时也将某种对生活的理解批评一股脑儿塞给读者。鲁迪雅·吉卜林在《山间故事集》里刻画了印度平民以及玩马球的军官和家眷，他的手笔就像是一位初出茅庐的正派新闻记者，天真地仰慕那些让他倾倒的魅力无穷的人和事。令人讶异的是，当年没有一个人从这些故事里读出了对最高统治者无可逃避的控诉。如今我们一读便能意识到英国迟早会被迫放弃对印度的统治。契诃夫也是如此，尽管他竭力保持冷静中立，只着力描述真实的生活，但是，读他的小说会强烈感觉到人们的残忍和无知，穷人的赤贫及堕落还有富人的冷漠和自私，这一切都不可避免地指向一场暴力革命。

　　我想，绝大多数人之所以阅读小说是因为没别的事可做，读小说就是为找乐子，这也理所当然，可是不同的人想找的乐子还不尽相同，乐趣之一是找到共鸣。当今的读者读安东尼·特罗洛普的《巴塞特郡纪事》①便会由衷地欢喜，因为书中所描述的正是读者所体验的生活。读特罗洛普小说的人大多属于中上阶层，他们与书中所描述的中上阶层惺惺相惜。读到书中人布朗宁先生说"上帝就在天堂——人间处处美好"之时，读者会和他感同身受——那种洋洋得意的满足之情油然而生。时间的洗礼赋予这些小说一种流派的魅力。我们觉得它们有趣也相当感人（富人的生活真是惬意，最终事事都能团圆顺心，要能生活在这样的世界里该多好啊！）这些小说颇有十九世纪中期那些逸闻图片的味道：绅上留着络腮胡子，身着双排扣常礼服，头戴大礼帽，漂亮的太太则头戴宽檐帽，身穿圈环

---

① 原文为 *Barchester Chronicles*，疑为 *The Chronicles of Barsetshire* 之误，特罗洛普最为著名的系列小说，共有六部，场景为虚构的天主教小城巴切斯特（Barchester），其中最为著名的一部为《巴切斯特塔》。

裙。还有一些读者在小说中寻找怪异新奇的乐趣,因此,描写异国风情的小说总是不乏读者执着追捧。大部分人的生活都极端乏味,而沉浸在陌生危险的世界里去驰骋探险,哪怕只有一小会儿,也能将生命之单调无聊全然释放出来。我想,读契诃夫小说的俄国读者都能在小说中发现西方读者所无法发现的乐趣,因为他们对契诃夫笔下活灵活现的人物都再熟悉不过。英国读者觉得契诃夫的小说里有些新奇而古怪的东西,时而恐怖阴沉,可是却道出真理,那种让人难忘,魅力非凡甚至带点浪漫色彩的真理。

只有过于天真的人才会认为虚构作品所提供的信息值得信赖,所涉及的题材对于我们要了解的为人处世方式也很重要。其实,小说家的创作天赋就注定了他无法做到以上所说;他不是晓之以理,而是去感觉,去想象,去创造,因此他无法客观公正。小说家所选择的题材,所创造的人物以及对虚构人物的态度,全都受制于他的偏见。他的作品便道出了他的个性,他的本能,他的情感,他的直觉以及他的经验。他故意有失偏颇,有时候不知道自己想要什么,有时候又特别清楚;然后他会要些必要的伎俩不让读者看出他使诈。亨利·詹姆斯坚称小说家应该让生活戏剧化,这话很有分量,不过不太浅显易懂,他其实是说他应该好好改写事实来吸引读者的注意。众所周知,亨利·詹姆斯一直是这么做的,当然,科学著作和说明文体不能这么写,如果读者所关心的是当下的迫切现实问题,他们就不应该去读小说,而是专门针对那些问题的著作,契诃夫也是这么建议的。小说家的正确目的不是去指导读者而是去愉悦读者。

作家往往过着隐居生活,他们不会受邀与达官贵人把酒言欢,大都市的种种自由自在他们也无福消受。登上邮轮,开启香槟庆祝处女航这种事情也与作家无关。作家的拥趸不会如电影明星的粉丝那样聚在酒店门口看着偶像钻进劳斯莱斯。不会有人邀请作家去为中产怨妇光临的百货公司开业剪彩,也不会去当着欢呼的人群将银光闪闪的奖杯授予温布尔登网球公开赛的单打冠军。不过,作家仍然能得到回报。自洪荒初辟,具有创作天赋的才子才女不断涌现,以他们的艺术才情,孜孜不倦地美化这冷酷严峻的人生。去过希腊克里特岛的人就会发现,那些远古时代留下的杯碗瓶罐全都纹着装饰图案——美丽的图案并不能增添什么实用功能,却能更加愉悦我们的双眼。一代又一代的艺术家在创作过程中都能获得完美的满足感。如果小说家也能做到这一点,那么他必然已经在作品中倾其所有了。把小说当作布道讲坛或者平台载体,无疑是滥用。

6

我拉拉杂杂讲了这么多,如果不提一下一位才华横溢的作家就匆忙结束的话,怕会失之不公。这个人就是凯瑟琳·曼斯菲尔德,她的作品在两次世界大战之间享有极高的声誉。如果说,当今的英国短篇小说家所使用的技巧与十九世纪的大师毫不相同的话,我想应该是受了她的影响,至少从某种程度上来说是如此。我不想讲她的生平故事,但是因为她的小说大部分都有强烈的自传色彩,我还是简述一下吧。凯瑟琳·曼斯菲尔德 1888 年生于新西兰,早年就写过一些小短篇,颇有天赋,立志要成为作家。新西兰的生活让她觉得沉闷无聊,于是她说服父亲放她去英国。在英国她和姐妹们一起上了两年学,期间她和舞会上邂逅的一名年轻男子有了段露水情缘,品行端正的父母发现之后大为震惊,同意让她离家自立,父亲每年给她一百镑的生活费,在那个时代,一个单身女子靠这笔钱生活是足够了。在伦敦她和新西兰的朋友们恢复了联系,其中有一位叫阿诺德·特洛维尔,当时已是有名的大提琴演奏家。当年在新西兰凯瑟琳就疯狂地爱上了他,可是到了伦敦她的爱情却转而投向了他弟弟,一位小提琴师,两人很快坠入爱河。凯瑟琳住在食宿全包的未婚女子之家,每周要付二十五先令,只剩下十五先令买衣服和零花。生活得如此拮据让她非常恼火,这时一位名叫乔治·波登的声乐老师向她求婚,尽管对方年长她十岁,她还是答应了。婚礼当天她身着黑裙,只有一位女友在场见证,就连新婚之夜也是在酒店度过。她拒绝了丈夫行使婚姻中自以为有的权利,第二天便离开了他。后来还写了篇冷酷无情的小说《雷金纳德·皮考克先生纪念日》,讲的就是她丈夫。之后她便去利物浦与情人团聚,他当时在那里的一个巡回喜剧剧团的乐队里拉小提琴。据说凯瑟琳曾一度加入剧团合唱队。不久她怀孕了,不过她是结婚之前就知道还是婚后才知道,我们无从知晓。她给远在新西兰的父母发了两封电报,一封说要结婚了,一封说她已经离开了丈夫。她母亲便亲赴英国看看情况究竟如何,一见之下,万分震惊,她女儿的处境用维多利亚时代的话来说就是"境况有趣"。于是家人便送她去德国巴伐利亚的沃里舒芬安顿下来,直到孩子出生。在此期间,她读了不少契诃夫的小说,应该是德文译本,然后自己写了几篇,后来结集出版,名为《日耳曼膳宿公寓》。后来,她突遭事故早产,生下死胎,等身体复原后她便返回了英格兰。

　　她最早的一批小说发表于奥雷治主编的《新时代》杂志上,获得肯定。她慢慢结交了一些同行。1911 年,她遇到了米德尔顿·穆里,他在大学时代就创办过一份杂志叫《韵律》,曾向凯瑟琳约稿并登过她的一篇小说《商店里的女人》。米德尔顿·穆里出身中下层,可是天资聪颖,勤奋用功,从寄宿学校升到高级中学,获得奖学金进入基督医院学习,最终又获得奖学金进入牛津。他曾多次到巴黎度假,结识了一位法国文人弗朗西斯·卡可,据他说穆里相貌英俊,风度翩翩,有一次惹得蒙马特高地的两位妓女争相要与他上床,分文不取。穆里爱上了凯瑟琳，这就让他必须对一直在犹豫的问题下个决心，那就是不参加即将举行的优等生考试就离开牛津，反正他对别的东西都没什么兴趣，只想通过考试，找份工作继续写作。牛津其实让他比较失望，他觉得自己想从牛津得到的都已经有了。他的前导师福克斯教授将他引荐给《威斯敏斯特公报》编辑斯潘德，他答应试用一下。于是，穆里就得在伦敦找个地方住。有一天他和凯瑟琳一起吃饭的时候，她答应将自己所住公寓的一间房间租给他，每周七先令六便士。他搬了进来。他们俩白天都忙各自的，她写小说，他忙编辑，只有晚上才见面交谈，像小年轻一样，直至凌晨两点才入睡。某晚，聊天时她问他，"为什么不让我做你的情人？"他回答，"哦，不，那样会毁了一切，你不觉得吗？"她回答，"是的。"后来他才惊讶地发现他那天的回答让她觉得深受伤害。不过，没多久他们就有了肉体关系，穆里在其自传《两个世界之间》中提到，要不是凯瑟琳有婚约在身，他们俩当时马上就会结婚。凯瑟琳的丈夫波登大概是自尊心受伤，拒绝与她离婚。虽然无法结婚，他们俩还是去巴黎度了个蜜月，选择巴黎主要是穆里想让凯瑟琳见见自己的好友弗朗西斯·卡可。返回英国后，他们有时住在伦敦，有时住在乡间。每次搬进一处新居，凯瑟琳便立即心生厌恶，马上要找新地方。两年里他们搬了十三次家，最后决定永久定居巴黎。当时穆里已经成为知名记者，有了积蓄，然后和斯潘德以及《泰晤士报》文学副刊编辑里奇蒙约定好，去巴黎后为他们撰写当代法国文学的文章。这样，他的储蓄加上稿费再加上凯瑟琳的补贴，完全能应付巴黎的生活开支。

　　到巴黎他们租了间公寓，还花大价钱把收藏的家具从英国运了过来。他们与弗朗西斯·卡可会面频繁，凯瑟琳喜欢这个风趣幽默的朋友，也许用法语说就是卡可让她觉得"小小殷勤，颇为受用"①。可惜,穆里写的稿子被《威斯敏斯特公报》以及《泰晤士报》文学副刊同时拒绝,他们断了收入来源。卡可也帮不了他们,他自己也是泥菩萨过河,两人束手无策。接着,穆里接到斯潘德来信说《威斯敏斯特公报》的艺术评论员一职空缺,如果他回国,这份工作就是他的了。这样,两人才极不情愿地回到了英国,那是1914年三月,他们仍然四处搬家,到了八月,一战爆发,穆里的工作也泡了汤,两人只得搬到白金汉郡的科尔斯伯里,与 D·H·劳伦斯夫妇为邻,两家结下了友情。不过他们生活过得并不愉快,凯瑟琳喜欢都市生活,而穆里不喜欢。凯瑟琳得了关节炎,无法写作,日子越来越窘迫,她抱怨穆里视金钱如粪土也不想赚钱,其实他根本没机会去挣钱。他们俩开始互相折磨,那年圣诞节终于面临分手。自从离开巴黎后,凯瑟琳和弗朗西斯·卡可一直在通信。也许她比弗朗西斯更加当真,因为似乎她觉得对方爱上了自己,她究竟爱不爱他就无从知晓了。她认为弗朗西斯·卡可能够给她穆里无法给她的一切。而穆里对卡可的了解比凯瑟琳要清楚得多,断定她就是在自欺欺人,可是也放任她去。凯瑟琳的哥哥莱斯利·赫伦·布尚正好来英国应征入伍,给了她一笔钱让她去法国找弗朗西斯·卡可。第二年二月十五号,星期一,穆里和凯瑟琳一起回到伦敦,两三天后她便去了法国。

卡可那时已经应征入伍,驻扎在一个叫格雷的地方,兵营里禁止女士进入,凯瑟琳去不了。卡可去车站接凯瑟琳带她到军队安排的一间小房子里住下,她和他在一起待了三天,然后返回巴黎,极度苦闷失望。其原因我们只能推测。突然,穆里接到凯瑟琳从法国发来的电报说她正启程回国,第二天早上八点到维多利亚车站。一见

---

① 原文为法语 un petit brin de cour。

面她就告诉他(的确很没有廉耻),她不是回到他身边,而是实在没地方可去了。他们又重新住在一起,用穆里的话来说就是"筋疲力尽,暂时休战"。凯瑟琳的这次出轨给她的小说《我不说法语》提供了素材,她对弗朗西斯·卡可的描述非常苛刻,有失公允,把穆里也写得很恶毒。她把初稿给穆里看,深深地伤害了他——毫无疑问,她的初衷便是如此。

凯瑟琳短暂人生的最后岁月我准备三言两语概述一下。1918年,乔治·波登终于同意离婚,凯瑟琳和穆里结为连理。当时她的健康状况已经非常糟糕,早年她就疾病缠身,至少还动过一次大手术,现在又被肺结核折磨。看过不少医生以后,穆里说服她接受专家治疗。医生来了,凯瑟琳躺在床上,穆里等在楼下静候检查结果。医生检查完毕告诉他唯一能救治她的机会就是立即送去疗养院。如果不去,恐怕就只有两三年好活了——顶多四年。以下部分引自穆里的自传:"我谢过他(医生),送他出门然后上楼来到凯瑟琳的床边。

"'他说我得去疗养院,'她说。'疗养院会要了我的命。'然后她很快地瞟了我一眼,眼神惊恐。'你想送我去吗?'

"'不想,'我木然地回答。'去了有什么好?'

"'你相信疗养院会要了我的命?'

"'是的,我相信,'我说。

"'你相信我会好起来?'

"'是的,'我说。"

很奇怪,医生和穆里都没想到先送她去疗养院住一个月试试看,看她喜不喜欢。苏格兰班克里有家很好的疗养院,我想她一定会觉得那里的生活令人愉快,而且她肯定能从那里得到写小说的灵感,因为住院病人也都形形色色,还有些人常年住在那里,因为他们已经到了离开疗养院就没法活的地步,还有人养好了病便离开。也有人死在那里,安静从容,应该不留什么遗憾。我讲的都是自己的体会,因为很凑巧那段时间我正好在班克里的疗养院,如果凯瑟琳去了我还能认识她,不过她肯定会立即对我心生厌恶,当然,这是题外话了。

自那时起,凯瑟琳便绝望地挣扎着想要恢复健康,她和女友艾达·贝克一起到国外休养,由艾达照料她。艾达和她年纪相仿,正是勇于奉献的年纪。可是凯瑟琳对待她比对狗还差,欺负她,责骂她,痛恨她,有时候甚至要杀了她,一边还肆无忌惮地利用她;艾达却无怨无悔,忠心耿耿地做她的奴仆。凯瑟琳这个人极端自我中心,时不时暴跳如雷,眼里揉不得一点沙子,难以取悦,严厉苛刻,自私自利,骄傲自负还专横跋扈。这样的个性无法让人愉悦,可是她这个人却极具魅力。克莱夫·贝尔①认识凯瑟琳,说她魅力无穷。她擅长讽刺挖苦,只要她愿意,能将这种智慧发挥得非常风趣。穆里因为工作关系得留在伦敦,间或去国外与她碰面。这一段,他们写了大量书信,凯瑟琳死后,穆里将她写给他的信整理出版,但却没有把自己写的信公开。我想,他这么做肯定是不想让读者知道两人当时的真实关系究竟如何罢了。凯瑟琳的书信大部分都深情款款,可是一旦穆里的信把她惹恼了,语气就变得恶毒起来。凯瑟琳的父亲给女儿的家用钱逐年递增,那时已经涨到了一年两百五十镑,可是她还是常常缺钱,有一次她写了一封极其愤怒信给穆里说她前面写信告诉他,她有一笔意外支出,可是他没有立即寄钱过来,伤害了她的自尊,非要让她低三下四地求他给钱。穆里已经为她支付了全部医疗费,弄得债台高筑。她却问他,"你说手头紧,怎么还给自己

① Arthur Clive Bell (1881—1964),英国艺术批评家,布鲁姆斯伯里团体成员。

买了面镜子?"可是这可怜的丈夫得刮胡子啊。穆里就任《雅典娜神庙》编辑后,年薪涨到八百镑,凯瑟琳便专横地要求他每月给她十镑。如果穆里主动提出这么做,那么证明他是个通情达理的人。也许他真的是个守财奴,很重要的一点就是凯瑟琳每次寄给他小说手稿需要打印出来,都会明说费用由她自己付,这明显是故意惹他恼怒。

其实,他们俩从一开始就不适合。穆里虽然比凯瑟琳更能体谅对方,但两人都以自我为中心。他似乎毫无幽默感,虽然人很和善、安静,能够包容也相当耐心。众所周知,两个人之间如果爱情不再,那么就会开始嫉妒对方,互相折磨。虽然穆里已不再爱凯瑟琳,但是她为了另一个男人离他而去,对他而言仍然是种耻辱;当然她对弗朗西斯·卡可失望之至后,他仍然接纳了她,这样的大度之举称得上是宽宏大量。没看出来凯瑟琳因此而对他深怀感激,她认为他为她做任何事都是理所当然的。尽管穆里这人(用当下流行的话来说)相当"多愁善感",但也不是微不足道的人。他是个出色的评论家,他对凯瑟琳的小说的评论对她来说相当宝贵。他晚年还写了一本斯威夫特的传记,公认为是这位阴险邪恶但文风完美的作家传记中的最佳作品。

那位英国医生的诊断预言很准确,他说凯瑟琳顶多能撑四年。她先是在意大利里维埃拉住了段时间,然后去了法国,再去了瑞士,最后住进了枫丹白露的古德杰夫疗养院,想要搏最后一把。1923年她便死在那里,年仅三十四岁。

都说契诃夫的作品对凯瑟琳影响极大,米德尔顿·穆里却否认这一点。他认为就算她从未读过契诃夫,仍然会写出一模一样的作品。我不赞同他这种说法。当然了,不读契诃夫,凯瑟琳·曼斯菲尔德肯定也会写小说,写作是她的宿命;不过我认为要是没有读契诃夫,她的小说会是完全不同的面貌。她的小说就是一位孤独、敏感、神经质又病态的女子的内心倾泻；她一辈子身在欧洲，却从未找到精神家园。这是她小说的内容，而小说的形式结构则完全来自契诃夫。过去短篇小说的结构形式非常简单，只要有 1，场景 2，人物个性 3，人物的行为以及遭遇 4，结果，就可以了。这样讲故事很是优哉游哉，作者想让故事多长就可以多长；可是等到小说开始登载在报纸上，其长度就有了严格限制。要满足这一要求，作家们就得想出合适的技巧来应对；他必须将绝非必要的东西全部舍弃。第一要素"场景"的作用是调动读者的情绪，更加投入故事之中，或者让故事更为逼真。其实"场景"这部分可以很轻易地略去，如今的小说大多如此。把第四要素"结果"也省略，留给读者去想象，可能有点冒险，因为读者正兴味盎然呢，一旦发现没有结尾，会感觉上当受骗。不过，如果结局很明显的话，略去不讲反而能更增添韵味，给人留下更为深刻的印象，契诃夫的《带狗的妇人》便是绝佳的例子。

第二和第三要素不可或缺，否则就不成其为一个故事。很明显，一个故事如果能够马上让读者沉浸于其中不能自拔，这种极富戏剧性的张力必然能够紧紧吸引住读者。契诃夫写了几百篇小说，都是这么写的，等他声名鹊起，他便开始给杂志撰写篇幅较长的小说，不过还是经常使用他早已熟悉的结构形式。

这种结构形式与凯瑟琳·曼斯菲尔德的性情和才能极为贴合。她小有才气，但细腻之余却失之大气。她的狂热崇拜者对她的作品赞誉过度，反而损害了她的名声。其实，她缺乏创作天赋。创作天赋非常奇妙，只为年轻人所专有，随着年纪增长而消退，这很自然，因为它源于经历，而随着年纪渐长，生命中所经历的事件便不再新鲜，不再激动人心，不再刺激惊险，如同青年时代的经历那样会激发作家的创作欲望。凯瑟琳并没有什么非凡的生活经历，她知道她需要新鲜刺激。她丈夫穆里多少带点鄙夷地说"她就想要钱，过奢华的生活,去冒险,热爱大都市";她当然喜欢这些,因为只有体验了这些她才能为小说找到素材。小说家要表现他所见到的真实世界就必须亲身参与到日常生活的喧嚣之中。如果字典里的解释正确的话,那么"小说"便是叙述已经发生或者即将发生的事件,必须得承认,凯瑟琳·曼斯菲尔德在讲故事方面并不具备过人的天赋。她的天赋在别的地方;她能够将某种境遇拿来施以重压,直榨出它所固有的种种反讽、苦涩、感伤与不幸。她的那篇名为《心理》的小说便是最佳例证。她也写过几篇较为客观的小说,如《已故上校的女儿们》和《照片》;这些小说写得不错,可是任何一位过得去的作家都能写得出来;凯瑟琳·曼斯菲尔德最有个性的小说如今通称为"氛围小说"。我曾经问过多名文友,这"氛围"二字该当何解,可是没有一个能够或者愿意给出让我满意的答案。《牛津英语字典》也解答不了,下完定义之后给出的是这样的解释,"比喻意义,指周围的心理或者道德状况,环境。"在小说里,"氛围"似乎是指作者用来装点小说的手段方法实在少得可怜,除去它们,这小说也立不住脚了。可是凯瑟琳·曼斯菲尔德在这方面却技巧娴熟,让人读之难忘。她特别善于细致观察,这方面的天赋超乎寻常,而且还能将大自然给人的种种感受,乡村特有的气息,清风和雨点,碧海和蓝天,树木、水果和鲜花描绘得格外细腻精致。此外,她还有一种与生俱来的本事,即使是最最普通的场景,比如说喝茶聊天,她也能挖出背后的深意,让人读之悲恸心碎;天知道,她是怎么做到的? 她的文字风格让读者感觉像是婉婉对谈,如沐春风,即使是最不重要的作品,读者也会感觉十分愉悦。举个例子,她的故事不会像莫泊桑的《羊脂球》以及契诃夫的《10 号病房》那样让人难以忘怀,可是,那也许是因为记住某个事实永远比记住某种感觉要容易得多。跌下楼梯扭伤脚踝你肯定记得,可是坠入爱河的感觉就未必了。但是,话说回来,一个故事读完后能让人记住,这到底是优点还是缺点,我就不冒昧提出自己的观点了。

凯瑟琳·曼斯菲尔德住在新西兰的时候觉得这地方万般无聊,可是后来,英国也给不了她想要的,再加上健康状况恶化,她便开始回忆早年在新西兰的时光。有时候她会后悔,要是一直在新西兰终老该多好,那段日子在现在看来,似乎既充实快乐,又多姿多彩。她抑制不住要把它写下来,她写的第一篇小说就叫《前奏》。当时她和穆里正在法国里维埃拉的班朵小住三个月,两个人从来没有这么开心过,此后也没有。她本来想给小说起名为《芦荟》,穆里建议说还是《前奏》好,我想他肯定是觉得这小说其实不太像一个故事,更像是故事的前奏。她于是就动笔了,想写篇小说,可能就是因为这个缘故,故事结构非常松散。后来她陆续以同样的背景写了很多,

包括《旅程》、《人在海湾》、《花园聚会》。《旅程》写的是一个小女孩,在奶奶的照顾下,在新西兰的港口间乘船旅行的故事。没有哪篇小说比它更温柔、更让人着迷。其他那些小说都是关于她父亲、母亲、哥哥、姐姐以及亲戚和邻居的,都很清新生动,自然朴实。虽然她的确花了很多心思来构思写作,但这批小说中总有一种浑然天成的迷人气息,不像她的许多其他作品那么辛酸,那么幻灭,那么痛苦。以故土为背景的这些小说在我看来是她最好的作品。

有人告诉我,凯瑟琳·曼斯菲尔德的小说如今的评价没有二十年代那么高了。如果她就此被人遗忘,那无疑是悲剧一桩。我觉得不会,毕竟,作家独特的个性魅力融入自己的作品之中,使其别具一格。不论是像亨利·詹姆斯那样略带荒谬,还是像莫泊桑那样有点低俗,抑或是像吉卜林那样俗丽唐突——只要作家能够将独一无二的个性特征给展现出来,他的作品便有了生命力。在这一点上,凯瑟琳·曼斯菲尔德无疑是成功的。

三位日记体作家

1

《牛津英语词典》为"journalist"一词给出了两个定义。第一个
意思如今用得更为频繁,指"为公开出版的期刊杂志编辑或撰写文
章谋生的人。"第二个意思是"写日记或保持写日记习惯的人"。这
里我采用的是后者。接下来我想介绍三位日记体作家:龚古尔兄
弟(这两位始终要求被视为一体)、儒勒·勒纳尔以及保罗·莱
奥托。

日记体是文学体裁的一种,在法国比在英国更受作家青睐,也
许是因为英国人比起多佛海峡对岸的邻居法国人更加沉默寡言吧。
《牛津英语词典》将"日志"解释为个人对事件或自己兴趣爱好的记
录,留作自用。和日记以及回忆录一样,日志也基本上是自传性的,
不过在主题和手法上与前两者有所不同。还是那部字典,对"回忆
录"的解释是:个人对自己或者对熟人的人生中的相关事件及交往
过程的记录。圣西蒙①的《回忆录》就很符合这个定义,里面全是极
为私人的事件,可是它最大的优点便是记录了一些国家大事,如皇
太子之死以及路易十四的私生子曼纳公爵的衰落。格雷维尔②的
回忆录也值得一读,前提是如果你对那个时代的历史感兴趣的话,
不过他太"绅士"(我用这个词并非取现在的贬义,而是十九世纪的

---

① Louis de Rouvroy, duc de Saint Simon (1675—1755),圣西蒙公爵,其《回忆录》记录
了法王路易十四在位期间的宫廷生活。
② Charles Greville (1794—1865),英国日记体作家,业余板球运动员。

本义)远离闲言碎语和桃色绯闻,因此他的回忆录缺少点"料"。当今的权威告诉我们,日记就是记录每天对作家产生了影响或者作家观察到的事件,记录的是事实而不是(法国日记体作家也是如此)反思和情绪感觉。我想,大家都公认有史以来最棒的日记作品非佩皮斯①的莫属。它生动地记录了那个时代,也栩栩如生地刻画出了作者本人,其坦率直白、亲切熟悉的文风比任何一部英国的日记作品(如约翰·伊夫林②日记)都更加接近法国日记体作品的风格。

　　龚古尔兄弟的第一批日记首次出版时曾引起轰动,其他作家似乎觉得也应该开始写日记了。前面提到的儒勒·勒纳尔和保罗·莱奥托就是从那时开始写日记的,安德烈·纪德也动手了,夏尔·杜博也开始了。莫里斯·巴雷斯也写了他的《备忘录》。近来据说保罗·瓦莱里的笔记即将出版,洋洋三十二卷。我敢说,肯定还有些作家也开始记日记,只不过我不知道罢了。这些日记作品都随处可得,读过之后,你最深刻的印象就是他们全都极为自我。当然了,作家全都是自我中心主义者,很自然,我们这些作家把所有问题都看作与自身相关。可是生活中如果这样便会困难重重,因为我们的自我会和他人的自我碰撞到一起。我们得和谐共存,虽不必太压抑自我,不过稍加控制,也许会觉得还是值得的。很久以前,克鲁泡特金公爵③写了本书举例证明许多动物都富有同情心,那么人类似乎也应该有。"同情心"和最为重要的"爱心"都会让人觉得就算为他人牺牲奉献也心满意足。利他主义是人类与生俱来的自我"土壤"里所结的最为奇怪的"果"。不过,不是每一个人都是生来就那么

---

① Samuel Pepys (1633—1703),英国日记体作家,其日记详细记录了王政复辟时期的英国社会生活,尤其是作者亲历的查理二世加冕典礼和伦敦大火。
② John Evelyn (1620—1706),英国作家,著有30余本作品,其日记详细记载了17世纪英国社会政治宗教生活。
③ Prince Kropotkin,俄国革命家,地理学家,著名的无政府主义理论家。

快乐,这些日记体作家就不是。儒勒·勒纳尔有一次跟他太太说,"你说我太自我中心,可是如果我不自我的话,那就不是我了。"保罗·莱奥托也说过,"我对别人没兴趣,我只对自己感兴趣。"他道出了每个人只有在绝对坦率时才会吐露的心声。他还补充说,"我如果不是在想自己的话,那就是什么都没想。"

我这里讲到的几位日记体作家都写过小说,可是他们仍应被称为文人,而非小说家。我不是说小说家就不能同时是文人,可是,是不是文人对小说家而言并不重要,他可能文笔不佳,也可能并不算聪明过人,还可能没什么文化修养;可是只要他有写小说的天赋,就能写出相当出色的小说。龚古尔兄弟的小说其实就是在复述他们煞费苦心搜集来的事实,而儒勒·勒纳尔和保罗·莱奥托写的小说根本就是自传。你要是把他们写的小说和日记对照着读,比方说勒纳尔的书信,就会发现他们根本没有发挥创作能力。纪德写小说写得更细腻,可是仍然是在叙述个人经历。有一天,罗杰·马丁·杜·加尔来和我共进午餐。我知道他是纪德的密友,便让他谈谈纪德。无意中我说到纪德其实没写过别人,全是在写他自己。马丁·杜·加尔点点头,告诉我他有一次还为此批评过纪德,可是纪德却告诉他,自己正在写一部小说,会使尽浑身解数将自我排除在外,书名初定为《伪币制造者》。他邀请马丁·杜·加尔一同去乡间小住,这样小说一写完,他就能念给他听。马丁接受了邀请,纪德也给他念了开头八十页,可是,突然间,他发现马丁听着听着便边笑边摇头。惶恐之下,纪德问他笑什么。他回答,"你跟我说你要把自己隔绝于小说之外。可是你自己在这部小说里比以前的作品里还要突出得多。"的确如此,《伪币制造者》不算是上乘佳作,可是却比很多佳作要有趣得多,因为纪德这个人聪明过人,又有很高的文化素养,这部小说中他对自我的刻画格外生动,也是最为成功的。

　　纪德的日记始终能让人觉得生动有趣,比我这里想要探讨的几位日记体作家的作品要好。他本人相对他们也更加才华横溢,知识面更广。在法国人中,他算是游历广泛,涉猎广博,特别是对外国文学作品。他还热爱音乐,钢琴弹得很棒。

　　本书前面的某篇文章里,我冒昧提出过这样的观点:不加节制的自我中心主义对于小说家来说是有害的。接下来我又说:长远来看,作家所能呈现给读者的,除了自我,别无其他。表面上看,这两种观点似乎自相矛盾:如果小说家自我中心得如此极致,那么他对于别人的唯一兴趣就是自己对他们产生的影响,那么他永远也无法深入了解别人,从而创造出栩栩如生的人物形象。可是,反过来讲,以自我为中心的小说家也会因为别人的自我而对此人产生强烈兴趣,于是,他在创作本能的驱使之下,觉得自己可以将别人写入小说,这时候小说家可能会非常幸运,能创造出比现实生活中的人物还要真实的人物形象,最明显的例子莫过于米考伯先生①了。作家始终以自我为中心,但是效果比想象的要好。

　　站在作家的角度来看,自我中心主义的坏处就是会导致眼光狭窄。儒勒·勒纳尔和保罗·莱奥托对艺术漠不关心,只关注文学。莱奥托尽管一辈子住在巴黎,却从未挪动金身去卢浮宫参观参观(每次提到这个,他总是急忙解释他去过卢浮宫的商店,就是没去里面的画廊),还有一次他到卢森堡去,那时正好早期印象派画作正在展出,他去看了说没啥东西,全都难看得吓死人。我想不起来儒勒·勒纳尔在日记里什么时候提到过绘画作品。龚古尔兄弟更是毫不掩饰地声称音乐不光让他们昏昏欲睡,还惹他们发怒,他们唯

---

①　Mr. Micawber,英国小说家狄更斯名著《大卫·科波菲尔》中的人物,据说以狄更斯之父为原型来塑造。这个迂腐空想,盲目乐天的人物塑造得极为成功,从而创造出一个英文词汇 Micawberism。

一能忍受的音乐就是军乐。可是,他们至少还欣赏绘画作品。安德烈·比利曾为龚古尔兄弟写过一本出色的传记,他认为兄弟俩对绘画的品味无可挑剔,但很特立独行。比如说他们认为佩鲁吉诺①比拉斐尔伟大,对米开朗琪罗的评价是"是雕塑家但不是画家",这让人不禁纳闷这兄弟俩有没有抬头看过西斯廷教堂天花板上的壁画。不过,他们的品味也有正常的时候,比如痴迷于透纳②,对康斯坦布尔③顶礼膜拜。可是对于德拉克洛瓦④和安格尔⑤,他们却斥责这两人根本不知道怎么画画。他们也无法忍受库尔贝⑥,称他画作"难看,难看死了,难看得毫无个性,堪称极品。"他们对蒂奥多·卢梭⑦也很赞赏,可是每次提到马奈⑧、德加⑨和莫奈⑩总是颇为不屑。

龚古尔兄弟自 1851 年开始记日记,莱奥托是 1893 年开始,他出版的第四卷日记到 1924 年终止;其实多年以后他才过世,因为他一直在写日记,大概不时会有新的日记整理出版吧。儒勒·勒纳尔死于 1910 年,而纪德写日记一直写到 1949 年。这四位作家的日记展现了近一百年中文学生活的一幅生动长卷。十九世纪下半叶法

① Pietro Perugino (1446—1524),意大利文艺复兴时期翁布里亚画派代表人物,是拉斐尔的老师。
② Joseph Turner (1775—1851),英国浪漫主义风景画家,水彩画家。
③ John Constable (1776—1837),英国浪漫主义风景画家,十九世纪欧洲风景画的奠基者,与透纳齐名。
④ Eugene Delacroix (1798—1863),法国浪漫主义画家,其代表作为《自由领导人民》,对印象派产生极大影响。
⑤ Jean Ingres (1780—1867),法国新古典主义画家,代表作为《土耳其浴女》。
⑥ Gustave Courbet (1819—1877),十九世纪法国绘画现实主义运动领袖,代表作有《世界的起源》。
⑦ Theodore Rousseau (1844—1910),十九世纪法国巴比松画派风景画奠基人及领袖,代表作有《枫丹白露之夕》。
⑧ Edouard Manet (1832—1883),法国画家,现实主义到印象派转型的重要人物。
⑨ Edgar Degas (1834—1917),法国画家,雕塑家,印象派主要人物,以描绘动态人物著称,代表作为《芭蕾舞课》。
⑩ Claude Monet (1840—1926),法国印象派代表画家,代表作有《日出印象》、《塞纳河畔》等。

国文人辈出，其繁荣之势无人可比。龚古尔兄弟就熟识圣-伯夫①、丹纳②、勒南③、米什莱④、福楼拜、阿拉托尔·法朗士⑤以及莫泊桑。与他们同时代的还有波德莱尔、魏尔伦⑥、兰波⑦和马拉美⑧，全都是大名鼎鼎的显赫文人。

2

埃德蒙·德·龚古尔出生于1822年，他弟弟儒勒生于1830年。他们两兄弟的手足亲情之浓烈，世上罕见。他们能分享彼此的思想、抱负、欢乐与忧伤。他们的曾祖父安托万·于欧，看名字就知道是平民出身，是位律师。十八世纪的律师可不是什么社会地位显赫的职业。1789年大革命前三年，他也不知道从哪里赚来那么多钱，在龚古尔地区置下产业，由路易十六封为贵族，从此更名为于欧·德·龚古尔，这样的贵族在英国被称为"领主"。一当上贵族，他就给自己弄了个盾形纹章。他的孙子，也就是龚古尔兄弟的父亲，在拿破仑军队里功勋卓著，在对俄战争中受过重伤。

埃德蒙和儒勒·龚古尔特别看重自己的贵族出身。他们成名之后有篇文章提到这二位，称之为"埃德蒙及儒勒·于欧，即德·龚古尔"表明这只是文人笔名，后来登载在四家大报上，兄弟俩极其愤

168

---

① Charles Saint-Beuve（1804—1869），法国文学评论家，法国文学史上的重要人物。
② Hippolyte Taine（1828—1893），法国史学家、文学评论家，巴黎政治学院的奠基人之一，以美学名著《艺术哲学》闻名。
③ Ernest Renan（1823—1892），法国哲学家、作家，以早期基督教的史学著作和政治理论而著称。
④ Jules Michelet（1798—1874），法国历史学家，代表作为《法国史》，曾将意大利哲学家维柯的《新科学》译成法语，还写过一系列散文作品。
⑤ Anatole France（1844—1924），法国诗人及小说家，法兰西学院成员，1921年诺贝尔文学奖获得者，代表作为《黛依丝》、《企鹅岛》、《诸神渴了》等。
⑥ Paul Verlaine（1844—1896），法国象征主义诗人，"世纪末派"诗歌重要人物。
⑦ Arthur Rimbaud（1854—1891），法国象征主义诗人，对超现实主义产生极大影响。
⑧ Stephane Mallarmé（1842—1898），法国象征主义诗人。

怒,坚持要报社修改过来。1860年,有个叫安布罗瓦·雅可贝的人被王室封为贵族,头衔是安布罗瓦·德·龚古尔,这两兄弟居然起诉此人。法学权威指出,这位雅可贝先生的祖上曾经购买过龚古尔领主采邑的一块,而两兄弟的祖上购买的是另一块。兄弟俩这才被迫撤诉。

他们的父亲很早过世,留下妻儿相依为命,经济上并不宽松。他们住在巴黎,弟弟儒勒在学校上学,与同学相处得不好,据儒勒说,那是因为那些低俗平民痛恨贵族子弟。其实龚古尔兄弟完全没什么贵族气质。埃德蒙十九岁便在一家律师事务所谋得一份文员的差事,几年后进了财政部,年薪一千两百法郎。他们的母亲死于1848年,给两个儿子留下近四千法郎现金还有从家族农场获得的固定收入,数额不详。那年埃德蒙二十六岁,儒勒十八岁。埃德蒙工作之余还去上艺术学校,弟弟儒勒也表现出了油画天赋,于是兄弟俩决定做艺术家。他们购置了必需的设备,然后徒步向法国南部出发,从一个地方晃到另一个地方,沿途画点素描,涂点水彩,最后竟然游荡到了阿尔及利亚。他们一路将所见所闻记录下来,内容越来越丰富,后来埃德蒙说他们立志写作就是因为这个。回到巴黎之后,兄弟俩便在圣乔治街的一套公寓里定居下来,这座寓所的租客大都是放荡轻浮的女子,所以租金很便宜。

没人知道这兄弟俩是如何抛弃绘画转向写作的。他们写了三四部戏剧,可是找不到经理人来搬上舞台。1851年,他们写成了第一部小说,名为《在18…》,自费出版,印了一千本,卖出去六十本。安德烈·比利称这部小说矫揉造作、晦涩难懂、虚情假意且毫不连贯。后来,兄弟俩想写一本有关十八世纪的历史书,正史野史混杂在一起。他们俩勤奋写作,到1854年终于完成了这本近五百页的鸿篇巨制,名为《大革命时期的法国社会史》,仍然是自费出版。那个年代的作家都会自掏腰包出版作品,来一步步引起评论家的注意。兄弟俩也上门拜访评论家,留下自己的名片,然后将这本书送达他们府上,其结果也算满意。接着他们马上动手写下一部,又是长达四百五十页,名为《五人执政团时期①的法国社会》,可是,评论界对此书完全无视。兄弟俩没有气馁,1856 年又完成了一部两卷本的《十八世纪私秘史》,以三百法郎卖给了出版商。显而易见,他们是第一个写这种野史的人,这些道听途说的流言蜚语如今仍然深受大众喜爱。我不想谎称已经从头到尾读过上述几种著作,我只读过一点,真的很枯燥沉闷。龚古尔兄弟似乎没有想过要对素材加以选择,同样的事实一遍又一遍地重复出现,太拘泥于细节。如果篇幅砍掉一半,这几本书的水准肯定会比现在好两倍。1858 年他们又写了本玛丽·安托瓦奈特②的传记,终于一炮而红。

兄弟俩的这些著作其实没赚到什么钱;不过他们毫不介意,他们并非唯利是图,因为家族农场已经足够养活这两位;他们真正介意的是这些书没有获得公众的认同,他们自认为受之无愧。为了报复评论家对他们如此无礼,兄弟俩写了本小说《夏尔·德马伊》,猛烈抨击了文坛,对当时的很多记者及文人进行了恶毒的刻画,自然遭到这些人的指责。后面几年他们又写了三部小说,其中有一部叫《热米妮·拉赛特》,其原型是兄弟俩家里的女仆萝丝。她兢兢业业干了二十五年,拉扯他们长大,照料他们的母亲直至过世。兄弟俩对她无比热爱无比信任,可是她后来病重死了。随后他们才发现萝丝一直过着双重生活,她是个花痴,为了得到男人,她出钱供他们

---

① The Directory 1795—1799 年期间,按照共和三年宪法,由五百人会议从十位候选人中秘密投票选举产生,五人共同担任国家元首及掌管政权。
② Marie Antoinette(1755—1793),奥地利公主,法国国王路易十六的王后,法国大革命时期被送上断头台。

开销,还从主人家拿来美酒佳肴给他们吃。她有个情人,是名年轻的拳击手,某天晚上,她就是为了监视她的情人,看他跟哪个女人在一起,淋雨着凉,不幸患上了胸膜炎而死的。

兄弟俩以这件悲惨的真人真事为素材写了这本小说,震惊了公众和评论界。龚古尔兄弟声称,这部小说标志着他们开创了现实主义小说的先河。而且还很奇怪地声称,只有贵族才能写出这样的书。后来,埃德蒙还说,他之所以对这个主题感兴趣就是因为"我是出身高贵的文人,普罗大众或者说老百姓(如果你喜欢这个词的话),对于我来说都是完全未知的群体,有点像旅行者到遥远异乡吃苦受累所欣赏到的奇风异俗"。这兄弟俩非常勤奋,可是却毫无想象力,也没有结构形式感。他们的理念就是:事物同人物一样重要,于是便婆婆妈妈地描述各式各样的地点、房子、家具、艺术品。他们的小说中可读性最强的应该是《玛奈特·萨洛蒙》,可是小说主人公画家克里奥利斯的形象刻画得一般,远不如他的画室描绘得那么生动细致。《玛奈特·萨洛蒙》描绘的就是那个年代画家们的生活画卷,而且非常忠于现实,因为作者两兄弟始终在细致地记录自己的生活。小说讲的是一位才华横溢的画家娶了他的犹太模特情人,最终天分尽毁的故事。可是在你抓住小说主线之前,你得先耐着性子读完洋洋一百五十页描述那时艺术院校的学生如何狂欢作乐,郊外远足还有恶作剧整人的场景。窃以为龚古尔兄弟写小说的问题在于太过功利:他们着手写一部小说不是因为某个主题或者某几个人物吸引了他们,觉得要深度挖掘,详加描绘;而是因为一旦小说成功,就能让他们在文学界占有一席之地,他们深信凭借自身的才华和创造力,理应占有这样的地位。话说回来,他们的小说虽然不怎么样,可是这两兄弟倒是天资聪颖,观察力敏锐,他们作品里有些片段如果放在短篇小说或者短文集子里,效果会好得多。之所以说那些小说很枯燥,就是因为作家强行打断了流畅的叙事。帕尔默斯顿①最为出名的话就是:灰尘只不过是放错了地方的东西而已。作家应该时时将此话牢记在心。

可是龚古尔兄弟最为看重的还是他们的文风中的美与新,他们自创出"艺术笔法"②。阿尔贝·蒂保德在自己那本讲述十九世纪法国文学史的著作中称之为"晦涩、复杂而做作",他认为那种风格是作者完全沉浸在自己的语言世界之中的结果,读者得细细学习揣摩才行——只可惜人生苦短,谁也浪费不起时间。哥哥埃德蒙在生命中最后几年惶恐地感觉到,自己和弟弟辛苦自创的文风的确有问题,他最终总结出,最好的文风便是不着痕迹——又能让人意会。可是,在我看来,他们最大的缺陷便是从来就没有将细节提过之后就完全放下,而是不厌其烦地换别的说法一而再,再而三地重复。

辛苦写作一天之后,龚古尔兄弟很自然的要出门找点乐子。尽管俩人出身高贵,可是他们身边的人和高贵丝毫沾不上边,大多是记者、演员、流行戏剧作家还有那些拍马溜须的食客——全都带着女人。这些女人似乎都不是"上流社会名媛"③。哥哥埃德蒙长相英俊,可是却拘谨内敛,有点不善言辞;弟弟儒勒个子矮点,一头卷卷的金发,有着秀气的双眼和性感的嘴唇,个性欢快,魅力无穷又风趣诙谐,比哥哥更加有天分。他有多段风流韵事,却毫无结果;埃德蒙似乎对这种事毫无兴趣,这兄弟俩从来没有恋爱过。其实,是他们不允许自己坠入爱河,因为他们深信任何持久的激情只会影响他们的文学创作,别无其他后果。他们就是要成为知名作家,为了这

---

① Henry John Temple, 3rd Viscount Palmerston (1784—1865),又称 Lord Palmerston,英国政治家,十九世纪中期两度出任首相。
② 原文为法语:l'écriture aritste。
③ 原文为法语:femmes du monde。

个理想不惜牺牲一切。这样一来,他们的人生便缺少了一种有趣的体验。不过,他们的性生活是有着落的,两兄弟与一位名叫玛丽亚的年轻女子达成了协议。她十三岁遭人诱奸,便放荡堕落,后来成了助产士。他们喜欢她就是因为她天性快乐,喜欢开怀大笑。她的一头秀发,严实的衣服掩盖不住的窈窕身段还有蓝蓝的眼睛,让兄弟俩想到鲁本斯①画里的女子。她同意给他们俩做情人,如果"情人"这个词可以用来形容这种关系的话;这样的安排真的很"合理"(能省下车费),我想如果我觉得很恶心的话,那只能说明我太古板。她说起做助产士的见闻,兄弟俩就着迷不已,还做了大量笔记。在日记里,他们是这样写的:"像我们这样的男人需要一个没什么文化,没受过教育的女人,一个一无所知,只知道开心,生来就活泼欢快的女人,只有这样她才能像温顺的小动物一样取悦我们,迷惑我们,我们才能够依恋她。但是,如果我们的情人有点教养,懂点文学艺术,想和我们平起平坐②,探讨思想和美感,还妄想干涉我们的写作,影响我们的品位,那么她就会像一架破败的钢琴,立即失去吸引力,很快便会招致我们的反感。"

1862 年,拿破仑的侄女玛蒂尔德公主托朋友邀请龚古尔兄弟和她共进晚餐,这位公主就喜欢和文人雅士打交道。她读过两兄弟写玛丽·安托瓦奈特的书,十分喜欢。她平时和情人以及一位侍女住在巴黎,有时候也去圣·格拉蒂恩的"家里"小住,离巴黎不远。公主那时候已经四十二岁了,个子娇小,容貌秀丽。第一次见面龚古尔兄弟对她的印象并不好,第二次吃饭后印象有所改善,他们觉得她和蔼迷人,快人快语,还比较诙谐幽默。可是这兄弟俩一向喜

---

① Peter Paul Rubens(1577—1640),荷兰巴洛克风格画家、人文学者、外交官。
② 原文为法语: de plein pied。

欢有所保留,他们在日记里写的却是,"这位公主一点都不细腻,不精致,不温柔;她强大、聪明、健谈,这些能吸引大众可是无法吸引个人……你要是对她只是彬彬有礼、专注留心、亲切友善的话,她是不会感谢你的,她想要的是你拜倒在她的石榴裙下,对她产生欲望。"

从那时起,龚古尔兄弟开始频繁与公主共进晚餐,还时常应邀和她一起在圣·格拉蒂恩小住。渐渐的,两兄弟疏远了从前时常一起鬼混的狐朋狗友。

他们与公主结识的第一年,便创立了著名的"马尼餐馆聚会",这个点子是他们喜爱并仰慕的加瓦尼①提出的,并且得到了圣-伯夫的赞同。有几位作家答应每个月共进两次晚餐,早期的成员包括:丹纳、勒南、屠格涅夫、福楼拜以及泰奥菲尔·戈蒂耶②。随着时间推移,越来越多的作家被推举进来。饭桌上的话题主要还是艺术和文学,尽管也涉及宗教和赤裸裸的爱欲,大家观点各不相同,一时间争执得不可开交,饭桌上吵架是常有的事,可是下了饭桌大家还是好朋友。不过,参加聚会的人并不知道龚古尔兄弟一回到家,弟弟便在日记中详细记录下刚才饭桌上对话的内容,有时候是哥哥口述,他笔录。兄弟俩一向仔细谨慎,也许我们相信日记里记录的这些学识渊博、聪明绝顶的文人们的对话必然真实可信。可是,真实归真实,却相当令人失望。你在享用大餐时,两三杯红酒灌下肚皮之后,借着酒劲,就算是一句普通平凡的话,说出来也会像是格言警句。可是等你看到这句话印刷出来,很不幸,它便黯然失色了;其实,如果你想在这些饭桌对谈之中找到妙语连珠或者思想的火花,那么你注定徒劳无功。

---

① Paul Gavarni(1804—1866),法国版画家、海报设计家、插图画家。
② Théophile Gautier(1811—1872),法国十九世纪重要诗人、小说家、戏剧家和文艺批评家,1842年获法国荣誉军团勋章。

一开始的聚餐,龚古尔兄弟觉得气氛很欢快,很有趣,可是两三年不到,他们便厌倦了。在日记里他们是这么写的,"马尼餐厅的聚餐让我们打心底里鄙视和恶心!能想象得出吗?这居然是法国最上流精英的聚餐!当然了,大部分人,从戈蒂耶到圣-伯夫,都是有才华的人,可是他们却没什么想法,那种发自内心的真实想法!真可谓缺乏个性气质!"

圣-伯夫是众人里年纪最长的一个,声望最为卓著,影响力也最大。他喜欢龚古尔兄弟,评论他们的文章也是满怀同情,甚至声称他们是世界上最有魅力的人。两兄弟提出退出马尼聚餐的时候,他说如果他们不来,他也不来了。可是兄弟俩对他却颇为厌恶,抨击他的呆板文风,说他个性暧昧虚伪,胆小怯懦,头脑狭隘,对陈词滥调特别偏好。有一次,兄弟俩去拜访他,见圣-伯夫穿得像码头工人,住的地方像乡村医生的宅子,便反问自己,像他们这样的贵族艺术家怎么能和这样一个人过从甚密?不过他们还是邀请圣-伯夫共赴晚餐会,言辞中极尽奉承仰慕之能事。戈蒂耶和福楼拜也是聚餐小组成员,他们喜欢谈论女同性恋关系和"超验同性恋"——天知道这个词是什么意思。

龚古尔兄弟应该是1857年就认识了福楼拜,可是多年以后才算真正熟识。奇怪的是,像福楼拜这样坦荡、直率而又温和友爱的人居然没能俘获龚古尔兄弟。尽管兄弟俩给他写过信,表达了仰慕之情,可是他们的态度仍然有点敌意。聚会的时候,兄弟俩总是极为挑剔地盯着他,而福楼拜却浑然不觉,仍是滔滔不绝,毫无保留。兄弟俩在日记里是这么写的,"我们发现福楼拜缺乏什么了,我们一直在找他的缺点,他(包法利夫人)缺的是心灵,就像他的文字缺乏灵魂一样。"他们觉得福楼拜品味低俗,完全没有艺术感,最终的结论就是他是一个极具乡土气息的天才,他本人比他的小说还要糟糕。(以上仿宋部分是我标示的。)

《玛奈特·萨洛蒙》出版以后,兄弟俩送了一本给丹纳。丹纳回信表示感谢,对书中他欣赏的段落给予了热情的赞誉,可是对他们的文风提出了批评。他说他们不是写给读者看的,而是写给他们自己那样的文人看的,然后信的结尾处指出了几处错误。兄弟俩本来就不喜欢丹纳,这下子讨厌就变成了鄙视。对于勒南也是,一开始他们不喜欢他是因为他长得难看;他们指责他品味低劣,缺乏诚意,可是等他们对他了解更为深入之后,还是承认尽管此人相貌奇丑,为人还是平易亲切,令人愉悦。可是后来兄弟俩还是和他吵翻了。

1868 年,弟弟儒勒病倒了,完全没有胃口,无法入睡,对噪声极其敏感,他们还是住在一开始在巴黎定居的房子里。为了养病,他们决定卖掉一部分家族农场,买一个幽静一点的房子。他们在奥图尔找到了一处,离巴黎市中心二十分钟路程。等搬进去以后才发现这里的噪声同样无法忍受。儒勒的病情加重,心智也开始衰退,对什么都没有兴趣,在树下一坐就是几个小时,帽子遮着脸,跌入抑郁的深渊。他对一直深爱的哥哥也不再关爱,甚至连他们一起合著的小说的名字都不记得了。有些字母他都念不出了,就算念出来也像是小孩一样吐字不清。哥哥埃德蒙一度意乱情迷,想把弟弟一枪打死然后再自杀。他害怕自己死在弟弟前面,弟弟无人照顾会被送进精神病院,这种恐惧在他心头一直挥之不去。埃德蒙在日记里记载儒勒的健康状况逐渐崩溃,那种痛苦弥漫在字里行间,令人不禁感叹他是如何坐得下来将这惨烈的心痛付诸文字。儒勒的病经医生诊断为"幼稚症"。有一次在餐馆里,儒勒打翻了洗手碗,埃德蒙说,"小心点,要不然我们以后哪儿也不能去了。"儒勒的眼泪一下子就流了下来,抽泣着说,"不是我的错,不是我的错。"他不停抖动的手抓住了埃德蒙的手,两人抱头痛哭。最终的解脱后来终于来临,埃德蒙在日记里写道,"他奄奄一息,他终于去了。赞美上帝吧!他就轻叹了两三下,像小孩子睡觉前的呼吸一样,然后就去了。"

埃德蒙说服自己相信儒勒的死因主要是他对文学的激情,还因为他孜孜不倦,竭力从法语中挖掘出内在的完美。实际上,儒勒的死因在我学医的时候称为 G. P. I.,即麻痹性痴呆,这种恐怖的疾病是梅毒造成的后果。儒勒是二十年前在港口城市勒阿弗尔的一次远足中感染梅毒的。在儒勒的葬礼上,埃德蒙哭得像泪人,路也走不稳,得让人搀扶着,完全被悲痛吞噬。幸运的是,时间总能抚平最为深重的痛苦与哀愁,人生在世就是如此。后来普法战争爆发,法兰西第三共和国告终,一切又恢复如常。玛蒂尔德公主结束了在布鲁塞尔的流亡生活,回到巴黎。同时,埃德蒙也开始接着写他的日记。他非常孤独,已经五十出头,朋友们都认为他应该结婚,似乎有两位年轻女士也愿意嫁给他。一个是玛蒂尔德公主的侍女,已经向他求婚。尽管这位女士容貌出众,他也喜欢她,不过他还是拒绝了她的好意,个中原因且容我慢慢道来。

自少年时代起,埃德蒙就一直热衷于收藏,他一有空便在旧货店里转来转去,还参与旧货买卖。那个年代有可能几个零钱就能买到一份旧诗稿,古代大师的素描作品也是售价低廉,让现在的人不禁口水直流。运气好的话,几幅拉图尔①的蜡笔画只卖五法郎一张。当时,日本艺术传到巴黎让埃德蒙为之着迷,他认为日本艺术之价值可以与古希腊相媲美。他当时就买了喜多川歌麿②的作品,挂壁字画还有漆器、铠甲、和服等。渐渐的,收藏品越来越多,他又

① Georges de la Tour (1593—1652),法国画家,擅长描绘烛光效果,人称"烛光画家"。
② Kitagawa Utamaro (1753—1806),日本浮世绘大师,擅长美人画。

买了带镶嵌装饰的壁龛,储物柜,桌子,镜子,挂毯,地毯等等。埃德
蒙后来说多年以来,他每年花在收藏上的钱达八万法郎之巨。可是
龚古尔兄弟每年从农场获得的收益不过一万两千法郎,写书基本上
没赚到什么钱,大家自然会问他从哪里弄来这么多钱,唯一的可能
性就是他应该兼职赚了些外快。不过,不论他的钱来自何方,十九
世纪七十年代之前,他所有的收藏全都身价倍涨,他已经相当富有
了。这两兄弟一直想创建一个学院——就是后来的"龚古尔学
院"——这么做并非要和"法兰西学院"唱对台戏,尽管他们不喜欢
也鄙视法兰西学院,他们只是想要反抗这所学院骨子里的偏执狭
隘,对新兴才能的无视以及对创新的痛恨。他们计划选出十名才华
横溢的作家,其作品未曾广为流传,曲意逢迎大众,龚古尔学院提供
给每人每年六千法郎,让他们专事文学创作,不为谋生所困。这些
获奖者每月相聚一次共进晚餐,每年授予其中最为优秀的一位作家
五千法郎的奖金。要想让这些想法变为现实,埃德蒙的所有财产都
必须投入进来,所以他也断绝了婚姻的念头。

弟弟死后,哥哥埃德蒙又活了二十七年。我不想谈他这二十七
年的文学创作,那些作品既没让他成名也没让他获利。他仍然坚持
不懈地在写日记,有些部分让我感觉很惊讶,比如说 1892 年五月二
十二号,他写的是,"在拉斐利餐厅和美男子普鲁斯特共进午餐。"
他有所不知的是,后来这位年轻英俊的客人震惊了世界,写出了一
本令人望而生畏但却非常有趣的作品,戏仿他的这部著名日记①。
在此期间,埃德蒙最亲密的朋友是阿尔封斯②和朱莉娅·都德夫
妇。他每周有两三天和他们共进午餐或者晚餐,每年夏天和他们一

① 指普鲁斯特的名著《追忆逝水年华》。
② Alphonse Daudet（1840—1897）,法国自然主义小说家。

起去乡间别墅香布罗塞避暑。我看如今都德的书读的人很少，其实他的书写得不错，文风活泼，自然清新。他最好的作品是《萨福》，其主题和《玛奈特·萨洛蒙》差不多，但比龚古尔兄弟写得好，也更为可信。阿尔封斯·都德的作品很受欢迎，收入颇丰。对于埃德蒙这样难以相处，吹毛求疵的人来说，都德肯定是魅力无穷，温柔甜美的可人儿，因此埃德蒙才能原谅他在文学上的成功。

1883年七月，都德夫妇和埃德蒙在奥图尔共进午餐，他念了几段自己的日记给他们听。夫妇俩听后很感兴趣，让他再念几段，后来每年夏天在香布罗塞避暑的时候他都会把日记念给他们听。也许就是在都德夫妇的鼓动下，埃德蒙才想起将日记分卷出版。他将原始手稿抄了两份，其中打算在他在世时出版的那份中，他删去了某些段落，怕会得罪别人；同时他嘱咐自己所有的日记要在他逝世二十年后再全文出版，因为他想那时他们兄弟俩肆意贬斥的人应该都过世了。可是，全本日记还是引起了几场官司，如今在摩洛哥出版，已经出了十九卷，出到1894年的日记，我听说还要接着出。

1887年，删节版日记第一卷出版，接下来几年又出了几卷，最后一卷于1896年面世，当即在巴黎文学界引起极大轰动。人们纷纷谴责龚古尔兄弟行为轻率，生活放荡，下流低劣，出言不逊。某评论家称第一卷日记乃自负与浅薄之杰作。丹纳也撰文抗议，"我请求在出第二卷的时候将与我相关的段落略去。我和你交谈的时候，或者当着你的面与人交谈，我们所说的话都是'私密的'，就像可怜的圣-伯夫曾经说过的那样……我只为自己经过反省并考虑出版因素而写下的文字负责。"埃德蒙·龚古尔对此并不在意，他坚信后人能在他们的日记中发现关于这个时代的人和事最为真实又最为重要的记述。第二卷引起的评论稍好，可能是受了阿尔封斯·都德为《费加罗报》写的评论文章的影响，可是，仍然有很多人规劝他不要继续出版。玛蒂尔德公主来拜访埃德蒙，却丝毫没有提日记的事，尽管里面有很多内容是关于她的。埃德蒙在日记里是这么写的，"没关系，公主，即使是最聪明的人，也有极其愚蠢的时候，要不是我们的日记，他们哪里能流芳百世呢，我们这样吃力不讨好，真是蠢到家了。"

在日记第四卷里，埃德蒙插入了每两个月在马尼餐厅聚餐时他和勒南的一段对话。勒南极为愤怒，他写了篇流传甚广的文章指出，"龚古尔先生日记里的聚餐实录是完全真实的记录，只是他无权自命为历史学家，记录这一切。他并没有理解我们的交谈，也没有吐露他自己的想法，他根本就没有概念，还自认为自己理解了别人的话。我个人强烈反对这种恶劣的报道，我深信蠢人制造的垃圾毫无价值。"在一次采访中，勒南又说："龚古尔先生既缺心眼又缺德。"埃德蒙则傲慢地回敬，"他看上去非常生气，像个被削去神职的牧师。"都德夫妇担心他的日记为他树敌太多，听他念到1877年的日记时，建议他不要出版。埃德蒙则认为他们之所以这么劝他乃是对他赞美阿尔封斯的太太，朱莉娅·都德的才华感觉不满，朱莉娅本身也是位作家。他在日记里写道，"真的，这位太太非常迷人，可是也非常苛刻。"第五卷日记出版后有评论家称，那个时代的精英，如戈蒂耶、圣-伯夫、勒南、丹纳、福楼拜还有龚古尔兄弟之所以成功，主要是因为他们给读者们描绘了一幅幅奇异怪诞，通常令人作呕的画卷。的确如此，这并非对他们的称赞。埃德蒙笔下留情的唯一亲密友人恐怕就是都德夫妇了。有人会认为埃德蒙就算不喜欢不感激他们，也会出于谨慎，不会写什么让他们不开心的话。从发表在日报上的第七卷节录可以看出埃德蒙写过都德夫妇的母亲，让夫妇俩大为恼火。阿尔封斯的兄弟，恩斯特·都德给报纸写了封信表示愤怒的抗议，可是阿尔封斯劝他不要寄出去。他就转而写给埃德蒙,指出埃德蒙日记里写的没一句真话,并且乞求他正式出版时略去相关段落。这个请求埃德蒙还是照办了,我想他当时一定不耐烦地耸了耸肩吧。

阿尔封斯·都德患有脊髓痨,也是梅毒的可怕后遗症,时常会疼痛难忍。晚上得服用大剂量的氯醛麻醉剂才能入睡,最厉害的时候非得打五六针吗啡才行。后来都德夫人发现埃德蒙在日记里把这些隐秘的疮疤全给揭了下来,便苦苦哀求他看在他们家,看在她丈夫的名望的份上,不要提及这些隐私。埃德蒙断然拒绝,并告诉她,他的日记是纪念他们之间的文学友谊的丰碑。都德夫妇当然无法接受这种观点,自然,他们之间持续了二十五年的友谊便陷入僵局。都德夫妇再也没有邀请埃德蒙共进晚餐,埃德蒙上门拜访的时候他们总是找借口及早抽身。都德告诉他的朋友们他受够了龚古尔。日记最后两卷遭到了更为猛烈的批判,埃德蒙收到了大量匿名侮辱信。他很郁闷但却高傲地蔑视这一切,认为评论界之所以这么恶毒完全是嫉妒他正直而无私的人生,他高贵的贵族出身以及他有稳定的收入来源,不用依靠文学创作来谋生。

1897 年,埃德蒙·德·龚古尔已经七十五岁。报纸上有关他和都德夫妇形同陌路的闲言碎语也传得沸沸扬扬,阿尔封斯认为有必要公开声明这些谣言并非属实。多年来埃德蒙一直跟他们夫妇俩一起避暑,如果正好今年不去,那么他们的友谊走到尽头的传言便得到印证。于是都德夫妇仍然邀请埃德蒙前往,都德夫妇先离开巴黎去香布罗塞,7 月 11 号埃德蒙直接去跟他们碰头。有一段,他的身体状况很糟糕,很快就病倒,7 月 17 号就离开了人世。

除了留下少数几份遗产,埃德蒙将其余所有全都拿出来创建龚古尔学院,以这种方式让他们俩兄弟的名字永远流传下去。

龚古尔兄弟认为他们凭借《热米妮·拉赛特》,开创了现实主义小说之先河,而且还深入探究了十八世纪的历史和日本艺术。弟弟儒勒曾经说过,"这就是十九世纪下半叶的三大文艺事件,我们引领了这三大潮流,可怜我们仍然籍籍无名。不过,既然有了这样的成就,今后总会被人们承认。"尽管这话说得夸张了点,可还算有点道理。

兄弟俩从来不怀疑自己才华超群。其实他俩就是自鸣得意得近乎荒谬。埃德蒙曾写道,"当我诵读出《巴黎回声》上登载的我的第一篇日记,我立即就陶醉了"。这样的自满自傲几乎有点令人感动。像龚古尔兄弟俩这样自视甚高之人,自然瞧不上同辈文人。埃德蒙说过:"本世纪恐怕我是唯一一位勇于扯下'伟人'(诸如勒南、圣-伯夫之流)的虚伪面具还原其真面目的人,我这么做纯粹出于对真理的热爱而非针对他们个人。"可以想见,这个"之流"还包括丹纳、米什莱和福楼拜。尽管龚古尔兄弟极端自负、爱慕虚荣又狂妄自大,可是公平起见,还是得承认他们对于艺术的激情仍是纯真无邪的,只是常常误入歧途罢了。在这个腐败猖獗的世界上他们仍然保持公正无私,诚实正直。(《辩论报》①的重要评论家若南②曾经从玛蒂尔德公主那里拿了六千法郎封口费,保证不写文章诋毁她的某位朋友。)他们的雄心壮志,其实一点也不低俗,就是要写出让他们流芳百世的作品。他们明白一本刚出版的书,要经过时间的检验才会成为名著;他们也深信,尽管失败一个接一个,还是得咬牙承受,而且后人终将还他们以公道。

3

儒勒·勒纳尔于1887年开始写日记,只不过是流水账而已。

---

① *Journal des débats*,法国报纸,发行于1789—1944年间,对法国文化产生重大影响,尤以十九世纪上半叶为甚。
② Jules Janin(1804—1874),法国作家及评论家。

他对自己有清醒的认识,把自己写得真实得近乎残酷,常常让人读之不寒而栗。很难相信他居然想要将日记出版。在日记中他曾说过想让他儿子够格读的时候来读读父亲的日记。他这话究竟什么意思很难说,有人会想,他儿子如果真读了日记就会完全失去对父亲的敬爱之情。勒纳尔在日记中所记述的自己是这样的:毫无道德,极度自私,举止粗俗,嫉妒心强,冷酷无情有时甚至到了残忍的地步。他死于1910年,那时有几位他的熟人尚在人世。我所遇到过的两三位都认为此人虽聪明幽默,出类拔萃,却是个令人讨厌的人。不过,他从来没有想过要把自己伪装得比实际要好,这一点还是值得称赞的。

谈谈他的生平很容易,除了日记之外还有别的材料,他写过两部小说《胡萝卜须》和《食客》,三部短剧《分手的乐趣》、《家庭和睦》和《老顽固》,还有一部故事叫《情人》,所有这些作品全都是自传性质。儒勒·勒纳尔出身于法国中部的农人之家,祖上世居涅夫勒省。他父亲有兄弟姐妹六个,都出生于父母栖身的棚户之中。后来他不知怎么找机会上学接受了教育,做了公共事务部门的承包商。在维耶特小河上修了座桥之后,他便赚足了钱,在齐特里置了田宅,提前退休。他后来就在那里终老,每天钓鱼打猎,在自己的几亩地里劳作,一直到死,他骨子里始终是个农人。儒勒是三个孩子里最小的一个,他母亲痛恨他,因为一开始就没想要这个孩子,怀上他纯属意外。他个子矮小,相貌丑陋,红头发,脏脏的。很小的时候就开始操持家务干粗活,在小说《胡萝卜须》中他讲述了这样一件事情,比起他母亲毒打他更让人反感。那个年纪的小孩很多都会尿床,他如果尿床了,第二天早上便是一顿好打。有一次,亲戚来家里住一宿,他便和母亲睡一张床。虽然他尽力憋住不要尿床,结果还是没忍住。这一天他就受罚躺在尿湿的床上。晚上吃饭的时候,他母亲端来一碗"汤",哥哥姐姐强忍住坏笑,一眼不眨地盯着他母亲用勺子将"汤"一勺一勺灌进他嘴里。"汤"喝完了,他们便拍手大笑,"他喝下去了,他喝下去了。"他母亲告诉他这就是他晚上尿在床上的尿,他只是哼了一句,"我就知道是尿。"

　　勒纳尔的父亲在这部小说里叫勒皮克先生,对儿子也不算不好,可是也不干涉老婆管教孩子。他沉默寡言,以自我为中心,由于生活所迫不得不和家人挤在一起,总是摆出独来独往的样子。有一次"胡萝卜须"想要争取让父亲站在自己这　边,却遭冷落,绝望之中道出了让读者伤心欲绝的心声,"愿天下的孩子都不要成为孤儿。"十岁的时候,儒勒被送去涅伏斯上寄宿学校。他父亲有时来看他,平时互相通信。有一次他父亲回信问为什么刚收到他写的信里,每一行首字母都大写。他回信说,"亲爱的老爸,你没注意到我是用诗体给你回信吗?"儒勒·勒纳尔外号叫"胡萝卜须",主要是因为他的红头发,其实他并不是个好孩子,他一点也不像小勋爵弗契特勒里①,甚至连大卫·科波菲尔也不像,他其实就是个令人害怕的小野兽。勒纳尔讲过他上学时候的一个故事,颇令人震惊。学校里有一名宿监,每天晚上男孩子们上床休息的时候他都要负责巡视一遍,他每次都要坐在某个孩子的床边,跟他说话,起身离开的时候会吻他一下道晚安。"胡萝卜须"对此极为嫉妒,找了个机会将这件无伤大雅的事情添油加醋地告诉了校长,于是宿监被开除。这个可怜人背负了极不光彩的骂名,临走的那天"胡萝卜须"还大声问他,"谁叫你不也亲吻我呢?"当然,这么说很卑鄙,不过也饱含了深深的痛苦悲伤!

---

① Little Lord Fauntleroy,美籍英国作家伯内特夫人的同名作品,小主人公从容优雅,宽容友爱,感染了很多人。

儒勒的学习成绩不错，十七岁那年父亲送他去巴黎深造，每月给他一百五十法郎，那时候相当于六镑银币。他找了家便宜的小旅馆栖身，于1883年拿到了中学毕业文凭，开始找工作，可是一开始找不到。之前他就已经开始写作，还把稿子寄给一份地方小报《涅夫勒日报》；文章刊登出来了，却没有稿酬。不过此前他写的文章已经可以编成一本书，他也找到了出版商愿意出版，可谁知出版商后来却人间蒸发，他只好去服兵役，之后又回到巴黎，找工作谋生。最终他找到房地产代理的工作，月薪一百法郎。他似乎颇得公司老板里永先生及太太的垂青，不久老板就请他做三个儿子的家庭教师，工资略加了一点，不过还是少得可怜。这些事情我都是从亨利·巴歇朗写的儒勒·勒纳尔早年生活的文章里读到的，这篇文章是勒纳尔死后出版的全集的序言。写到这里，巴歇朗先生很奇怪地开始语焉不详。幸运的是，我们可以从小说《情妇》以及出版的儒勒父子书信集里找出序言作者认为不便提及的事实真相。

老板里永夫妇算是有点文化的人，勒纳尔也接触了一些他们的朋友，偶尔也应邀去参加聚会。那时候他很年轻，个子高高，一头漂亮的红发，长相也算过得去，身材不错，很阳刚的气质。某次聚会过后他送一位客人回家，她是位女演员，年龄比他大很多，不过魅力依旧，在路上他便向她求婚。女演员很惊讶，感觉太突然了，他俩这才第一次见面，可是他大胆奔放而又能说会道，倒也没有让她不悦。她告诉他自己被富人包养，生活舒适，不想甩掉这位金主；不过她同意到勒纳尔的旅馆房间里幽会，条件是他必须答应绝对不会到她的公寓来，想都不要想。于是这段恋情就开始了，双方都很享受，持续了很长时间。他的情人帮助他出版了诗集，他也去各种聚会上朗诵自己的诗。他年纪轻轻，举止得体，还有他一辈子都没能改掉的外省口音，这一切都使他小有名气。只是他毕竟年少气盛，想到自己的女人得与别人分享他就坐立不安,有一次他得知竞争对手(如果可以这么称呼的话)要去他情人家里,便潜伏在她寓所门口,发现进去的是一位身材敦实,上了年纪的商人。眼前这一幕深深刺痛了勒纳尔,他当下就决定斩断与这只"金丝雀"的情丝。他再也无法坦然接受她的恩惠和礼物,因为这一切实际上都是由另一位男人付账,他敏感的自尊心极为受伤,于是便写了封生动感人的长信给他的情人,逼她从两人中做出选择,因为他的自尊,他的尊荣不允许他继续沉沦在这可耻的关系之中。可是写信的当天下午他的情人就来到他的旅馆房间,两人相半时一样上床缠绵。最终他没有寄出这封信,这段恋爱也照常持续下去。

暑假来临,勒纳尔不用再给里永先生家的三个孩子教课,几个朋友邀请他去海边玩几周。亨利·巴歇朗没有告诉我们这几位朋友的姓名,也没说为什么他们会邀请勒纳尔同去。不过,勒纳尔在给父亲的书信里解释了原因。有一位十八世纪古典家具生产商莫努先生想要写本古典家具的书,他自己写不来,所以需要找个枪手代笔,署自己的名字出版。也许是在里永先生的推荐下,儒勒·勒纳尔获得了丰厚的酬劳,而且可以和莫努先生及太太还有女儿住在一起。这段经历为勒纳尔提供了写作素材,就有了这部《食客》。最近英国有一批作家将此部小说评为过去五十年内最好的法国小说,并译成英文,题为《寄生虫》。小说情节只用寥寥数行就能说清。主人公是位年轻而清贫的诗人,结识了一对商人夫妇,后来结下友谊,他们邀请他去海边度假,他们的侄女也应邀加入,她是孤儿,继承了笔财产。这年轻人本来一心想引诱女主人,虽然女主人对他也颇为心动,坠入了爱河,他仍然没能得手。接着他便开始教年轻女孩游泳,很快她便爱上了他。很自然,像他这样的人便乘机引诱她。接下来这畸形的恋情很难用文雅礼貌的英语来表达,我只能说该发生的都发生了，还不至于太过离谱。这一家婶婶和侄女都爱上了他，情况极为尴尬，他觉得谨慎为好还是先回到巴黎。他一走，故事便结束了。勒纳尔在日记中提到他的想象都是由记忆拼接而成的，而他又是个行事荒唐不羁的人，因此可以确认他这部小说和真实情况相去不远，小说家写小说都是如此。

度假结束回到巴黎，勒纳尔便着手写那本莫努先生交代的书，当时他手头极为拮据。1884 年一月他写信给父亲，"过去的五天，我连买张邮票都要犹豫好久，我绝不是夸张，十二月尤为艰难。"他和莫努一家自回到巴黎后又开始热络起来，每天晚上都一同吃饭，他并没有浪费时间。二月十八号写给他父亲的信中说，"上次我无意中提到我有可能会结婚，我已经向她求婚了。"不幸的是，他提到结婚的那封信没有保存下来，所以读者会大吃一惊。他经济状况如此窘迫怎么可能结婚？不过，他的求婚被接受了，他便写信给父亲，找他要七百五十法郎买订婚戒指。儒勒·勒纳尔和莫努夫妇的女儿玛丽奈特的婚礼于五月底举行，随后这对幸福的新人去巴弗洛度蜜月。有人会疑惑，为什么富裕的资产阶级家庭肯将独生女儿许配给身无分文而又籍籍无名的作家。勒纳尔唯一的收入仍然是里永先生开出的微薄薪水。他也的确在为那些短命杂志写点文章，可是都没有稿酬。我们马上能想到的解释就是，他们是"奉子成婚"，可是这完全说不通，因为他们的第一个孩子结婚一年后才出生。那么只能说莫努夫妇同意这门婚事还是出于法国人的老观念：女儿嫁给文人能给资产阶级家庭带来一定声誉。

可以想象在婚礼之前，儒勒·勒纳尔应该会去向他的情人道个永别，过去的几个月里他们尽情享受了鱼水之欢。九年之后，他写了一个独幕剧，名叫《分手的乐趣》，其中有一段年轻男子和年长情人之间的对话。小伙子第二天就要和一个富家小姐结婚，而他的情人也准备找个有钱人嫁了,为将来作打算。他们互相还是深爱着彼此,新郎看着眼前这楚楚动人的情人,想到这是最后一面,一时间头脑发热,告诉她只要她说一个字,他就会抛弃未婚妻仍然和她在一起。女人的理智战胜了激情——爱情固然美好甜蜜,可终究不能当饭吃——就这样他们便永别了。这部戏篇幅虽短却很引人入胜,风趣诙谐也很感人,搬上舞台的时候大获成功。舞台首演结束后,儒勒·勒纳尔便在日记里问自己,此剧原型,现实生活中的老情人布朗琪会怎么看这部戏。

　　蜜月结束后勒纳尔夫妇回到齐特里和他父母同住。他母亲很不喜欢玛丽奈特,对他儿子娶的这位"精致优雅的小姐"极尽讽刺挖苦之能事,尽一切可能让儿媳妇的生活不堪忍受;可是他们还是住在一起,大概是出于经济原因。直到第一个孩子(儿子)出生,夫妇俩才搬到巴黎的一间公寓里安家。在日记里他颇为自嘲地解释道,"M先生(莫努先生,勒纳尔的老丈人)是不是很幸运很精明,所以他这位商人才将自家的千金小姐嫁给了我这个一穷二白的文人呢?"接下来的几年里,玛丽奈特又生了个女儿,儒勒·勒纳尔写了很多新闻稿,可是报酬却极少,我们只能猜想他那幸运聪明的商人岳父多少在资助他们。此处日记里是最后一次提到他岳父,所以可以想见在这段时间里老人家肯定过世了。1888年儒勒出版了他的第一本书《乡间罪行》,是他老早以前所写的短篇小说合集。他由衷地爱着妻子玛丽奈特,在日记里他极少说别人的好话,可是每次提到他妻子,总是怀着深沉的爱意,"玛丽奈特一出现,你脚下的整个大地都变得更为甜美(更加柔软①)。"文人墨客一旦声誉鹊起,春风得意的时候便会忘恩负义,对发妻不忠,可是勒纳尔则是千真万

_____

① 原文为法语:plus douce。

确地对妻子一心一意。他是《法国信使》杂志的创始人之一,众所周知,该刊物成为当时最为优秀最为先锋的杂志。勒纳尔定期为杂志撰稿,1892年才出版《食客》,1895年出版《胡萝卜须》。这些书让他名声大震,成为极富创意的天才作家,他那紧张而敏锐又十分个人化的风格很受评论家推崇。《食客》也深受作家同行的好评,不过他那愤世嫉俗的幽默却不受公众的待见。《胡萝卜须》大获成功,评论界一致为小说中的悲痛、悖论和幽默拍案叫绝。同时,勒纳尔还将这几部小说改编成了戏剧:《食客》搬上舞台时改名为《弗奈特先生》,令人失望,可是《胡萝卜须》则一炮而红,深受观众喜爱,自那时起就不断重演。

1895年,勒纳尔的生活状况有了很大改善,也许是因为玛丽奈特从父亲那里继承了大笔遗产,他们能够在索蒙先租房再买房,这里离他父母所在的齐特里很近。他们买了一座房子连着一大片地,这样就可以养鸡、鸭、鹅、马、驴、羊、猪还有一头奶牛和黄牛。他雇了一位名叫菲力浦的农夫来饲养牲畜,他妻子拉戈特来操持家务,太太玛丽奈特照顾孩子和做饭,拉戈特打下手。自那时起,五月到十月,勒纳尔便和妻儿在索蒙住,只有冬天回到巴黎。没有什么地方比乡间更让他愉快,正如他的文敌所说,他骨子里仍然是个农民,他家祖上全都是农民。他的文敌众多,因为他特别喜欢与人作对,从而获得恶毒的快感。这些人承认他才华出众,可是他粗鲁无礼,无视他人的感受以及自负自傲却很让他们恼火。在乡间他可以打猎钓鱼,和父亲一起消遣娱乐,和农夫们在一起让他感觉格外自在放松,而在巴黎和友人们一起他从来就没有这种感觉。

1897年,他父亲病重,几周后他写信给特里斯坦·伯纳德,"我亲爱的朋友,昨天我父亲举枪自尽了,他觉得康复无望,一枪命中心脏。告诉你,我对他主动选择死亡充满敬意及仰慕。你悲伤的朋友。"他告诉另一位熟人,他父亲死得勇敢,死得明智,无愧于伟大的运动家品格。给另一位友人的信里写道,"我希望能在自己生命中最严肃的时刻,也如同父亲那样,拥有强大的灵魂和清醒的头脑。"

他父亲死后,母亲仍然独居在齐特里,老太太还是本性不改,严厉,控制欲强,思想狭隘。不知道她有没有读过《胡萝卜须》,如果读过,她对于儿子在书中所描绘的自己作何感想?她对儿子的文学成就不以为然,不过,后来勒纳尔开始参与乡间政治事务,当选为市政厅议员,然后选为市长,他的家乡父老直到那时才一改不闻不问的态度,把他当成大人物来看待。他母亲自然就高兴起来——为自己高兴。她并没有享到高寿,她丈夫去世后两年,儒勒写信给友人,"我亲爱的朋友,才读到你温馨的来信。我正要写信告诉你我母亲摔了一跤,跌入井中溺亡了,我想这纯属意外,太突然了。玛丽奈特一切都好,孩子们也健康活泼。拥抱你,再叙。"

他真的相信他母亲的死纯属意外吗?母亲的后事料理完毕之后,他决定卖掉索蒙的房子搬去齐特里的老宅,虽然他并非出生于此,他仍然把这里当成生他养他的家。

他在写给演员兼经理人安托万的信里说,"感谢你在我母亲过世时写信来安慰我关心我。你可以想象,我仍然觉得这事太荒谬太滑稽,过去的两周里我心烦意乱,下次再详述。我在略微整修这所房子,这里无疑应该是我终老的地方。你喜欢《老顽固》,剧院里还在上映。"《老顽固》是勒纳尔写的一部戏剧,讲的是一个宁静幸福的家庭如何在母亲对乡村牧师的谄媚逢迎中分崩离析。当然,剧中的母亲就是他恶意夸张的自己母亲的形象。他母亲过世后几个月这部戏上演,评论界一致叫好,勒纳尔以为会不断上演,可是观众不喜欢,演了几场就撤下了。

那时,因为他那部独幕短剧大获成功,勒纳尔也结识了几位戏剧界的名人,如特里斯坦·伯纳德和卡普这两位剧作家还有演员卢西安·吉特里。可是他基本上只有两个朋友:埃德蒙·罗斯丹[1]和他太太。罗斯丹辛苦谈判了十八个月,终于为勒纳尔争取到了"荣誉勋章"。得到了这个勋章,勒纳尔这个苛刻挑剔、难以相处的人就像小孩子一样欢天喜地,有趣得很。他在日记里说,哪怕他去杂货店买包香烟,也要解开大衣的纽扣,好让卖香烟的看见勋章上的红缎带。勒纳尔不是那种轻易结交朋友的人,不过他就算交了朋友,这友谊也维持不久。他觉得自己不应该结交朋友,因为他肯定会和朋友闹翻。罗斯丹当年是鼎鼎有名的文人,受很多人追捧研究。勒纳尔明白,尽管罗斯丹认为他是个好作家,可是他肯定认为自己更好。他在日记里是这么写罗斯丹的,"他是唯一一个我虽然讨厌但仍然仰慕的人。""友谊破裂了,破裂了,"接下来一行,"友情不再,悲哀。"必须得承认,如果勒纳尔失去了罗斯丹这个朋友,那一定是他的错。勒纳尔还写过一出独幕剧《家庭和睦》,讲一对夫妇和另一对夫妇在乡间度假。主人公皮埃尔着迷于朋友漂亮的太太,自信如果上前勾引,她不会拒绝。于是他们俩便开诚布公地谈开来。皮埃尔告诉这位年轻女子,他和太太很幸福,绝不想因为任何事让她痛苦。而这女子对自己丈夫也怀有同样的感情,于是他们得出结论:两人没必要展开恋情,实在不值得。这部戏也非常动人,如果你觉得这情节很讽刺挖苦的话,也许常识通常都有点讽刺的味道吧。

罗斯丹和他太太就住在索蒙的勒纳尔家,他也不是傻瓜,一读到这个剧本就马上意识到这讲的就是勒纳尔和他太太之间发生的

---

[1] Edmond Rostand (1868—1918),法国剧作家、诗人,法国浪漫主义戏剧的最后一位代表,其代表作有《西哈诺·德·贝热拉克》,即《大鼻子情圣》。

事情。的确他太太曾对他不忠,可是知道这两人居然还探讨过婚外恋可能与否,感觉总是不好。而且他认为勒纳尔写这出戏,本身就是不友善的行为,因为他为勒纳尔帮过那么多忙,他居然还想引诱他太太。这出戏首演时勒纳尔邀请他出席,而且还愚钝地没有邀请他太太。罗斯丹的疑心得到了证实,拒绝了邀请,称这部戏为"恶意伤人的报道"。勒纳尔对天发誓这部戏根本不像他所讲的那样,可是他这人完全没有想象力,在作品中无法隐瞒任何事实,所以罗斯丹知道他在撒谎。事情到了这个地步,勒纳尔所能写的就是,"罗斯丹就是大众诗人,可他却自认为是精英诗人。"

除了卡普和特里斯坦·伯纳德以外,他瞧不起同行,不过作家们给他寄来作品,他仍然会回以热情洋溢的书信,因为他说,作家都极其敏感,对他们的赞扬要言过其实才好。有意思的是他对评论家是这么说的,"对评论家还是要宽容大度;他们一辈子都在谈论别人,可是却没有人来谈论他们。"

1908年,他出版了小说《拉戈特》,一部分采用舞台对话的形式,就是把说话者的名字放在这段话的前面,就像剧本里一样,一部分采用叙述的形式。小说讲的是他家女仆拉戈特,她丈夫菲力浦以及孩子们的故事。她自十二岁起开始做女仆,女儿出嫁了,儿子保罗老是和她吵架,还有个小儿子约瑟夫,被勒纳尔夫妇带到巴黎,帮忙找了份工作,可是后来病倒送往医院,不久便死了。想不到的是,这部小说使得勒纳尔和《法国信使》杂志终止了多年的合作关系,多年以来他都是这份刊物的撰稿人。这本小说极富同情心地讲述了尼瓦内地区贫苦农民的生活,有些地方还很感人——评论家说一小时就可以读完,如果他们感觉很多人会乐意去读,便会写篇正面的评论。《法国信使》上登载的小说由拉希尔德负责写评论,她自己也是小有名气的作家,也是这本杂志的创始人及总编瓦莱特的妻子。她针对勒纳尔这部小说的评论写得十分仓促草率,这让勒纳尔非常恼火,心想自己不仅是撰稿人也是杂志股东和编辑,自己的书怎么能惨遭如此待遇。他立即从编辑委员会辞职,可是几天后就撤回了辞职书;他也许是等待有人来补救,等别人再写出一篇内容丰富的真实评论,可是希望却落空,于是又一次提出辞职并且卖掉了自己手上的杂志股份。其实,杂志总编阿尔弗雷德·瓦莱特一直坚持杂志撰稿人应该畅所欲言,不论其言论会引起多大争议,不要管会掀起多大的风暴,他颇为此感到自豪。的确,正是这个原则很大程度上成就了这本杂志的辉煌。我忍不住好奇,翻出这期《法国信使》,想搞清楚拉希尔德在评论文章里到底写了些什么搞得勒纳尔大动肝火。原来她在文章最后才对这部小说写了寥寥八行的评论,提到了小说标题,但既没批评又没赞赏,实际上她其实什么都没说。不过,没有什么评论比这样的评论更加严厉苛刻。她说勒纳尔现在已经是齐特里的市长,也是龚古尔学院成员,他可以随心所欲想写什么都行,人们写文章评论他,全都是赞扬的话;她还补充说她最近就读过一篇这样的文章,简直是荒唐。我们只能猜想大概勒纳尔什么地方得罪了拉希尔德,因为他得罪过很多朋友,所以她抓住这个机会报复他。

《拉戈特》大概是他写的最后一本书。他曾经自问,"我还欠我的家人什么?我真是不知好歹!他们给我提供了可以信手拈来的生活素材。"到那时为止,他其实已经把能用的生活素材全都用过了,发现自己无甚可写,对于专职写作的人来说,很是不幸。于是他只得全心投入到日记之中。"我已经习惯于把发生在自己身上的一切都写出来。一有念头我就赶快记录下来,即使是有害的或者罪孽的念头。很明显,这些日记并不能完全代表我这个人。"毫无疑问,他之所以记录某些想法,就是因为这些念头足够冷酷无情,或者足够诙谐幽默,比如说,"自己觉得幸福是不够的,还得其他人不幸福才行。""要遏制自己蹂躏别人的冲动需要多大的勇气啊!""有人告诉我说有个女人一直在说我的坏话,我回答'我就不懂了。不过,我也从来没有说过她的好话'。"勒纳尔有点害羞,这个缺点他终身都未曾克服,也许是因为这个原因吧,凡是有人说了点恭维他的话,他从来就不会假模假样地回敬过去。他亲口说过:宁可粗鲁无礼也不愿被人一眼看穿。早年的日记中他曾经写道:写日记不能像龚古尔兄弟那样小孩子气,把什么都说出来,日记应该帮助人们培养个性并且不断完善自己。他还写道,"这世上本无天堂,可是人们应该尽力相信有天堂存在。"这话倒是让人觉得颇为意外。他觉得写日记把自己给"掏空"了,这并非文学创作,可是无论如何,他相信写日记是他人生中做过的最好的事,也是最有用的事。也许他是对的,我不知道还有哪位作家像儒勒·勒纳尔这样在日记里忠实得近乎残忍地描绘了一幅自画像,也许佩皮斯做到了吧,不过他并没有勒纳尔那样的意图。勒纳尔也深受嫉妒心的折磨。他曾写过,"嫉妒不是高贵的情感,可是虚伪也不高贵,我不知道用虚伪来代替嫉妒能有什么收获。"朋友写的书,除非他为之折服,否则是不会去读的。"别人的成功让我心烦意乱,不过如果他值得的话,我会感觉稍好一点"。他甚至嫉妒自己太太的幸福,甚至差点对她发火,因为她和这个所有人都无法忍受的男人生活在一起,居然还觉得幸福美满。不过,结婚十七年后,他承认自己人生中最美好的就是妻子玛丽奈特的无私奉献。他在日记里反问,"女人,到底吸引你去爱他的是什么?"他给出的回答是,"他需要我。"他还在另一处写道,"我不想回到过去,我也不指望未来。我是个幸福的人,因为我已经放弃了幸福。"可能他记下的最悲惨的话就是这个了,"生活要是没有苦难是无法忍受的。"

　　他的日记里有这么一段，让人读之心痛。有一天晚上，勒纳尔和仆人菲力浦打猎后，仆人怯懦地问他可不可以给他儿子保罗加点薪水，他儿子保罗当时也在勒纳尔家做仆人。勒纳尔大发雷霆，找到菲力浦的太太拉戈特，叫人去把菲力浦和他儿子叫过来。"我压住怒火，告诉菲力浦他伤害了我，我不再信任他，他造成了我俩之间的隔阂，然后打发保罗去别处找差事。他们一家都垂头丧气，晚餐只喝了一点汤，彻夜不眠，第二天拉戈特还眼泪汪汪。"她谦卑地向玛丽奈特道歉，还乞求她原谅他们一家。勒纳尔的日记里写道，"我被打动了，出于怜悯，出于自我中心主义（我总是这样，总是这样）：这是我第二次看见拉戈特哭。她说'我们觉得很丢脸，'她说。菲力浦一整天都在剥豌豆，怯生生的，伤心极了。这老仆人头发都白了，为自己说过的蠢话而后悔抑郁。谁都知道该怎么做来补救一下——可是做主人的必然要维护尊严，哪怕痛苦难过，这世上没有什么比这样更加让人满足。"

　　如果读者读到这里，得出结论说儒勒·勒纳尔是个令人憎恶的人，那就说对了。没有人比他自己更能意识到这一点。可是人从来都不是平板一块，如果真是这样，那么小说家的任务会更加简单——但小说也会更加无聊。人身上最为奇怪的是，最不一致最不协调的品质往往集中于一个人身上，所以这人似乎就是一团矛盾，让人不明白这些品质到底如何共存，如何能融合在一起成为某种始终如一的个性。像勒纳尔这样极度自私，脾气暴躁易怒的人，却又能温柔得将你融化。他和玛丽奈特分开的时候，每天都给她写信，开头必然是"我亲爱的，最亲爱的"，结尾是，"再见，马上就能再见，我的甜心。你看，在我心底只有你，没有我自己，你不在我身边，我百般不是。"他特别喜爱自己的两个孩子，儿子叫范特克，女儿叫柏依。有一次他要去布鲁日服短期兵役，一到驻地便给玛丽奈特写信,"我很开心,道别的时候你做的那个鬼脸真可爱。也许我走了后你哭了吧,可是分别的最后一刻你仍然那么高兴。我可怜的爱人!我当时也神态自若,儿子也是,他在沙地里玩得开心呢,一点也不上心,问我,'老爸,你是去科比尼吗?','不是,是去布鲁日。''好吧,再见。'说着他已经把自己埋在沙子里了。我吻了吻他,他那么不把我当回事,我还是全心全意爱他,我脸上还挂着你和女儿的吻呢。"

孩子们渐渐长大,柏依还在家里,范特克已经去上学了。勒纳尔给儿子写的信非常有意思,那不是爸爸给儿子的信,而是朋友之间的通信。儿子一心想得的奖没有得到,他写信安慰;儿子写了篇学校布置的论文,他写信称赞,"我特别高兴你的语言有进步,强而有力,言之有物而且非常清晰。你现在终于能如实地表达自己的内心了,要知道这是多么难能可贵!一旦把风格置于其他一切之上,人们就会失去这种能力。"看看他对于太太玛丽奈特和两个孩子是多么全心全意地去爱,我们当然能够原谅他对于别人的嫉妒猜忌和粗鲁无礼;他不幸的童年和早年的艰辛以及近乎病态的羞怯扭曲了他的人格,也让他的情感世界极为特别。

有关儒勒·勒纳尔我还有一点要补充。1907 年他当选为龚古尔学院院士,每年有四千法郎津贴,虽然比龚古尔兄弟当年预想的要少,可是仍然让他大为开心,因为他给报刊撰文的收入实在太微薄。在那个年代,作家要想生活得像样,唯有进行戏剧创作。勒纳尔写的独幕剧给他挣了点钱,可是剧院经理们要的是三幕剧,这个勒纳尔写不来。大概是通过莱昂·布鲁姆(也是个文人)的关系,他结识了让·饶勒斯[①](此人于 1914 年遭狂热分子刺杀身亡),受此人影响,他成为了一名社会主义者。他对自己的认识一向悲观失

[①]　Jean Jaurès (1859—1914),法国社会主义领袖,最早提倡社会民主主义的人物之一。

望,因此在日记里写道,"如果我能写一部三幕剧的话,那我还应该成为社会主义者吗?"他当时写得不多,忙于别的事务。作为市长,他带着极大的热情履行职责,在各部门演讲,出席政要宴会。他在欧底昂曾发表过演讲,盛况空前。他一直很喜欢打猎,可是有一天突然发现射杀鸟儿再也无法给他乐趣。那天,他出门打猎,发现一只云雀直冲云霄。他立即放了一枪,不是要射杀鸟儿,而是想看看到底会怎样。那小鸟跌落云端,肚皮朝下躺在地上,小嘴一张一合。他在日记里写道,"云雀啊,愿你化为我最精妙的思想,我最珍贵的怜惜之情。你为他人而死,我把持枪许可证撕得粉碎,把猎枪挂在墙上,永不再碰。"

我只提到过勒纳尔有个哥哥还有个姐姐,没机会多讲。他们走的是完全不同的人生道路,勒纳尔对他们很好,必要的时候还会提供建议,慷慨解囊。1909 年底,他给姐姐写信,说他最近身体欠佳,"可是玛丽奈特的身体也不好,我也是,我们会照顾自己。"第二年,他告诉她医生说他得了动脉硬化,岌岌可危——"哦,近来,这三十多年以来,我头一次内脏出血,年老体衰,半身不遂。"三月份,大概是为了让姐姐安心,他又写信说他没事。"这神秘的疾病'动脉硬化',总让我焦虑不安,我总得提防,可是并没有什么眼前的威胁。我准备与之和谐共存。也许人得有点小病,生活才会完整,才会理智。"1910 年 4 月 6 日,勒纳尔写信给演员兼戏剧经理人卢格内·波依,说他想让《胡萝卜须》入选法兰西喜剧院①保留剧目。第二天他便辞世了,年仅四十六岁。一想到他人生中那漫长的折磨,自然会觉得此人的不幸便是天赋过人之才华,可谓聪明绝顶,不过却缺乏

---

① Comédie Française,法国国立剧院,始建于 1680 年,拥有自己的剧团,迄今为止共有 3 000 种保留剧目。

创造能力。假如他没写过一行字的话,他这辈子会幸福得多。

4

接下来我要讲讲三位日记体作家中的最后一位。保罗·莱奥托是三位中寿命最长,声名最为狼藉,最为粗暴无礼的一个,可是在我看来,他也是最富同情心的一个。尽管他著作甚少,只有两部自传体小说,篇幅不长,两卷戏剧评论以及几篇文章,大多曾登载在《法国信使》杂志之上,我还是认为他才华横溢,别具一格。他的独特个性能让人大为震惊,也让人仰慕倾倒得死心塌地。他是个人主义者,却毫不自负;他是好色之徒,却毫无激情;他愤世嫉俗却良心未泯,他极度贫困却视金钱如粪土;对人严厉苛刻,对动物却同情仁爱,个性独立得不可理喻,无视别人对他的评价;极善言辞且尖锐刻薄,真挚诚实但对别人的虚假伪饰总是开心地容忍——所有这些糅合在一起便造就了他这个怪人,以下我将尽最大努力还原他的生平事件。我的资料来源是前面提到的两部小说:《小朋友》和《纪念》,还有他从 1893 到 1924 年的四卷本日记,以及从 1950 年 11 月到 1951 年 7 月他在电台和罗贝尔·马莱主持的谈话节目。这些素材坦率直白,趣味盎然,给我们提供了一个机会,对这位非同寻常的人物能够重新再认识,让这位七十八岁高龄的老人,在默默无闻几十年后,终于为众人所了解,不过我可不想说最后让他名声远扬,其实应该是遗臭万年。

保罗·莱奥托出生于 1872 年,父亲费蒙·莱奥托是下阿尔卑斯省地区农民的儿子,二十岁才来到巴黎,给做珠宝匠和钟表匠的叔叔当学徒,店铺就在蒙马特高地。叔叔死后他进入了艺术学院,成了演员,不过显然演技平平,因为几年后他就改行在法兰西喜剧院做提词员,一做就是三十年。除了本职工作,他还为剧团的年轻演员们指导演讲术和发音。他十分英俊迷人,只需用深情的双眼看看女人,她们就会投怀送抱。当时有位叫范妮的女演员和他在蒙马特高地同居,有一天范妮十七岁芳龄的妹妹珍妮来看他们,不觉天色已晚,他们不想让她独自一人返回蒙帕纳斯的父母家,费蒙便建议留她过夜。家里只有一张床,于是三人同睡,费蒙在中间。接下来的事情我也不知道该如何文雅地表达:费蒙和范妮温存之后便把注意力转向她妹妹身上。第二天珍妮的父母认为她品行不端,将她赶出家门,她无家可归,只好去找范妮和费蒙。几天后,范妮怒气冲冲地搬出公寓,珍妮留了下来。之后他们便有了个小宝宝,因为父母亲都各自在舞台上演出,宝宝就托给别人照顾,这个小宝宝就是保罗·莱奥托,他直到两岁多才回到父亲身边,那时候他父亲和母亲珍妮也已经分手,就雇了位保姆来照看他,这位保姆名叫玛丽·佩泽,保罗把她当成妈妈一样热爱。他晚上不睡在英烈街的公寓里,而是和保姆玛丽一起睡,一半是因为晚上他一个人无法入睡,一半是因为他父亲总是要带女人回家。保罗五岁的时候,他母亲出发去柏林演出或者是去会情人,走之前和她母亲弗雷斯蒂夫人一起到保姆住的阁楼上看他。保罗发烧了,正卧床休息,心情郁闷,背对着这两个来看他的女人。保姆赶紧逼着他向她们问好,他一辈子都忘不了他妈妈当时说的话,"天哪,这孩子多让人讨厌啊!"两位坐了五分钟就走了,三年以后,保罗才第二次见到她。那一次,他妈妈到英烈街的公寓里来,保罗被带了进来,他很害羞,看都不敢看她,胆怯地叫她"夫人"。他妈妈说明天让保罗到她家里去玩一天,晚上再把他带去他父亲演出结束后常去的小酒馆,让他父亲接走。第二天他走进妈妈家时,她正躺在床上,见他进来便坐了起来,她头发蓬乱,光着膀子,睡衣滑落露出了酥胸。她把他拥在怀里,贴在胸口亲吻他。她非常美丽温和,活泼优雅。等她穿戴完毕母子俩便一起出门和他父亲共进午餐，之后一家三口便乘出租车去了动物园，保罗还骑了小马。然后他们去巴黎皇宫附近的餐馆吃晚饭。饭后，他妈妈带他去夏特勒广场看戏，终场前不久他们便离场出发去"女神游乐厅"。他妈妈在舞会上和老朋友们闲聊，他一个也不认识，他们和他妈妈打招呼就像是问候久违的姐妹一样。她不时指指他告诉他们这是她儿子，朋友们便说，"哦，是你儿子啊，他真可爱。"舞会结束后他们一群人一起去附近的小馆子消夜，然后珍妮把他带去小酒馆，他父亲在那里等着接他回家。他妈妈吻了吻他就走了，再过了两三年他才又见了她一面，不过半小时而已。之后他母亲便二十年音信全无，他听说她已经结婚了。那一年和他母亲一起度过的那一天是他记忆里永久的珍藏。

保罗八岁的时候，他父亲又搭上一个叫露易丝的女孩，就住在附近。她才十五岁，他父亲已经四十八岁了，他们有几个晚上睡在一起，保姆玛丽非常气愤，向他父亲抗议说他给儿子树了一个极其可怕的榜样，他父亲也大发雷霆，把玛丽赶走，这下可苦了保罗。他父亲立即让那个女孩搬过来住，保罗只分到一间极小的房间，之前他和保姆过得很开心，可是他和父亲这位新情人相处得很不愉快，有一次他朝她扔墨水瓶，遭到父亲一顿毒打。他父亲仍然一如既往地粗暴严厉，漫不经心，放荡成性。每天晚上吃过晚饭，保罗便被锁在小房间里，不管他伤心流泪，把他一个人扔在无边的黑暗里，瑟瑟发抖。

一两年后，他父亲决定住到郊外，便在库伯瓦郊区买了房子，保罗就在当地上学。十五岁，他便到巴黎来工作，每月挣二十五法郎，他父亲觉得他终于能够自立了。他后面几年的生活我很快地讲一下：他参军服兵役，可是因为近视，七个月后便被开除了。然后他在一家手套批发商那里找了份工作，开始写诗。不久他辞去这份工作,在一家律师事务所做三等文员。他喜欢这工作,一干就是十年。后来他进入了破产信托人雷马克的公司,很明显他极为胜任这份工作,被委以重任,比如说派他去管理一位富翁死后留下的房产,此人还留下两百万法郎和八万英镑遗产以及无数债务。雷马克告诉他好好进行资产管理,要尽量多给死者遗孀留下财产。他处理得相当令人满意(当然也有点不择手段),和债主的谈判一结束,他就收到了一大笔奖金。

有相当长的一段时间,他每天下了班都会去"女神游乐厅"附近的奶品屋,这里常有妓女来吃午饭和晚饭,然后梳洗打扮一番去咖啡馆和剧院揽生意。他很快便和妓女打成一片,她们会问他新帽子或者新裙子好不好看,给他看别人寄来的信,他会帮她们起草回信。有时候他也会陪她们去咖啡馆,妓女都知道他没钱,便送他香烟或者巧克力。夜深了,如果有人没揽到生意,便叫上他一起回家,有时候并不做爱,而是安静地上床睡觉。有时候某一位还会让他下午去她家,聊上半天,聊她们早年的经历,保罗也会给她们讲起他母亲。他曾说,这样的朋友教给了他很多,也许是吧。

后来,保罗和老板雷马克闹翻,被赶出公司,他已经是奔三的人了,如今却失了业,除了那笔佣金,身无长物。他和老同学范比弗一起合租了间房子,这人是个小文人,俩人都穷得叮当响。保罗的爸爸什么都不给他,可是他姨妈范妮一直很喜欢他,每一两年总要抽空来探望,给他点零钱和衣服,都是极为廉价质次的衣服,但是他却非常感激。他一直没有中断过写诗,很想结集出版,当时范比弗在给卢格内·波依①做秘书,保罗便问他能否让卢格内·波依写封推荐信,将他引荐给《法国信使》的主编阿尔弗雷德·瓦莱特。保罗

---

① Lugné Poë (1869—1940),法国演员,剧院导演。

拿着推荐信去见瓦莱特的时候,他告诉他,"到这里来不需要推荐信,唯一的推荐信就是你的诗歌,不论好坏。"几周后,保罗·莱奥托便看见自己的作品变成了铅字。

瓦莱特对莱奥托的印象非常好,觉得他极善言辞,犀利尖刻但机智诙谐。他的巧妙对答总是脱口而出,有点伤人但总是十分有趣。多年以后他出版了一本极薄的小册子,名为《一天》,是格言警句俏皮话的合集。评论家说这里面他自己的句子太多了,他反驳说大部分人都太沉闷无聊,鲜有俏皮话说得比他好的。瓦莱特很喜欢和他交谈,并且建议他写散文试试,于是之后的三四年里他写了一些散文刊登在那本杂志上。那些文章的风格大概是当时流行的那种,不过很快,莱奥托就放弃了这种文风,变得更加有趣更加简洁。他定期为《法国信使》撰稿,写书评,还和范比弗合作编辑出版了一套当代诗选,大获成功。这期间,莱奥托谈过两三次或正经或轻佻的恋爱,如果这些风流韵事能称作恋爱的话,不过我不想讲这个,没什么意思。他自己也说,"爱对于我来说没什么意思。"范比弗在世纪之初结了婚,莱奥托和一位叫布朗琪的年轻女子在一间小公寓里同居。莱奥托喜欢她,她给了他宁静平和,不打扰他写作。当时他在瓦莱特的建议下开始写小说,名为《小朋友》,总体上就是对自己早年生活的详细回顾。可是当他写到记忆中那些交往过的风尘女子,特别是以迷人的笔触写完一位名叫拉佩鲁琪的妓女惨死之后,再也无法提笔继续下去。然后又发生了一件事情,他后来称之为命中注定。有一天,他收到外祖母弗雷斯蒂夫人的电报,说范妮姨妈已病入膏肓,如果他还想见她一面的话,得赶快赶回来。他外祖母和他姨妈在加莱已经定居多年,范妮是位演员,在当地一家专业剧团工作。保罗以为他母亲珍妮也会回去看望姐姐,他已经二十年没见过母亲,一直都忘不了多年前曾和她共度的那一天,那么迷人优雅的母亲。他不知道如今看到她会是什么样子,他怕她变得人老珠黄,严肃无聊,因此不太想去。不过最终还是去了。等他到了加莱,他一辈子就见过一次且仅五分钟的外祖母,立即跟他谈起他母亲。保罗知道他母亲后来结婚了,可是听他外祖母讲起,他才知道她住在日内瓦,和丈夫还有两个孩子一起生活。她丈夫有点地位,是她在日内瓦的剧团演出时认识并相恋的,当时她做了他的情人。等她为他生了一个儿子和一个女儿,他便娶了她。他外祖母告诉保罗,他母亲从来没有提过他这个儿子,保罗问如果事先不打招呼,她来了发现他在这里,会非常尴尬吧。他外祖母说不会的,她不会认出他来。

保罗已经三十岁,个子不高,留着浓密的棕色络腮胡子和八字胡,戴着镶边眼镜。他的亚麻布裤子虽然很干净,他一直很爱干净,可是仍然不太像样,他外祖母给了他十法郎让他去买条新的。他母亲下午一点半到家,当时保罗正送来探望姨妈的访客出门,就听见台阶上响起了脚步声。他朝楼梯栏杆看去,只见一位女士走了上来,一袭黑裙,手里拎着一个小箱子,他一眼就认了出来。他进屋告诉外祖母她母亲马上就到了,随即把自己关在房间里。珍妮进了屋,吻了吻她母亲,脱下帽子和外套就去看姐姐,然后她说想吃午饭,于是便朝厨房走去。走到厨房要经过保罗的房间,他就在里面坐着,他母亲看见他微微鞠个躬,说道,"先生,你好。"他回答,"女士,你好。"他母亲和外祖母走进厨房,他听到她在问这位先生是谁,他不想听到答案,于是便在房间里弄出了点噪声掩盖外祖母的答案。他外祖母后来告诉他,"我不想告诉她你是谁,怕她会太尴尬。我说你是个朋友,剧院里的朋友,来帮忙的。"保罗一点都不信,他母亲很清楚地知道他是谁,偏偏就要装作不认识的样子。等到他母亲回日内瓦了,他外祖母才跟他说出实情。当时珍妮在厨房里问,"那是谁?"的时候,她回答,"是保罗。""保罗是谁?""啊,就是你儿子啊。"

无论如何,厨房谈话发生不久,珍妮就过来跟保罗和他外祖母一起聊天,两个女人开始闲聊,她满怀爱意地谈起她的两个孩子。然后,外祖母告诉保罗,因为他妈妈要占用他现在住的房间,只能请他去附近的小旅馆住。他母亲跟他说,"对不起,先生,要让你搬出去了。"他回答,"没关系,夫人,不足挂齿。"

后来他们打破了尴尬的沉默,趁外祖母出去料理事务的时候,珍妮让他讲讲巴黎的新闻,他们聊到法兰西喜剧院,聊到她从前熟识的人。他把知道的都告诉了她,我说过,他非常善于言谈,让她觉得十分有趣。

吃完了饭,保罗和他母亲坐在范妮的房间休息,沉默了一会儿,她开口了,"听着,保罗,我知道你是谁。"然后,她压低嗓音讲起她早年的经历,十五六岁的初恋,还有现在的丈夫和孩子。她解释了为什么这么多年来对保罗不闻不问。其实她时常向范妮和她母亲打听他的下落,可是她们什么都不说。两三年前,她在《法国信使》杂志上曾看到他发表的文章,当时就感叹要是能知道他的联系方式就好了。1900 年,她和丈夫孩子一起来巴黎参观世博会,要是当时知道他住在哪儿,肯定会跑来看他。保罗明白她说的那些话没一句是真的,因为她只要写信问《信使》杂志社就能打听到他的联系方式。不过他什么也没说,等她讲完,他送她回房间,她吻了他。在他眼里,她仍是那么年轻,那么美丽动人。他用胳膊环抱住她的腰,将她搂入怀中,亲吻她的脖子,她的眼睛和她的胸脯,边说,"你肯定不会介意吧?""介意什么?""我也不知道,不过我吻你的时候并不觉得你是我母亲。"接着,她掀开了床单,他对她说,"我去客厅等你上床安顿好,然后再进来坐在你身边。"尽管他一再坚持,她坚决不

允许,于是他只得回到旅馆。等他第二天早上过来便得知范妮已经
去世了。

保罗有很多事情要办,但是当天下午和晚上还是和珍妮一起度
过,他们一直在聊天,她不断追问他的恋爱状况。他们单独在一起
时,她双臂搂住他的脖子,告诉他,"快吻吻我,如果别人看见我们偷
着接吻,会怎么说?"她还说,"你看,我们就像恋人一样,要是回到
十年前到底会发生什么?"他忍不住想,要是他像亲吻情人那样亲吻
她会是什么感觉——这是他母亲,可是,她毕竟是个女人。对于她
来说,他只不过是个男人,而且还是个年轻男子。他想到她那苗条
优雅的身段,不知道此刻她看着他时心潮如何澎湃。他们晚上道别
的时候,她又吻了他,"你永远也不知道我有多爱你,"他说,并且自
问她是否也和自己一样深爱着对方。谁知道呢,她一向风流放纵,
从她问的那些问题来看,她恐怕也是动了情吧。

保罗·莱奥托在这山崩地裂的感情经历中,并没有忘记自己还
有本小说扔在巴黎没写完。从他母亲到来的那天起,他一有空便将
发生的事情记录下来。有一次他母亲看见他在写东西,便问他写的
是什么,他说他在记账。晚上回到旅馆房间独自一人,他便回想这
一天发生的所有事情。他告诉自己他母亲纵然柔情似水,可是说明
不了什么。但他同时也觉得不能对这个可怜的女人要求太多,她已
经尽力了。他拿出笔记本将白天发生的事情全部记下。小说《小朋
友》的最后一段,他是这么写的,"文人是多么伟大!他曾为人子,
二十多年后与母亲重逢,那时他正在写书,一本超越一切的书,书中
作者的所感,所闻与所见,不论多么神圣不可侵犯,全都是他想写下
来的。也许书里的事情也并非那么神圣不可侵犯吧。"

第二天是范妮的葬礼,家人准备将她安葬在巴黎。葬礼结束,
保罗陪外祖母和母亲回家,原定计划是当晚他再护送棺材回巴黎,

珍妮第二天走。她在巴黎转乘火车回日内瓦,要停留三小时,他母亲和保罗商量好等他到火车站来接她,带她去看看他的公寓,然后再一起吃饭。第二天清晨五点保罗便回到巴黎,十点钟安葬的事情全部结束。他便回到寓所将布朗琪支开,这样他母亲就不知道他和女人在同居。这一天过得特别漫长,他到达火车站已是下午五点,还要等一小时,来的路上他买了把紫罗兰拿在手里。火车终于到了,可是他母亲却不在。他一直等到晚上,看着火车一列列开来又开走,仍不见她的踪影。这时他突然想到她有可能改变主意,也许给他发了封电报说她在加莱被耽搁了。于是,他赶紧拦了辆出租车回到公寓,乘出租车对他来说是件奢侈的事,可是,仍然什么都没有。他赶紧又赶回火车站,八点三十五分,去日内瓦的火车八点五十分开车。他冲向站台,一节节车厢找过去。

珍妮就在车厢角落里坐着,安静地看着来往的人,保罗跳进车厢,她看见他便问,“哦,我的孩子,怎么了?”他痛哭失声,她便在一旁安慰,没什么,就是约好的事情出了点意外罢了。她说,“可怜的孩子,我们下次再约好了,我们还会见面的,会补上这一次。”她吻了吻他,她身边全是大包小包的东西,很显然她根本没打算和他见面,提前一站便下了车,购物去了。也许她不愿意和这个生分了的儿子单独待上两三小时,因为儿子对她的感情让她觉得很尴尬。这时,行李搬运工开始关车门,他母亲递给他五法郎,深深伤害了他的自尊心,他拒绝了。他把那束七零八落的紫罗兰放在她身边的椅子上,道别便离开。回到公寓里,他扑在布朗琪怀里哭了整整一个晚上。他母亲回到日内瓦后给他外祖母寄去一张明信片,上面写着,“火车到巴黎晚点了一小时一刻钟,没有见到保罗,他是不是等得不耐烦就回去了?我很伤心,不知道该如何是好。”

这件事情过后,保罗写了封长达十页的信给他母亲,责怪她如此残忍地对待自己的儿子,不过还是告诉她自己仍然全心全意地爱她。收到来信后他母亲当天便给他回信说,"我只想简单解释一下,我也同样全心全意地爱你,为什么总有不幸的意外发生,让我无法和你共度美好时光呢? 我一直想看看你住的地方,这样我就可以一直想着你,那天火车出发,带我离你而去,我那天晚上怎么度过的你知道吗?"信的结尾说,"再会了,亲爱的,妈妈温柔地吻你。她从来就没有忘记过你,你的存在犹如阳光照进她的心窝。"保罗读到这里,忍不住说,"她读的都是些什么书啊。"

自那时起,他们几乎每天通信,珍妮的信呵护关爱而保罗的信则激情昂扬。有一封信里,她写道,"我得告诉你,你对我的感情让我很受伤,也很担忧。我一直觉得是因为你太多愁善感,可是你的书信有时候让我觉得太过暧昧,十分危险。本来我很乐意保留下来,现在看来我不得不销毁;还有,你按照自己的意愿误解我的来信让我十分痛苦。不论我觉得得到你的仰慕有多么高兴,我仍然觉得你感情泛滥并且让我难堪。"不过,奇怪的是,有一封信里她又建议保罗以自己早年的经历为蓝本写部小说,她就没有想到他已经写了很多,那时他正忙着处理在加莱那几天里记下的大量日记。后来,经济问题又让他们之间的关系更为紧张。保罗的外祖母很喜欢他,打算送给他一些股票,条件是她活着的时候将分红都寄给她,她过世后全部由他继承。她把这个想法告诉了女儿珍妮,她勃然大怒,"你不会把自己所有的东西都给这个我们不认识的男人吧!"其实她丈夫很富有,而她儿子保罗却身无分文,由此可见她不是个大方慷慨的人。

将保罗和他母亲之间的通信事无巨细一一道来,免不了冗长枯燥。她的信件越来越冷漠,抱怨说他曲解了她的意思。她根深蒂固地认为她之所以长期对他置之不理,责任在他。她又很怕哪天他亲自跑到日内瓦来找她，便乞求他事先一定要征求她的同意。最后她要求他将她写的所有信件寄还给她，他不肯，她便又写信来要，信里写道，"你不把我写给你的每一封信都还回来，我就再也不给你写信了。"他仍然拒绝，后来她又写信来说，"我只后悔一件事，那就是我给你写信，是出于做母亲的责任感，却让你误以为我对你温情脉脉，我对你并没有这样的感情，因为我不了解你，如果你能向我证明你值得我爱，也许我也会爱你。我只能庆幸自己没有亲手把你养大，要不然我会深以为耻。不管你是否会到日内瓦来，都与我无关；我和我丈夫会一起招待你……"他也以同样犀利的言辞回敬，接着她回信了，最后一句是，"我再次告诉你我对你毫不在意，你是我的儿子，永远是小孩子，你的丑恶行为与我无关，我也不会为之羞愧；要是我一直不理睬你也许会更好，可是，那又能怎样呢？你就像噩梦一样，闯入我的生命，但我相信你会很快从我记忆中消失。"接下来，

保罗仍然给她写信，可是她再也没有回信。就连他草草写了两行告诉她：他父亲，她的老情人过世了，她也没有回信。

《小朋友》出版后，议论纷纷，毁誉参半。法国人母子之间关系亲密，尽管这种关系只不过是迎合世俗规范，但大多情真意切，于是老实说，许多读者被吓坏了。保罗应该说清楚他对母亲怀有不伦之情，而且他母亲虽然没有鼓励儿子，但却没有阻止儿子对她的这种感情，的确让人震惊。保罗说最后两人形同陌路，这大概是最好的结果。他母亲没有压抑自己充满激情的拥抱，只要两人独处便爱抚拥吻，而且是她自己说他们像一对情人而非母子，她还暗示他如果两人早十年相逢，也就是儿子二十岁的时候，恐怕会很不一样。这给人的印象就是：她根本没有觉得自己对儿子的激情有什么问题，如果她克制住自己的话，也不是出于道德伦理的原因，而是因为她考虑到自己已婚的身份。她儿子对她的感情是毫不含糊的，也许这

样的不伦之情并非那么罕见,所以大家都愿信其有。我认识一位非常聪明的精神病学家,主要研究青少年犯罪问题。他曾告诉我这些少年犯经常带点羞愧地坦白自己想和母亲上床,我想他可能会把原因归结为那种社会阶层的少年所处的环境中,男女关系十分混乱,缺乏私密空间,而且他们唯一得到的爱就来自于儿时母亲给予的爱,因此一旦性欲萌动,其对象便指向母亲。保罗·莱奥托并非少年犯,可是他童年缺乏关爱,一直渴望母亲的爱,他将母亲理想化,而且始终忘不了那天母亲半裸在床上,抱着他的脸狂吻的情景;二十多年后再见到她,仍是那么优雅、迷人而温柔,他便会想和她上床,这其实再自然不过,当然也会让人恶心。我并不是为他开脱,我只是陈述事实而已。也许你会说他不应该把在加莱的那三天道德败坏的行径写进小说;可是写作是他发泄激情的途径,而他又毫无想象力,便只能写他自己和发生在自己身上的事情。

　　1903 年,保罗的父亲去世,他父亲的情人露易丝给他生了个儿子以后,他父亲便同这位同居多年的妓女结婚了。保罗极其厌恶她,但每隔一周便去看他父亲,他仍住在库伯瓦。他父亲去世前六年一直偏瘫,要老婆和小儿子扶着才能从这屋走到那屋。某个周日,保罗如往常一样来库伯瓦探望父亲,发现他身体变得越来越糟,便在那里住了几天,再回巴黎。第二天一早他便收到电报催他返回,他又赶回去发现父亲已经奄奄一息,四天后就死了。保罗·莱奥托对于死亡向来很感兴趣,在这四天里,他将父亲弥留之际的每个细节,朋友们来探望老人,略表同情后便开始闲聊各自的事情时的每段对话全都铭记在脑海里,老人的妻儿颇不耐烦,他自己也很不耐烦,因为这痛苦拖得太长,大家都认为他父亲还是早点咽气为好。

　　保罗·莱奥托写了一篇长文讲述父亲之死,发表在《法国信使》上，题为《纪念》，结果惹怒了某些杂志订户，拒绝续订，但文学界却颇为赞赏，欣赏其直白得冷酷无情，将挖苦嘲讽和真情实意奇妙地融合在一起。龚古尔学院的某些成员都等不及要将当年的龚古尔奖颁发给他，只可惜文章篇幅太短，仅三十页出头，可是当年该奖项候选人空缺，于是学院告诉莱奥托，如果他能将这个故事扩充成一本书，那么奖项就非他莫属。瓦莱特很想让莱奥托照做，因为如果他能获奖，对于杂志来说将是最好的广告。莱奥托也很心动，虽然从理论上说他不赞成这类文学奖，可是这个奖不但能给他五千法郎的巨额奖金（合两百英镑），而且得奖效应还能保证他的书能卖出四五千册。在日记里，莱奥托把他和学院讨价还价的细节全都一一记录下来，最后的妥协方案就是他要改写两篇曾经发表在《法国信使》上的旧文，题为《爱情》，这两篇写的都是他早年的感情经历。很难想象这两篇文章的内容怎么和他父亲的死结合在一起。结果他什么也没写出来，龚古尔奖也给了别人。

　　有段时间，瓦莱特对杂志戏剧评论的撰稿人十分不满，催促莱奥托来接替那个人的位置。《信使》是双周刊，给莱奥托的稿费是七法郎一页，但每期稿费不超过二十八法郎。这报酬极低，可是《信使》只有三千册的发行量，付不起高昂的稿酬。莱奥托犹豫了一下，还是接受下来，用莫里斯·博瓦萨这个笔名写起了戏剧评论，这笔名看起来就是位上了年纪的绅士，生活并不宽裕，也不是文人但热爱戏剧。莱奥托这一写就是十七年，最后他将全部评论文章集结成册，分两卷出版。尽管他所评论的大部分戏剧都早已被人遗忘，但他的文章读起来还是让人很开心。这些评论都写得刻薄而生动，幽默而偏激。莱奥托对于那些意在指导、说教或者进行道德教诲的戏剧毫无耐心，也很讨厌华而不实、啰嗦冗长和矫揉造作的戏；他期待的是能让人开心或者感动的戏剧。他坚持认为剧中人说话就应该像日常生活中一样,而骂起人来就应该痛快淋漓,现实生活中的人做梦都骂不出那样的话。他非常欣赏萨沙·吉特里①的戏剧,虽然承认此人并不算重量级剧作家,可是他的剧中人物说话行事都和日常生活中一样自然平实。莱奥托一旦觉得某部戏毫无价值,他便在评论文章里天马行空,只偶尔提一下这部戏的名字,让那些倒霉的剧作家十分恼火,但读者却很享受,有些人掏钱买杂志就只为读他写的剧评。最后,真相大白,原来这位靠积蓄度日的老绅士莫里斯·博瓦萨就是写令人反感的《小朋友》和同样令人反感的《纪念》的作者。瓦莱特的太太拉希尔德从来就不喜欢莱奥托,她习惯每周二晚上招待文人们携太太来聚会,其中有些人是作家,有些是作家的朋友,莱奥托在以莫里斯·博瓦萨为笔名的文章里狠狠将这些人讥讽了一番。这些人当然对此提出了抗议,于是拉希尔德便向丈夫抱怨,可是她丈夫回答说莱奥托写的文章读者爱看,《信使》杂志从来没这么红火过。可是她一再坚持,还有其他人为她撑腰,最终瓦莱特只得让步,拒绝莱奥托继续为杂志写剧评。可是莱奥托也因祸得福,因为安德烈·纪德邀请他为《新法兰西评论》写剧评,稿酬要高出很多,整个报纸就靠他了。于是,莱奥托欣然接受,可惜好景不长,合作只维持了两年,因为他给儒勒·罗曼的戏剧写了篇评论,极尽挪揄讽刺之能事而且一个字也不肯改,把《新法兰西评论》的编辑们弄得十分尴尬,因为他们也是出版商,儒勒·罗曼的小说就是他们出的。自己的戏剧在杂志上遭遇如此苛刻的挖苦,罗曼极为愤怒,出版商害怕失去摇钱树,于是便将莱奥托解约。之后,莱奥托又为《新艺术家》撰稿,可惜他坚持一字不改,全文都得刊登,合作也只持续了几个月。1923 年后他就再也没有写过戏剧评论。

① Sacha Guitry(1885—1957),法国电影演员、导演、剧作家,生于俄罗斯圣彼得堡。

现在我们简单回顾一下 1907 年，当时莱奥托生活极为窘迫，有一次不得不当掉他父亲的手表和袖扣，换来三十五法郎度日。那时他仍然和布朗琪同居，他从老板雷马克那里拿到的钱也用光了，两人陷入绝境。后来，布朗琪找老情人借了笔钱，办了个家庭旅馆来糊口。他们盘算着剔除开销，每月家庭旅馆的利润能有两百法郎，再加上莱奥托从《信使》杂志挣的点微薄稿酬，算是能勉强度日。莱奥托一直觉得作家不应该靠写作谋生，应该另有份职业解决基本开销，这样才能保持文学创作的独立。于是他开始找工作，可是发现没有一份适合他。后来瓦莱特让他过来做《法国信使》杂志社的秘书，每天九点半到六点上班，每月一百二十五法郎，然后他极不情愿地涨到一百五十法郎，但说明今后绝不会再涨。布朗琪建议他回绝掉，留给自己自由时间。他已经三十五岁了，也是成名作家，接受如此微薄的薪水实在很让人震惊；可是莱奥托怕如果拒绝了瓦莱特的好意，对方会不高兴，说不定不再向他约稿都有可能。最终他接受了这份工作，1908 年一月一日开始正式上班。他的工作内容就是：通知订户续订，接待来访者，帮瓦莱特回绝来访，接收投稿并仔细阅读，修改校对稿等等，一句话，该做的琐碎杂事都要做。这样一份工作他一做就是三十三年，而且大体上还很喜欢，这种生活方式很适合他：能和当今文人们碰面，还有大把时间闲聊，这便是他生命中的一大乐事。

《小朋友》一书印了一千册，卖了二十年才卖完。瓦莱特后来想重新刊登这篇小说，莱奥托不答应，他不满意想重写，有些部分他认为写得太文学了。莱奥托把"文学"一词分作两用。他说"我的文学"①的时

---

① 原文为法语：ma littérature。

候,只指他自己的作品;而当他大叫,"超越一起的文学"①的时候,则是肯定自己有权写母亲时全无尊重,写父亲时全无爱心。不过,的确他母亲无权要求儿子尊重她,他父亲也无权要求儿子敬爱他。莱奥托对待写作这门艺术极为严肃,日记里有无数段落与此相关。他觉得自己写得最好的都是灵光闪现时捕获而来。我想他的意思大概是他写作是所谓"灵感"的启发。而当他费尽心力把自己想说的话写在纸上,写成的文字在他看来却沉闷枯燥,毫无生气。也就是说他的目标其实是自然流畅。他发现《小朋友》一书中有个语法错误,却没有改正,因为那个错误错得自然。他认为进入脑海里的第一个字就是最好的,他绝不会去查字典。奇怪的是,这一点契诃夫也颇为认同。莱奥托认为作家的词都用得太多,如果篇幅短点,会好得多。他对于刻意加入词汇去平衡一个词组这种做法极不耐烦;他觉得如果这词用得恰到好处的话,便自然是平衡的,诗歌散文和散文诗他都不喜欢。他从来不用华丽装饰的辞藻,远离暗喻和明喻。他就想让文字简洁而生动,所有这些想法都颇有道理。毫无疑问,如果我们这些作家始终将他的原则铭记在脑海里,我们也会写得更好。

当然,莱奥托也有他的偏见。他讨厌福楼拜那样矫揉造作,单调乏味的文风,还鲁莽地断言,任何人只要肯花工夫,都能写得像福楼拜那样。莱奥托有个很宝贵的观点,那就是作家的文风应该极具个人风格,让人读完一页就能判断出来。这也说得不错,可是莱奥托似乎因此而认为个性化的文风就一定好,这就令人不解了。比如说乔治·梅瑞狄斯的小说,任何人只要读了一页就一定会知道是他写的,十九世纪最后几年所有自认为教养良好的年轻人全都对他崇

---

① 原文为法语: La littérature avant tout。

拜至极。可是他那种奇异怪诞的文风如杂耍艺人般令人眼花缭乱，读之如同受刑，尽管小说有着种种优点，如今却让人读不下去。

莱奥托一辈子没离开过法国，连巴黎也很少离开。他喜欢巴黎的街道和商店；蒙马特高地的每个角落，左岸（以圣修尔毕斯教堂和先贤祠为中心）的每一片区域都与他有着千丝万缕的联系。1911年，他离开巴黎搬到郊区，这个严厉、自私又怨天尤人的人对于动物却充满怜爱之情。看见一匹老马拼命拖着沉重的车，让他几近崩溃，一整天没法想别的。看见猫狗被主人遗弃在街头，任其自生自灭，他的心都在滴血。每次他看见流浪狗，都会去商店买四个苏①的熟肉给狗吃，还尽力找人将其收养回家。每天晚上他都去肉店买点碎肉，拿去喂流落在卢森堡花园一带的流浪猫。要记住，他那时候自己都穷得揭不开锅，一个子儿掰成两个用才勉强填饱肚子。有一次，他看见一只饿成皮包骨头的狗，自己口袋里只剩一个法郎，要管三餐，还是前天省吃俭用攒下来的，但他还是掏出来全买了肉喂流浪狗。而他自己则同往常很多日子一样，靠吃面包加奶酪度日。莱奥托自己养了只猫，他和布朗琪都很宠爱。这两人经常吵架，唯一能让两人不至于分道扬镳的就是对波尔（猫的名字）的爱。波尔后来死了，莱奥托便去领养了一只长相怪异的狗，起名为"朋友"，很快便溺爱得不得了。一旦他又心血来潮想换房子了，他会特意找一楼的房子，方便让狗出门溜达。可是，他租的公寓楼里每一个看门人都告诉他此处不得养狗，于是他决定搬去郊外，在名为丰特耐欧罗斯的郊区找了处带花园的小房子住下，并在此终老。

不清楚究竟布朗琪有没有跟他一起搬去郊外。前面我讲过他在戏剧评论中什么都讲，就是不讲他该评论的这部戏。他在某篇剧

---

① 旧时法国的辅币单位，二十苏等于一法郎。

评中曾提到过一个女人,大概就是布朗琪吧,和他同居时爱上了富人,将他抛弃,后来又回头,不久再次将他抛弃,然后又一次回到他身边,他也不知道该拿她怎么办。他说其实你已经不爱你的情人了,可是她投向别人的怀抱,还是让你忍不住愤怒与嫉妒。这句话就是他的典型风格。他现在终于有地方收容所有他碰见的流浪猫狗,差不多有三十多只吧。当然他的生活也变得复杂起来:早上得乘火车进城,赶在九点半前到达《法国信使》杂志社的办公室,晚上六点下班再坐火车回丰特耐欧罗斯喂猫狗;然后,每周至少两到三次,他还要回到市区看戏,午夜十二点才回家。有时候他会雇个中年妇女帮他打扫房间然后做饭,可是没有一次成功,因为迟早这位帮工都会要求涨工资,一旦他拒绝,便怒气冲冲地离去,他还不如一个人日子过得更宽裕。他过得不错,要求也不高,不介意吃什么,从不喝酒,只偶尔喝点葡萄酒,他唯一的奢侈品就是茶叶。

215

　　年复一年,第一次世界大战爆发,然后第二次世界大战也爆发了。莱奥托的大部分朋友,比如老友范比弗死了,他最亲密的文友雷米·德·古尔蒙①也死了,阿尔弗雷德·瓦莱特死了,瓦莱特出版了他的第一部诗集,鼓励他写作,他给《信使》的所有稿件全部刊登,尽管他有时候批评莱奥托上班迟到,午饭时间太长,可是一旦有人攻击莱奥托,他总是挺身而出;每次莱奥托身无分文时,他总是热情地伸出援手。他这个编辑很奇怪,杂志文章印刷出来之前他从来不读,就算是出版之后也是非读不可,才会去读。他精心挑选手下,充分放手让他们施展才华,他只有一个要求:文章不要枯燥无聊。他将《法国信使》办成相当有影响力的杂志,发行量也较为广泛。

①　Remy de Gourmont (1858—1915),法国象征派诗人,小说家,评论家,其作品广为流传。

有一次，有人问他有本书他看没看过，他回答，"哦，上帝啊，我没看过。不过这本书是我出版的，难道还不够吗?"接替瓦莱特做杂志主编的是雅克·伯纳德，有一天莱奥托刚到办公室，门房就告诉他伯纳德要立即见他。雅克·伯纳德过来对他说，"莱奥托，我决定与你道别，我非常乐意从此你我永不再见。"接着还说，"如果我必须得从自己口袋里掏钱出去，那么我还是自己接着比较好。"莱奥托从来擅长巧妙应答，"若得此荣幸，稍作牺牲也还值得。"说完收拾好自己的东西走出待了三十三年的办公室。遭遇如此无礼无情的解雇，他有很长一段时间都穷困潦倒，六十九岁那年他去申请退休金终于拿到了手。二战快结束的时候，雅克·伯纳德因通敌叛国罪接受审判，听说莱奥托是证人之一，他一定非常紧张。可是莱奥托给出的证据非常温和，伯纳德终于无罪释放。在这之前的几个月莱奥托经历了一件我们这些作家极少有幸能经历的事。维希政府的广播电台宣称他已经死了，人们还写了很多文章纪念他，莱奥托惊讶地发现居然是赞赏声一片，这是他怎么都没想到的。

德国占领法国期间，莱奥托安静的寓居在丰特耐欧罗斯，饱受寒冷的折磨，因为煤炭无处可寻，他只得把花园里的树砍下来当柴烧。食物也短缺，每天靠四只马铃薯勉强果腹，他自己做饭，可是令他伤心的是他无法供养那么多流浪猫狗了，只得把它们赶出家门，那都是他多年精心呵护的啊。二战结束后，他靠写新闻稿赚点钱，可仍然贫苦不堪;1950年，幸运女神终于光顾了他，有人突发奇想，邀请他和作家罗贝尔·马莱一起上电台主持对话节目。这些对话后来都结集出版，而且一版再版，我手头上的是第十六版。莱奥托当时已经七十八岁高龄，仍然同以往一样顽固好斗、活泼机智而且偏激执着，对多愁善感不屑一顾，也一如既往地明智通达却又不可理喻，这对搭档把听众逗得非常开心。最终他以八十四岁高龄辞世,只希望电台节目给的报酬让他最后几年能多少享受到舒适的生活。

不知道诸位读者脑海里会浮现出一个怎样的他,虽然我已尽最大努力去刻画,可是肯定不够准确。他是个怪人,无法用一般的标准来衡量,他是自相矛盾的个性的综合体:无情又多情,冷酷而独立,对文学充满激情和兴趣,对那些把文学当成赚钱手段和提升地位的途径的人极为愤慨;对于和他想法不一致的人极不耐烦,易发脾气,对他喜欢的人极为忠诚,对他鄙视的人相当无情。他为自己从来没有伤害过谁而自豪。可奇怪的是,他从来没有意识到词语比拳头更为伤人。人们问他为什么对动物如此仁慈而对人类同胞却那么冷酷,他的回答是:动物无法保护自己,只得依赖于人,但人类却完全可以保护自己。前面我没怎么讲到他的感情生活,他只对能够和他上床的女人感兴趣,如今的报纸非常谨慎地将这种事称为"亲密关系"。他认为女人善于欺骗,难以取悦,见钱眼开且恶毒愚蠢。从他自己的描述来看,他是个不合格的情人——如果诸位读者不怕麻烦,可以到他的日记里去找证据。"爱情"这个词不适用于他的那种感情,确切的那个词难登大雅之堂。他无法去爱别人,因为他只对自己感兴趣。当然他说爱情植根于性的吸引力之中,而且不能无性而存在,这也没错。可是他没有发觉,云雨之欢后产生的复杂的感情,苦涩的痛楚还有狂喜的极乐,这便是爱,也更值得赞美。

保罗·莱奥托将日记视为自己唯一的重要作品。他并不喜欢《小朋友》和《纪念》。他的日记已经出版四卷,从1903年起到1924年止,但如果他一直写下去直到生命的尽头,那还会有好多卷陆续出版。等最后出版齐全,将成为他那个时代文学界的有趣写照。他的日记里不会写那些龚古尔兄弟有幸交往过的人物,因为圣-伯夫、丹纳、勒南、米什莱、福楼拜都早已辞世,大诗人雨果、波德莱尔、魏尔伦、兰波和马拉美也已经作古。这些巨匠们成就了他们的时代,将法国推至世界文化和文明的中心,傲视群雄。即使是那些受大众欢迎的作家,如阿尔封斯·都德和爱弥尔·左拉也不在人世了。那么莱奥托写的都是些什么文人呢? 要说这些文人太无足轻重未免有失偏颇。这些作家也都有天赋,只不过才华不及前辈们那么辉煌罢了。比如细腻的诗人和优雅的小说家亨利·德·拉尼耶;还有巴雷斯,他写的《自我崇拜》让年轻人如痴如醉,后来却转向政治与宣传;还有才华横溢且教养良好的安德烈·纪德。阿纳托尔·法朗士也是一个,当年名气很大,如今却不受待见。还有希腊人莫雷亚斯,其《绝句集》让莱奥托甚为倾倒,其人谦逊善良,很有波希米亚气质,莱奥托也很喜欢;还有死于一战的波兰人阿波利奈尔,以及保罗·瓦莱里。这些作家们全都才华横溢,活跃于二十世纪三十到四十年代的文坛,只可惜重要性比不过同代其他作家,其权威性和影响力也不及十九世纪的前辈们那样卓越。

莱奥托已出版的几卷日记引起了人们极大的阅读兴趣,不过许多内容可以跳过不读。莱奥托喜欢写丑闻:如今的读者不可能对两个闻所未闻的人物之间的低俗爱情故事的冗长描写感兴趣。可是莱奥托所描绘的当时巴黎文人的众生相,让他的日记价值倍增。有句俗话说:狗儿不相食,可是在文人圈子里却并非如此;文人们向来看不起同行,这圈子里也有点腐败。有点钱的文人也会贿赂报纸编辑,好让自吹自擂的书评文章能发表出去。作家们也会穷尽所有的社会关系,推广自己的书,并不以为耻。为了出版,为了宣传,为了赞誉,要点手段玩点聪明毫不稀奇,特别是要争夺几个文学奖,比如龚古尔文学奖的时候,这些花招便愈演愈烈,场面相当难看。尽管莱奥托从来都冷眼旁观,眼光犀利,喜欢责备而不是赞扬,可是他日记里记录的文人圈子总的来说还是真实可信的。要想为这些文人的可耻行径找借口辩护的话，只能说在腐败与嫉妒，背后中伤以及一切丑恶之下的深层动机其实就是缺钱。作家们稿酬太低，想要养家糊口就不能扮清高装圣人。莱奥托做了三十多年的小职员，工作平凡简单，谁都可以做，他的目的就是为了经济独立，潜心写作，他认为作家写作应该纯粹出于享受写作本身。他能如此清高独立，当然很了不起。

我不知道对于这三位日记体作家，诸位读者会怎么看，我已尽力讲完他们的人生故事。我想，大概读者会说：不怎么样，他们的个性并没有弥补自身的缺陷，又过于以自我为中心，一肚子偏见，还像火药桶一样一触即发。尽管他们从不说别人的好话，别人要是说他们的坏话，他们也会憎恨不已。他们没有道德准则，对艺术漠不关心，除了文学艺术以外；有时候他们对音乐、绘画或者雕塑发表点意见，那也是荒谬可笑的（当然是用我们现在的标准来衡量）。他们完全不顾及别人的感受，既恶毒又冷酷。

可是，反过来想，我们将他们的缺点了解得如此清楚，那是因为，这些缺点都是他们亲口道来的。如果你问我：总体而言，他们为人比别人更糟糕吗？我也会茫然不知如何应答。有一次，莱奥托去拜访马格尼尔神父，天主教会时不时会出一两位这样的人物，说话时总有智慧的灵光闪现。他是圣日耳曼大街上高级餐厅的常客，人们总是为他在餐桌上滔滔不绝又妙趣横生的谈话而神魂颠倒。尽管他老是和富人与贵族打得火热，他从来都没有忘记自己的神职（有些神父可是有丑闻曝光过），因为富人和贵族的灵魂也需要拯救。他成功地说服了那些生活放荡不羁的人改过自新，也为天主教会赢得了好几位自由思想家。他赏光出席的盛宴结束之后，便回到简陋的住所，接见来寻求帮助和建议的穷苦民众。他虽然没什么钱,却倾囊而出,让人感受到他真切的同情心,他的美德熠熠生光。
他知道莱奥托是个咄咄逼人的怀疑论者——马格尼尔神父当年对
于所有人几乎全都了然于胸——便对莱奥托说,"上帝会原谅你的,
莱奥托先生,因为你热爱动物。"

文心与人心（译后记）

　　"毛姆叔叔"的生平想来不必长篇大论的介绍。他出生于巴黎的英国大使馆，幼年父母双亡，回到英国，在冷漠的牧师伯父家寄人篱下。当时，他的英语说得不好，法语其实才是他的母语，因此在学校经常遭同学取笑奚落，落下口吃的毛病。就是因为这个，他没能像哥哥们那样上牛津剑桥，只进了普通的医学院。毕业之前他就开始写作，先写戏剧然后写小说，很快他便成为彼时稿费收入最高的作家，在法国海滨度假胜地置下豪宅，享受富裕的生活，但他仍然笔耕不辍，坚持写作直至晚年。后来他曾经感叹，"我要不是小时候口吃，就会和哥哥们一样去念牛津剑桥，最后做个象牙塔里皓首穷经的老学究，时不时写一两本无人问津的法国文学研究专著。"一位作家能如此洒脱自嘲，其文字必定不会难看。

　　这本集子共收录了五篇文章，在他去世前七年出版，除去第二篇《圣者》讲的是他1936年的印度之旅，其余四篇全是和文学有关，不，确切地说，应该全是和文人有关。不论是讲大名鼎鼎的歌德（《诗人的三部小说》）、契诃夫、凯瑟琳·曼斯菲尔德（《短篇小说》）还是不那么出名的龚古尔兄弟、保罗·莱奥托和儒勒·勒纳尔（《三位日记体作家》）甚至是神学家大主教蒂乐生（《散文与神学家蒂乐生》），都是文章好手。这些早已湮没在故纸堆中的人物全都在毛姆的笔下复活。不仅如此，毛姆那看似随意轻松的文笔其实极具穿透力，他最了不起的本事就是能拨开盛名的迷雾，将原本面目模糊不清的文人还原成如你我一般平凡普通的血肉之躯：他们因为缺点而真实，比普通人更加脆弱敏感或者特立独行，他们的内

221

心永远上演着激烈的冲突,这便是那些传世美文的前身;作家写作就如贝母酝酿珍珠,自然而然却又痛苦无比,除了写作,他们没有别的路可走。诚如毛姆所言,"善于创作的艺术家能够从创作中获得珍贵无比的特权——释放生之苦痛。"于是,我们才明白为什么歌德终其一生都在恋爱,每次失恋后便是诗歌的高产期;《浮士德》其实是忏情录,用来纪念他一辈子都心怀愧疚的初恋情人;谁能否认小说《少年维特的烦恼》不是一首清新隽永的诗歌?主人公维特最后一定要举枪自尽,否则歌德那永失所爱的痛苦心灵如何得到抚慰?

毛姆本身就是优秀的小说家,对人这种复杂的动物细细观察,再冷静解剖无疑是他的强项。在《三位日记体作家》一文中他进行了精彩的论述,"可是人从来都不是平板一块,……人身上最为奇怪的是,最不一致最不协调的品质往往集中于一个人身上,所以这人似乎就是一团矛盾,让人不明白这些品质到底如何共存,如何能融合在一起成为某种始终如一的个性。"经他这么一点拨,我们便豁然开朗,原来最令人难忘的人物,永远是矛盾重重如一团迷雾;因为矛盾才是真实,真实的魅力就在于它从不会流于片面和简单。就像在《短篇小说》一文中,毛姆觉得库普林对契诃夫的评价甚为深刻地道出了契诃夫的本性,"我想他从未向谁敞开心扉,也未曾将心托付给谁。可是他对谁都很和善,他对友情的态度的确比较冷漠——同时他又怀着极大的兴趣,也许他不自知吧。"

因此,毛姆认为小说要有充分的真实感,才会让读者信服,所以,小说家的任务便是"冷静超脱"地描绘真实。他借用契诃夫的话,"作家的职责就是叙述事实然后全部交给读者,让他们去定夺如何处置。"他强调小说就是应该"为了讲故事而讲故事",因为"从来就没有什么'仅仅只是个故事'的东西存在",优秀的小说本身便是包罗万象的真实世界,甚至比真实世界更加复杂,就像契诃夫"竭力保持冷静中立,只着力描述真实的生活,但是,读他的小说会强烈感觉到人们的残忍和无知,穷人的赤贫及堕落还有富人的冷漠和自私,这一切都不可避免的指向一场暴力革命"。从这个意义上说,小说绝不能拿来作为"布道讲坛或者平台载体,否则便是滥用"。

不要被这些看似沉闷的评论所吓倒,毛姆写文章最照顾的就是读者,最不待见的当然是评论家。他多次提到作家要写读者爱看的书,写能卖出好价钱的书,这没什么好羞愧的,因为作家也是人,也想住上美宅过上富足的生活。如果评论家执意要把畅销的故事和庸俗浅薄画上等号,那是他们的事,我们只需继续把故事讲得精彩。

集子里有两篇文章都涉及宗教,翻译起来最为费力,得查阅资料做注解,将作者的思路理清,译文才能通顺。尤其难译的是《神学家蒂乐生》这篇。自亨利八世迎娶安妮·博林,英国国教(圣公会)得以创立,一直到光荣革命这一百多年间,天主教、圣公会、清教长老会为争夺政治权利纷争不断,不论哪一派夺取了政治权力便大肆迫害异己。可是毛姆的文章并不是讲历史故事,而是选取了蒂乐生大主教在宗派斗争之中所写的书信及布道辞来讲述他的文风。毛姆欣赏的是自然朴实简洁的文字,而非繁复绮丽之风。如果说文心与人心多少有点关系的话,从神学家蒂乐生的文字风格里我们也能多少窥见他这样一个人:坚守信仰但又不失变通,真诚执着又谦卑克己,几近完人。他的文字如今未必广为流传,可是他的言行所昭示的超凡人格应该和《圣者》里的印度教大师一样,不论在哪个时代都堪比传奇。

毛姆在他的笔下看透文心与人心,风景遍赏;我站在毛姆的文字这座桥上,边读边译,想看透他这个人和他的心思,因为他本身就是道瑰丽的风景。只是,看透这道风景必得沉下心、静住气,细细嚼、慢慢品。

图书在版编目(CIP)数据

观点/(英)毛姆(Maugham, W. S.)著;夏菁译.
—上海:上海译文出版社,2015.4(2022.9重印)
(毛姆文集)
书名原文:Points of View
ISBN 978 - 7 - 5327 - 6915 - 5

Ⅰ.①观… Ⅱ.①毛… ②夏… Ⅲ.①世界文学-文
学评论-文集 Ⅳ.①I106 - 53

中国版本图书馆 CIP 数据核字(2015)第 013502 号

W. Somerset Maugham
POINTS OF VIEW

观点
〔英〕毛姆/著 夏菁/译
责任编辑/冯 涛 封面设计/张志全工作室

上海译文出版社有限公司出版、发行
网址:www.yiwen.com.cn
201101 上海市闵行区号景路 159 弄 B 座
浙江新华数码印务有限公司印刷

开本 850×1168 1/32 印张 7.25 插页 6 字数 160,000
2015 年 4 月第 1 版 2022 年 9 月第 4 次印刷
印数:8,501—10,000 册

ISBN 978 - 7 - 5327 - 6915 - 5/I·4188
定价:48.00 元